U0901652

漳州作家丛书

陈燕松/主编

金包银

何葆国/著

中国华侨出版社
·北京·

图书在版编目（CIP）数据

漳州作家丛书 / 陈燕松主编 .—北京：中国华侨出版社，2018. 10

ISBN 978-7-5113-7767-8

Ⅰ. ①漳… Ⅱ. ①陈… Ⅲ. ①中国文学－当代文学－作品综合集 Ⅳ. ① I217.1

中国版本图书馆 CIP 数据核字（2018）第 216910 号

漳州作家丛书：金包银

主　　编 / 陈燕松
著　　者 / 何葆国
责任编辑 / 高文喆　王　嘉
责任校对 / 孙　丽
经　　销 / 新华书店
开　　本 / 670 毫米 ×960 毫米　1/16　印张 /324　字数 /4281 千字
印　　刷 / 三河市华润印刷有限公司
版　　次 / 2018 年 11 月第 1 版　2020 年 2 月第 2 次印刷
书　　号 / ISBN 978-7-5113-7767-8
定　　价 / 980.00 元（全 24 册）

中国华侨出版社　北京市朝阳区西坝河东里 77 号楼底商 5 号　邮编：100028
法律顾问：陈鹰律师事务所
编辑部：（010）64443056　　64443979
发行部：（010）64443051　　传真：（010）64439708
网　址：www.oveaschin.com
E-mail：oveaschin@sina.com

《漳州作家丛书》总序

漳州是中国历史文化名城，历史悠久，文化深厚。在文化的星空，群星璀璨，先后涌现出黄道周、林语堂、许地山、杨骚等文化名人，令我们引以为傲。

四十年改革开放，四十年风雨兼程。漳州土地，生机盎然，文学创作也迎来繁荣发展的春天。应是春风吹拂，应是文脉相承，一支包括了老、中、青三代作家的队伍正在悄然形成。2004 年，漳州市委宣传部、漳州市文联编辑出版了第一套《漳州作家丛书》，有十二人，十二本。时隔十多年，在祖国改革开放四十周年的今天，漳州市委宣传部、漳州市文联再次编辑出版第二套《漳州作家丛书》，展现活跃在省内外文坛的二十四位当代作家的创作风采。十二到二十四，这不仅是作家作品数量的增加，更是漳州文学创作水平质的飞跃。

《漳州作家丛书》的出版，旨在展现漳州作家的创作成果和创造实力。以期让更多的人，通过这套丛书，了解漳州，关注漳州，热爱漳州。同时，我们也希望，通过这套丛书的出版，能够激发漳州作家深入生活，体验人生，潜心于文学创作，用更好的作品回馈家乡，回馈人民，回馈时代。

《漳州作家丛书》编委会

2018 年 10 月 1 日

目/录

金包银

1

打开锅盖，一大团热气直扑到脸上来，水娟两手垫着厚厚的破布，从两边端起蒸笼，嘴里“呼呼呼”地吹着气。这蒸笼的热气比她预想的还热，但是端上了，就不能放下，她一口气端到了灶间门口的方桌上，砰地搁下来，把两只手的指头轮番送到嘴边呵着气。

立即有两个游客围上来，指指点点。水娟操着半生不熟的普通话说：“这是我们土楼小吃，很好食的，号作‘金包银’。”

“金包银？”

“是啦，就叫金包银，一粒五块钱，很好食的。”水娟比着手说，“我自己做的，现在刚刚蒸熟，要不要试味一下？我们土楼的小吃。”

两个游客交流着眼色，一个说：“我好像在鼓浪屿有看到这玩意儿。”

水娟一听好像急了，拔高了声音说：“厦门那边都是假的，我们土楼这边才是正宗的，手工做的，地瓜粉和木薯粉掺在一起揉……”

游客没兴趣听水娟多说，一个人用手机拍了照，两个人就沿着廊道往前走了。

“要不要上楼参观拍照？一人五块，不交钱不能上。”水娟冲着他们的背影说，发现他们毫无反应，便回过头来，挥着手赶走盘旋在金包银上空的几只苍蝇。她每天就做五六笼的金包银，并不担心销路，她这门前小摊还卖茶叶、金线莲以及虎尾轮、七爪等，茶叶是最好赚的，本地话所说的“黑面贼”，就是说茶叶一斤一百元可以卖，五百元也可以卖。

当然，现在几天也卖不了一斤，游客越来越多，但是家家户户的灶间门口都摆满了小摊，甚至天井里也摆得让人无法下脚，所以生意不好做了。不过五六笼的金包银还是卖得完的，这是每天稳定的收入。

时辰还早，那些旅游大巴一般都是午饭过后才把游客拉到这里来，到时整座永和楼就像圩市一样热闹了，现在天井还是空阔的。很多摊点上比赛似的放起了歌曲，隔壁的那个摊点有一对小音箱挂在窗棂上，它的声音总是最高亢的，那都是水娟听腻了的一些老歌。这阵子响的是闽南语歌《金包银》，不过这《金包银》跟她卖的“金包银”没有半分钱关系，水娟在厦门、马铺打工时有一阵子很喜欢这支歌，歌里唱出了对命运不公的怨叹，完全就是她的心声：

别人的生命是框金又包银
阮（我）的生命不值钱
别人若开嘴是金言玉语
阮若是多讲话
念弥着出歹志（马上出事情）
怪阮落土时遇着歹八字……

小时候水娟常听阿公阿嬷说人是有八字的，自己的八字不好，难怪命就不好了。我的命为什么会这样？在马铺打工时水娟总算把这个问题想通了，心里也舒服了许多。两年前，父亲中风躺在床上（母亲早几年病故），大哥接连给她打了几通电话。大哥大嫂是在漳州端公家饭碗的人，本来她还有个姐姐，二十岁左右溺亡了，大哥让她回家全职照顾父亲，大哥说工作忙，走不开，又不可能经常请假，大哥郑重表示，父亲身后留下的土楼里的四间房，他统统不要，全部留给她，当然前提就是要她好好照顾父亲。大哥说，现在土楼不像以前了，开发成了景区，变值钱了，你也老大不小了，以后就在家门口摆个摊做点生意，不会比在城里打工差，有合适的人再嫁，然后生个孩子，生活也很幸福啊。大哥似乎给她的未来指明了方向。其实她不回来也不行，生活无法自理的父亲谁来照顾呢？再说她在城里也没有家，曾经她是有老公的，但不知道跑到哪里去了。她之前也动过回永和楼的念头，父亲若在，土楼里的家也就在，父亲若不在，按乡规习俗，那几间房归属大哥，她就没份了，想回也回不来了。父亲这下突然病倒，反而是给了她一个机会。水娟答应了大哥，她说，还是照顾父亲要紧。话刚说出口，心里便跳得慌，她知道自己是说了假话。不过照顾父亲她是真心真意的，更是尽心尽力，喂食、端屎端尿、擦身、按摩，永和楼里的人无不竖起大拇指称赞。料理完父亲的后事，她的心空落落的，给父亲过完“七七”，她才打起精神，在自家灶间门口摆起小摊做生意，这算来已经大半年了。

“水娟，金包银给我留四五粒。”水贵一瘸一拐地从廊道那边走过来，脸上笑滋滋的，那拐脚都拐出了一股欢快的劲头。

水贵是水娟的堂弟，他早先是一双好脚，到城里打工几年，就变成了瘸子回来，永和楼人传说是被人打的，他自己则一口咬定是跌伤的。回到土楼的水贵似乎发展得不错，他把自家的闲房以及租来的几间房改造成了家庭旅馆，挂到网上招揽生意，总是有背包客来投宿，节假日还一房难求呢。娶老婆一直以来是他的烦心事，最近终于有了着落，难怪他瘸脚走起路来都像是手舞足蹈的。

“我老婆要来了，我要去路口岗亭接我老婆。”水贵对水娟说。

“面都没见过，就叫老婆了。”水娟撇了撇嘴说。

“谁说没见过？我们经常网上视频聊天，老公老婆都叫了大半年啦，”水贵说，“感觉都老夫老妻了。”

其实水贵的“老婆”水娟也见过，有一天在三楼走马廊上，水贵主动把手机拿给水娟看，说这是他“老婆”刚发来的照片，水娟瞟了几眼，很不以为然，那照片里的人看起来妆化得很浓，而且明显是修过的，水娟带着讥讽的口气说：“水贵，你走桃花运了。”水贵说：“我落魄多年，也应该转运了。”据说水贵这个“老婆”是他从网上认识的，老家在安徽，已经在厦门、马铺打工多年。水娟内心里还是很羡慕水贵的，这个大家断定要打一辈子光棍的瘸子，竟然就从网上赚来一个老婆，不知道自己何时才能有这种运气。

水贵哼着小调从水娟面前走过，向楼门厅一瘸一拐走去。他走路的姿势好难看，笨手笨脚地摇着船一样，但是人家开始走运了，旅馆生意越来越好，老婆都自动送上门来了。水娟盯着水贵摇晃的背影，心里像是长了一根刺一样。

一个游客走过来买走一笼金包银，水娟赶紧回到灶间，从壁橱里取出提前做好的金包银，铺满蒸笼，放到蒸锅里。壁橱里有做好的肉馅和粉团，肉馅由五花肉泥、香菇、笋干、虾米加上葱、蒜等调料做成，粉团则是地瓜粉和木薯粉合成，把粉团捏一小块出来，揉搓成片，放置肉馅，然后包扎起来，其实就像包饺子一样，但是土楼人就是不叫饺子，偏偏叫作金包银。水娟顾不上歇口气，搓着粉团，又开始做金包银了。

“三叔，这是我老婆。”“嗯，二妗婆，这是我老婆啦。”“大姨，我老婆，刚从厦门来。”

水娟听到水贵一迭声地向亲戚介绍“老婆”，声音里透出一种得意、自豪，他的脚步声一高一低，伴着拉杆箱的滑轮声，从楼门厅沿着廊道逶迤而来。水娟包好最后一粒金包银，把身子转向内壁，她不想看到水贵和他的“老婆”，但似乎又克制不住好奇心，肩膀稍稍往外扭着，随时可以转过头来。

“水娟，水娟，”水贵喊了起来，声音里满是一种炫耀，“我老婆来了。”

水娟猛地转过头来。水贵和他“老婆”正好走到灶间门口，两张脸一同定格在门框里，一张脸喜气洋洋，另一张脸则是矜持地微笑着。水娟一下怔住了，眼光就紧紧地盯在水贵“老婆”的身上。

“你是——你是小红？”水娟眨了几下眼睛，内心里哐当一声，原来她居然认识水贵的“老婆”，她确定她就是十年前认识的小红，“小红！”

“我不是，你认错人了，我不认识你。”水贵的“老婆”好像受了惊吓，直摆着手说。

“你们认识？这不可能吧，”水贵看了看老婆，又看了看水娟，“这是我堂姐，水娟，她叫小慧，姓成，成龙的成，你们——”

水娟怔怔的，感觉整个人的魂都被抽走了——是的，被时间抽走了，她的魂游游荡荡来到十年前的厦门，她还记得是在一条叫作莲坂路的一间发廊里，那时她叫作小丽，而面前这个女人叫作小红，小丽只愿意给客人洗头、头部按摩，不愿意做其他事，小红常常讥笑她太傻、太假正经，两个人吵过一架，小丽自动离开了发廊，到一家快餐店洗盘子，从此再也没有见过小红……

水贵的“老婆”沉着脸，转过了身子，从水贵手里抓过拉杆箱的杆，就要往前走。水贵盯了水娟一眼，忙扶着“老婆”的手说：“我来，我来——”

2

水贵拉开自家灶间的半截腰门，让老婆先走了进去。他把灶间改造成了旅馆的接待前台，土灶台变身为泡茶桌兼写字桌，墙边摆了一张木沙发。老婆立定，噘着嘴，顿了一下脚，说：“你那什么堂姐，真是神经病，还说认识我。”

“哎呀，她人就这样，怪怪的，别理她。”水贵顺着老婆的话说，请她在沙发上坐下来，提起水壶倒水洗茶盘。

“人家明明不认识她嘛，还叫什么小红，”老婆余气未消，坐下又站起，用一只手扇了几下风，“我又不叫小红，真是神经病。”

“嗯，嗯，嗯，”水贵一边点头应答，一边泡茶，“她到城里打工，老公都跑掉了，人就变成这样了，别理她。”

老婆哼了一声，似乎有点解气，说：“难怪老公都跑了。”

水贵双手端着一杯茶送到老婆手上，说：“我昨天给我爸、大哥二哥打了电话，他们都在城里住着，听说你要来，都很欢喜，我爸说要择个吉时，好好办几桌酒。”

老婆抿了一口茶，这才抬起眼睛，认真地看了一眼灶间的布置，说：

“我是认真的，想跟你过日子的。”

“我知道啊，我们都在网上聊了这么久了，无话不说，我还不了解你吗？”水贵心里暗想，水娟这人怎么回事？无缘无故说认识小慧，她到底安的什么心，想坏我的好事不成？这时他口袋里的手机嘀的一声，他掏出来一看，正是水娟发来的信息：

你过来，我有话跟你说。

水贵一看就怒了，你还命令我！到底想干什么？老婆注意到了他的神色变化，问：“你怎么了？”他慌忙摇头说：“没什么，没什么，你要不要先休息一下？我带你上楼休息。”

“贵的，你好功夫。”水贵的大伯咧开无牙的嘴，大声说着走进了灶间。还有堂婶、表哥几个近亲也来了，灶间一下挤得满满当当，他们都是来看水贵从网上赚来的老婆的，眼光白花花洒到她身上，把她看得坐也不是，站也不是，全身别扭得像是有虫子在爬，又不能动手。

水贵顾不上跟亲友打招呼，甚至忘记了关照一下老婆，让她减少一些尴尬，他的心思全部集中在水娟的信息上面，心想她到底想干什么？水贵从亲友的包围圈里抽出身子，那瘸腿像是跳跃似的跨出自家灶间，向水娟的灶间咚咚咚地走去。

一些散客三三两两走进了永和楼，拍照、买土特产，有几个人也开始在天井里摆摊了。土楼里人声哄哄。水贵看见水娟在门口给一个买金包银的游客找钱，隔壁的摊点上，音箱里正好放着《金包银》，调子听来很亢奋、很诡异。

水娟一眼瞟到了水贵，扭头就进了灶间。水贵感觉眼里射出了几根钉子，但是没射中水娟，全扑在门框上，他抬起瘸脚，像是把整个人撑过门槛，眼光直瞪着水娟。

“怎么了，要把我吃了？”水娟撇了撇嘴，把头扭向了一边。

“你、你、你——”水贵一急，舌头就打了结一样，他气呼呼地抬起手，向水娟抖着两根手指头。

水娟把两只手抱在胸前，眼光斜斜地看着水贵，说：“贵的，你想老婆想疯了是不是？你被她骗了，她以前是做什么的，你知道吗？”

“她以前做什么，跟你什么、什么相干？”水贵使劲地甩了一下手。

水娟叹了一声，说：“我是为你好啊，她以前在厦门发廊，化名小红，她是专门做‘小姐’的。”

水贵还是愣了一愣，眼睛像是掉进沙子，眨了几下，说：“做‘小姐’怎么啦？我又不嫌弃她的过去。”其实水贵和老婆在网上聊天时，老婆就说过她以前在发廊做过几年，水贵说你以前做什么都不要紧。对水贵来说，网上聊天能聊来一个老婆，他早已满心欢喜得不得了，自己上了四十岁，又瘸了一只脚，虽说在土楼里有点小生意，但是要找个老婆有多难啊，他做梦都不敢想有人愿意上门嫁给他。网上聊来的这个女人虽说也快四十了，在安徽老家离过一次婚，但是没有生育，相貌、身材都还不错（他看过照片和视频，今天亲自看见真人了，还真是不错），在厦门待了将近二十年，也算是见过世面的人，她感觉到在城市里活得太累，想找个可靠的人嫁了，过安静的小日子，她网聊也聊过不少人，最后选定了水贵。水贵觉得这是上天给他的恩赐，他高兴都来不及，哪里还敢挑剔人家？

“是我找老婆，又不是你找老婆，你管那么多干嘛？”水贵气得全身发抖站不稳，抻长脖子冲着水娟质问，“你管得着吗？你自己不先管自己，你有什么资格来管我？”

水娟背过身子，说：“我不是管你，我也不想管你，我只是告诉你，她以前是怎样的一个人。”

“你，你，”水贵拳头不由攥紧了，要是面前的不是女人，他就砸下去了，他突然觉得水娟这个人怎么这样恶毒，难怪老公都跑了！“你，你算什么东西？你做‘小姐’都没人要！”

水娟冷冷一笑，做出一种不计较的表情，她没想到水贵反应这么激烈，这个瘸子想老婆想疯了。

“我欢喜甘愿啦，跟你不相干，你不要多嘴多舌，”水贵用那只好脚跺了一下脚，“你要是在楼里乱说，我跟你不客气！”他又跺了一下脚，表示了最严重的警告。

3

“贵的好厉害，”“不用钱就骗来一个老婆，”“哈，拐脚走运了，这查某看来还不错，好脚好手。”

被一群人包围着，议论着，他们以为她听不懂闽南话，便口无遮拦。其实成小慧都听得懂，还会说，好歹在厦门待过这么多年，她也是农村出身，可以理解这些三姑六婆的好奇心，但是受不了她们随意而尖酸的评说，她感觉到全身不自在，很想变成一粒沙子让人找不见。

“看来也有四十了吧，还能生吗？”“贵的这下爽了，拐脚的有蛮力。”“皮肉比较嫩，不用吹风晒日的那种。”

大家肆无忌惮地议论着她，却把她当作不存在一样，没人正眼看她，哪怕出于礼节对她点头致意一下。水贵又不在，小慧感觉自己快要崩溃了，几次想要冲出灶间。刚才水贵那个堂姐，她一点也想不起来在哪见过面，脑汁绞干了也想不起，然而她居然叫自己小红，没错，自己在发廊时就叫作小红，她会是谁呢？她竟然知道自己的底细？小慧心里乱糟糟的。就在这时，水贵一瘸一拐回来了。她又惊喜又恼怒，冲着水贵就甩出一句闽南话：“你死到哪里去了？”

这话先是把灶间里的亲戚们惊住了，原来水贵这个网上赚来的北仔婆会说本地话，他们一下子都有些难堪了，前后脚都走出了灶间。

水贵看着老婆脸上的愠色，赶紧堆出满脸的笑，说：“我、我去订了个饭店，中午吃饭。”

“你骗谁？订饭店打个电话就行了。”

“我、我去特别交代他……”

小慧哼了一声，霍地站起身，抓起靠在墙边的拉杆箱的杆子，就要往外走。水贵赶忙上前摁住她的手，说：“你、你怎么了？我先带你上三楼休息，还是马上去吃饭？”

“我还是回厦门算了。”小慧推开水贵的手。

水贵急了，傻眼了，立即变成一副哭丧的脸，说：“这、这怎么行？老婆……”

“我又不是你老婆。”

“网上都叫了大半年了，老婆，你别走，我什么都听你的，我会对你好，家里九间旅馆都归你管，收钱都给你，你当老板，我给你打下手，你别走，求、求你了……”水贵说着说着，样子越来越难看，声音都像快要哭出来了。

小慧本来也只是一时生气说要走的，她都下了决心来到土楼，不会轻易改变，现在看到水贵这么诚恳地求她，便顺水推舟地放下了拉杆箱。

水贵咧开嘴笑了，说：“老婆，我们先去吃饭吧，我在路口老毕饭店订了一桌，全是你最爱吃的菜，健美鸭、土鸡虎尾轮、粗鲢、蕨菜，对了，还有金包银，你在厦门吃的不正宗，还是我们土楼的最地道。”

“你呀，就是嘴巴会说。”小慧瞄了水贵一眼，脸色、语气都和缓下来。

“哎呀，都是自家人，好说话，”水贵提起的心缓缓落了下来，两只手抓着小慧的手，感恩不尽地摩挲起来，“你真是个好人，真的。”

“被别人看见了。”小慧抖开了水贵的手。

这时，有游客从门口的廊道上走过，还有人往里面探了探头。自从开发成景区，土楼里的生活就处于被参观、被打量的状态，水贵本来已经习惯了，但是这阵子，他突然觉得这样子很不好，他和小慧还是有秘密的，不希望被别人打扰。

“楼上就没游客了，我们现在都不让游客上楼。”水贵对小慧说。

“不是给五块钱就可以上吗？”小慧说。

“你知道的真多，不过，上楼的真不多。”水贵说。

小慧看着面前的这个男人，他要是不瘸了一条腿，还是有点男人样的，一会儿觉得他是认识了很多年的熟人，一会儿又觉得是非常陌生的人，在网上认识他纯属偶然，就像自己过去的生活一样，充满了太多的不确定性。小慧心里暗暗叹了口气，往事不提也罢，活在当下最重要。

“我们——”水贵说，身子突然哆嗦了一下，眼光僵硬地停在门口。

水娟端着一盘子的金包银，悄无声息地跨进门槛。

“你——”水贵不由自主地往后趔趄了一步。

“你刚才不是叫我给你留四五粒？喏，刚出锅的。”水娟把盘子里热气腾腾的金包银端到了水贵面前。

水贵的手下意识地往前一挡，盘子哐当掉在地上，碎成了两半，四粒金包银滚到地上，有一粒都摔破了露出肉馅。

“你今天吃错药啊？”水娟说。

“你才吃错药！”水贵猛地拔高声音说，“你想干什么？”

小慧愣愣地看着面前的情景，感觉自己像是一个局外人，他们之间有着难分难解的争执，凭女人的直觉，她知道跟自己有关。

“你自己说要金包银的。”水娟说。

“我没让你送来。”水贵说。

“你今天怎么了？以为网上赚了一个老婆，很了不起啊？”水娟说。

“你不要给我四散说，你，管好你的嘴！”水贵说。

他们说的是闽南话，小慧全都听懂了，果真是跟自己有关，她一时不知道怎么表态，也许装作听不懂是最好的，她干脆转过身去看贴在墙上的价目表。

“四粒金包银二十元，盘子算十元，你要赔给我三十元。”水娟朝水贵伸出一只手，一副要钱的姿势。

“凭什么？你真敢要！”水贵扭过头去。

“你让我留，又是你打破掉地上，你当然要赔，”水娟说，“我还没收你外送费呢。”

“你做梦！”水贵说。

小慧从身上的挎包里掏出钱包，打开取出了三十元，转过身走到水娟面前，递到了她的手里。

水娟愣了一下，还是把钱接了，对着水贵的背影瞄了一眼，大步走出灶间。

4

最后一笼金包银起锅了。灶间里弥漫着热气，水娟整个人像是被罩在雾里一样，她用布垫端着金包银走到门边，迈出一脚跨过门槛，有个人从廊道上走过来，迎面撞上金包银，她的手一抖，整笼的金包银就甩出了手，摔在了廊道上，哐当一声，这是不锈钢蒸笼掉在红砖上的声音，蒸笼滚了几圈，翻到了天井里。

“你这个死拐脚，又是你，”水娟见是水贵，跳脚骂道，“今天你犯煞了，跟我金包银作对！”

“我，”水贵乍一撞，身子还有点晃，他连忙站稳脚跟说，“好吧，我赔你，今天我是犯着你了。”

“你这个死拐脚，想老婆想疯了，也不多给我长只眼！”水娟骂骂咧咧的，两只手飞舞着直扑向水贵的下巴。

水贵躲过了攻袭的手，扭着身子闪进了灶间。一群游客在导游小黄旗的带领下走了过来，水娟赶忙推销她的茶叶和金线莲等土特产，暂时把水贵晾在灶间里。

有两个人问价，但是生意都没有成交，水娟多少有点沮丧，她转身看向灶间，一只手撑在门框上，怒目直视水贵，说：“我得罪了你，还是我的金包银得罪了你？”

“都不是，都不是，”水贵摆着手，叹了一声说，“是我得罪了你，娟姐啊，我叫你一声娟姐，好好跟你说几句话，希望你能理解我。”

“哦？日头从西边出来了？”水娟抿嘴冷笑了一声。

“你也知道，像我这样的，四里八乡一听是个拐脚，又上四十了，很多人连见个面都不愿意，现在的人都势利得很，这也不奇怪啊，这几年，虽说搞了客栈，但还是很难，你知道——”

水贵缓缓说着，水娟慢慢也听入心了，他在说他，好像也是在说自己——我不也一样？四里八乡一听是个老公跑了的女人，快上四十了，就在土楼里卖点金包银、茶叶，唉，现在的人果真势利得很啊，生活很难——水娟低下了头，眼眶似乎有些发热了。

“我在网上聊了小慧，她说话很耿直，我们很聊得来，其实，她也告诉过我她的经历，包括她在发廊做过，虽然她没有明说做过那事，但我一点都不嫌弃，真的，我有什么资格嫌弃人家？再说，那是过去的事了。就因为过去那样，她变得很善解人意，也很体贴人，知足，玲惜，懂得生活，刚才我们去吃饭，我点了四五个菜，她坚决不要，只要三个菜，吃完饭一回来，她就开始整理、打扫客房……”

“恭喜你呀，贵的，终于找到一个好老婆。”水娟说，心里一阵发酸。

“所以，所以，我想了想，还是要来求你——”

“求我什么？”

“求你不要过问她的过去，不要四散说，我本无所谓，但我们永和楼还有那么多老货子，他们关心什么名节，根本不关心我没有老婆内心会不会苦——”

水娟心想，谁又来关心我没有老公心里会不会苦？她朝水贵点点头，说：“好吧，”看他瘸了一条腿，人永远站不直，他每天要在这人世间走来走去，也真是不容易，“好了，不问，不说。”

水贵晃了几下身子，把身子站稳住，说：“还是娟姐你理解我。”

一群游客涌进了永和楼，天井里的摊点也热闹起来，廊道上都挤满了人。水娟转身出了灶间，从地上拾起蒸笼，捡起几粒金包银，吹掉沾着的尘土，还有几粒不知被哪个游客的脚踩烂了，变成肮脏的一小团。她把金包银放在桌上，大声吆喝说：“金包银，金包银，茶叶、金线莲——”

“你这东西从地上捡起来，还能吃？”一个游客问。

“这个，我全买了。”水贵走出灶间说。

隔壁那个摊点的音箱一阵破裂声之后，又响起了闽南语歌《金包银》：

别人的生命是框金又包银
阮（我）的生命不值钱
别人若开嘴是金言玉语
阮若是多讲话
念弥着出歹志（马上出事情）
怪阮落土时遇着歹八字…

5

夜很深了，土楼隔音不好，耳边传来翻床、磨牙甚至梦呓的声音，水娟其实也一直在翻床，那咿呀呀的响声在深夜里被放大了几倍，显得很刺耳。睡不着对水娟来说是经常的事，今晚睡不着，更是正常的，她心里一直想着水贵和小红的事（水贵说她身份证上叫成小慧，但她还是把她叫作小红），他们在床上的情景也一次次浮现到她眼前，那是很撩人的情景，她知道就是这情景刺激得自己睡不着，她试图在各种噪音中寻找、分辨出水贵和小红的床上动静，但是实在找不出来，各种噪音羼得太紧了，跟整座土楼融为了一体。

水娟干脆从床上爬起来，拉开卧室的门走到廊道上，靠着栏板望望天，往下看看天井。天上半轮月闪射着寒光，她身着单薄的睡衣，不由哆嗦了一下。水贵的卧室就在前面几间，她抬头往那边望了望，似乎想发现一点什么。其实什么也没有。土楼每个房间看起来都是相似的。水贵那间卧室里显得特别安静，现在一定在沉沉的睡梦中了。这个拐脚从此好睡觉了，只有自己，每天睡不着。水娟本来想沿廊道走一圈，想了想还是打消念头，回到了卧室里。她想，水贵的运到了，还是祝福他吧。

重新回到床上的水娟想通了，想开了，全心通透，翻一下身便睡了过去。

这一觉睡得好沉。水娟醒来抓起床头的手机一看，都已经快9点了。

她从没睡过这么迟。单身一人，要睡多迟都可以，只是从来都不好睡，今天是一个特例。

穿好衣服，快速梳了梳头发，水娟走出卧室，发现今天是个好天气，永和楼上空圆圆的一圈，白云舒缓地飘过蓝天。她全身心也愉悦起来。沿着廊道向楼梯走去，经过水贵的卧室时，看到门开着，水贵正坐在床头吸烟。水娟好奇地走进来，看到卧室里只有水贵一个人，带着一丝坏笑说："昨晚好睡吧，腰没断掉？还起得来？"

水贵转头看了看水娟，目光呆滞，脸上又是一副苦相。

"怎么了？你？昨晚太拼命了啊。"水娟说。

水贵吐了一口烟圈，把烟头扔在地上，用那只好脚碾了几下，站起身，缓缓地说："娟姐，我还是告诉你一个人，希望你不要跟任何人说起——"

"怎么了？她亲口承认她叫过小红，做过'小姐'？"水娟说。

"不是。"水贵摇头。

"那还有什么事？"

"她跑了。"

"跑了？她？"

"嗯。"

"你、你们不是网聊了那么久？难道她是个骗子，华丽转型啊？"

水贵把手上的手机递到水娟眼前，让她听小慧发给他的微信语音：

哈哈，拐脚，老公，你卡上的钱，不多啊，这单做得好辛苦啊，没错，我们是个骗子集团，我的同伴前两天就开车自驾到了土楼，住在另一家客栈，现在我们离开马铺县城了，再见啦，拐脚，老公！

水娟惊讶得合不拢嘴，事情的结局竟然是这样的，她根本就没有想到。她猛地回过神来，说："快报警啊。"

"算了，还不嫌丢人吗？"水贵叹了一声。

"你卡上有多少钱？现金又有多少？"

"现金比卡上还多，三万八千多元，卡上应该有一万多，昨晚上那个……的时候，我把钥匙、密码都给她了……”

“还是，报警吧。”

“别、别，破财消灾吧，再说，传出去多难听，我更讨不到老婆了。”

“你呀你。”

“我睡得太沉了，睡死了一样。”

“你呀你，你呀。”水娟摇头叹息。这时，她内心里竟然有一种说不出的愉悦，原以为水贵要走运了，没那么容易的事啊，八字还没到，同个祖宗，同座土楼，哪能让他一个人占了风水？水贵这下被卷得差不多破产了吧，这实在让她心里隐隐想唱几嗓子。一楼廊道上的摊点又比赛似的放起歌曲，当然还是那支《金包银》最高亢：

别人的生命是框金又包银
阮（我）的生命不值钱
别人若开嘴是金言玉语
阮若是多讲话
念弥着出歹志（马上出事情）
怪阮落土时遇着歹八字……

母亲的老三

1

“老三啊老三，你在哪里？你快来看看，老大要赶我走啦！”母亲突然躺到客厅的地上，一只手拍打着地板，另一只手向上挥动着，嗓子里发出尖利的呼叫声。“老三啊老三，你在哪里？”

老大没料到母亲会来这一招。事情本来是不好开口说的，老大整夜失眠就想着怎么说，天快亮时，他迷迷糊糊睡了一会，但很快还是被一阵吵架声弄醒了。这是妻子和母亲在吵。他心里立即像压上一块巨石似的，浑身长了毛刺一样烦躁。妻子摔门而去，他知道这是带小晴上补习班了。铁门撞击门框的响声在房间里久久回响着，老大猛地坐起身，双脚在床下随便穿了一双大小不一的拖鞋，打开卧室的门。卧室正对着客厅，老大一眼就看见母亲佝偻的背在客厅的角落耸动着，他吞了几下口水，还是把想了一整夜的话说了出来。母亲耸动的背静止不动了，她缓缓转过半个身子，一眼光斜着扫了过来。老大不敢迎接她的眼光，往一边掉过头去，只听见咚的一声，母亲就躺倒在地上了。

“我不是赶你走，小晴明年就高考了，怕影响她嘛，我只不过让你回老二那里住一段时间。”老大向地上的母亲走过去几步，俯视下的母亲形象丑陋，上衣向上卷起一截，露出了一块臃肿松弛的肚皮。他想把母亲从地上拉起来，但是母亲的脚在地上蹬着，他被蹬到了好几下，只好绕到前头去。

“老二赶我到城里，现在你又要赶我回老二那里，好呀，你们兄弟俩就这么嫌弃我？老三啊老三，你在哪里？你快来看看，老二赶我，老大也赶我！”地上的母亲一边蹬脚一边呼叫，五官都扭得变形了，眼泪、鼻涕把整张脸涂抹得很不雅观。

听到母亲反复呼叫“老三”，老大心里有一种说不出的滋味。他转过身，呼了一口气，面前是女儿小晴的卧室，门关着，自从去年母亲到来之后，小晴不管有没有在房间，都要关门上锁。他感觉脑袋里乱哄哄的，身子有些站不稳，一手抓着门把，无意识地拧了一下，门竟然开了。小晴出门前忘记上锁了？房门只打开一半，他就看见墙壁上画着一个骷髅，仔细一看，是画在一张纸上然后用图钉钉在墙上的，骷髅上头还画着一把滴血的刀子。小晴的房间他已经好久没进来过，不知她画个骷髅是什么意思？可以肯定，是在表达某种恶劣的情绪。他还是把门带上了。

“老三啊老三，老三，你在哪里……”母亲的呼叫变成了絮叨。她从地上坐了起来，目光木木地盯着一块地砖发呆，原本还算整洁的发式被弄乱了，一绺白发从眼睛上面垂落下来，挡住了她半张脸。老大眼睛从上往下看，母亲的后脑勺上秃了一块，这块柿饼大小的秃斑很刺眼，但他之前从未见过，现在他居高临下地看着母亲满头苍白的头发，那块秃斑就像是在中间剜出一只眼睛。他在心里叹了一声。

“我老是老了，可我好手好脚，还能给你做家务，你就嫌弃我了，我不知以后会怎么样？老三啊老三，你在哪里？”

“我、我没嫌弃你！这不是小晴明年要高考了吗？我是跟你商量，你先回老二那里嘛，老二现在在土楼开客栈，生意好，有时你也可以给他帮个手。”

“他看我不顺眼，嫌我碍手碍脚，这才把我赶到你这里来……”

“他凭什么赶你？老爸留下的几个房间，从法律上说都是你的，他根本没资格赶你。”

“他这不是开旅店客栈吗？一间房给人住一天，可以收一百多块……”

“他倒是发财了……”老大想起老二在老家土楼里开了客栈，他虽然从小不爱读书，只读了一年初中就辍了学，到处游荡，但脑子挺好用，土楼还没有成功申遗前，他就租下了同一幢土楼里别人家空闲的房间，那时还没多少外地人到土楼旅游，大家都是眼光短浅，不觉得破破烂烂的土楼有什么看头，许多人家的房间都关了好多年，门上的锁生锈得厉害，老二一开口说要租房，大家确认不是开玩笑之后，都把空闲的房间租给了他，租金相当便宜，而且租期长的五十年，短的也有二十年。老二大多一次性付了租金，然后陆续把房间装修改造成客房。老大名下也有一间灶房、一间卧室，当然是从父亲那里继承来的，他在马铺城里安家多年，这十几年辛苦读书读到城里来，好不容易从土楼人变成城里人，从未有过告老还乡一类的想法，所以当老二提出租用他的两间房时，他很豪气地摆摆手说，你要用就拿去用好了。老二说，这不行，亲兄弟明算账，我向你租，租金跟租五叔公那两间房一样多，租期也是五十年，过几天我就把租金给你，以后你带老婆孩子回来，这里还是你的家，住我的客房，我不会收你一分一厘的。老大压根没把这当一回事，他认为老二在土楼里开客栈是一件愚蠢的事情，不过他实在懒得告诫他或者阻止他。他不就是爱折腾吗？由他折腾去好了。过了几天，老二果然进城给他送了一笔钱。老二是到他办公室里来的。老大说中午到家里吃饭吧。老二一边说着不用，一边走到门边，突然想起来什么一样，又折回来，从口袋里掏出两张打印好的纸，也就是租房合同，让老大签名。老大看也没看就签了名。老二用普通话说了一声谢谢，走出办公室，扶起放在外头那辆俗称红狗公的摩托车，猛踩几下，然后冒起一股烟跑了。谁曾料想，土楼在2008年成了“文化遗产”，许多土楼村落被政府开辟成旅游景区，老二的土楼客栈虽然不在旅游景区的核心地带，却也是人气旺盛，节假日都订不到房间的。老二的生意越好，老大的心理就越不平衡，但他实在拉不下脸来，大前年老婆得知老大在土楼有两间房，多年前便低价长租给老二开客栈，先是把老大训斥了一顿，然后专程搭车跑到土楼找到了老二，要求那两间房以入股的形式每年分红，而不是收租金。这个要求遭到了老二的严词拒绝，老二还给老大打电话说，管管你老婆吧。老大气得直发抖，一个字也说不出来。兄弟俩就这么撕破脸，几乎没有往来，老大见到老二几次还是在电视上，那是马铺电视台采访老二，老二面对镜头侃侃而谈土楼旅游，俨然像一个大老板。去年秋天的一个傍晚，老大下班回家，刚把自行车推进车棚，突然看见母亲坐在车棚后面的一棵龙眼树下，不由得大吃一惊。原来母亲是被老二赶出来了，这是母亲的原话，“这个夭寿仔，把我赶出来了”。母亲一直是跟老二一起生活的，这几年老大除了清明独自回去过，春节都没回去，平时也几乎没给母亲打过电话，除了清明回去塞给她几百块钱，不曾负担过她的生活费。老大这么一想，心里便有些愧疚。母亲既然被老二赶出来，理所当然要投奔老大，老大没有任何理由不接纳，他知道老婆一定会反对的，但他也顾不上了，帮母亲提起地上的包袱，带着母亲往三楼的家里走去。

“我知道，你们兄弟俩都嫌弃我了……”母亲抹了一把眼泪，把头发捋了几下，抬起眼睛看着老大，她的情绪慢慢平复下来，然后又丧气又认命地人低下头。

“也不是嫌弃你啊，你在这里也住了快一年了，明年小晴就要高考了嘛，你回老二那里住，现在土楼成了旅游区，多热闹啊，你还有那么多亲戚、熟人，而且空气也比城里好，你在这里住了这么久，也没什么朋友，天天窝在家里，跟秀雅、小晴关系也不好，真的还不如回土楼住呢。”

“我知道，住你这里是受罪……”

“嗯，让你受这么久的罪，妈，你别记心上，我真的不是嫌弃你，我希望你生活得开心一点，土楼是你生活了六十多年的家，你回土楼接地气，又有好空气，吃的都是原生态的菜，肯定比城里舒服多了。”

2

母亲在村口下了车。这趟过路车只有她一个人下车，那些在路口准备招揽游客的村里人，说来都是她的晚辈，看到她提着两只圆鼓鼓的塑料袋子走下来，也没人上前搭手一下，只有一个人隔着几米远问道：

“姑婆，你怎么不在城里享福了？”母亲提着袋子往村子里走去，脚下是硬邦邦的水泥路，像马铺城里的路一样难走，她走了一阵，这才记起来回应一句：“我就是要回土楼啊。”

村子里有十来座大大小小的土楼，有圆形、方形，也有椅子形，母亲的娘家是隔壁村的，住的是一座方形土楼，嫁到这里变成住圆楼。这是一座叫作永定楼的建于清代乾隆年间的中型圆楼，三层高，每层36个房间，一楼是灶间，二楼是禾仓，三楼才是卧室。她刚嫁过来的时候，永定楼里还住得满满当当，后来，不断有人搬出去，早几年，永定楼差不多成了一座空楼，一到晚上就黑灯瞎火，剩下的住户不到十家，而且都是老货子，老二开始租房间搞客栈，母亲气得直骂他败家、乱搞，老二对母亲的指责一向不以为然，甚至有点不屑，“你不懂，少插嘴。”常常一句话就堵住母亲的嘴。当然，后来事实证明老二是对的，眼光看得特别远，那些把房间租给他的楼里人（其实都是沾亲带故的）无不感叹，老二这个人太厉害了，不服不行。老二的“永定楼客栈”渐渐扩大到三十几个房间，土楼申遗成功之后，没有人愿意把房间租给他了，或者漫天要价让老二租不起。老二在楼门厅设了一个接待前台，亲自坐台，他老婆则负责打扫房间、洗床单被单等，母亲主要是给她打下手。老二有个儿子，比老大的女儿还大两岁，在上海一所大学读书，老二当年不爱读书，他儿子却是个学霸，老二有时自嘲说“歹竹出好笋”。母亲像长工一样给老二打工，但毕竟年纪大了，手脚迟缓，还常常出差错，有一次竟然不小心用开水烫伤了一个游客的孩子，老二媳妇自然没有好脸色和好语气，老二开始公然辱骂母亲：“你会不会啊？”“你都活这么大年纪了，连这也做不好？”

其实母亲以前是一个很大度的人，但是面对老二的责骂，她终于忍不住了，当即从橱柜里挑出两只缺角的碗，狠狠摔在地上，响亮的破碎声表达了她内心的愤怒。母亲说，我不是你的长工，你别以为我只有靠你才能活。老二说，你当然不用靠我，你最好不要靠我，你不是有老大吗？老大在马铺城里当干部，住的是钢筋水泥的洋楼，机关大干部啊，有权有势，吃香喝辣，多风光啊，你可以跟他一块享清福去。老二不忘捎带讥讽一下老大，其实老大在马铺县政府的机关里混得非常糟糕，大学毕业进了一个局，二十几年了，至今还是一个科员。母亲当然不懂这些，老大是永定楼里第一个大学生，毕业后在城里当干部，这就够了，这就是她的骄傲。母亲当时就在心里打定主意，走，马上走，到马铺城里投奔老大。

可是现在，母亲从城里回来了，一步一步向永定楼走去，腿脚感觉到酸痛乏力，不得不走几步歇一下。手上两只塑料袋死沉死沉的，一只装的是她的衣物，另一只装的是老大在车站门口杂货店临时买的干果、蜜饯之类的东西，她根本不想要，老大硬塞到她手里的。刚才在车上，母亲还是满腹的悲凉，我是被老大赶回来的，老大把我赶回来了。永定楼就在面前了，这个想法渐渐平淡了。母亲想，我生在土楼，活在土楼，到城里只不过是做客，我还是要回到土楼来的。实际上，在马铺城老大家将近一年的时间里，母亲过得并不开心，感觉像是坐监狱似的，儿媳的冷漠不用说了，孙女也不亲，老大则像受气的小媳妇一样，说话都不敢大声。她睡在客厅角落的一张钢丝床上，开头几天实在无法习惯，心里特别想回永定楼，可是刚刚跟老二闹翻，怎么能这么快回去呢？她坚持下来，居然渐渐也习惯了，老大一家上班的上班，上学的上学，家里只剩下她一个人，她扫扫地、擦擦家具、洗洗衣服，然后发发呆，在心里跟老三说几句话，时间很快就过去了。就是坐牢她也适应了，可是老大突然把她赶回来，母亲想，回来就回来，永定楼里还有自己的一间房呢。她心里想好了，这次回来就不给老二打长工了，她自己开伙自己生活。

母亲一脚跨过永定楼的石门槛。老二摆在楼门厅的那个半人高的大台桌，这时候没有人，桌上的电话机唱着一首古怪的歌曲。母亲没看到老二，也不想看到他，就穿过楼门厅，向右边廊道的楼梯走去。母亲的卧室原本在三楼，早几年老二搞客栈，让她搬到了二楼的一间禾仓里。现在的禾仓不需要放农具什么的，被老二改装成卧室，她住几年也住习惯了，甚至觉得少爬一层楼梯，比过去方便多了。母亲上一级楼梯歇一下，腿脚软软的使不上劲，歇了十几下，终于走到了二楼，然后咬牙屏气，一口气走到自己的房间门前。

门上挂着一块木牌子：206。

母亲愣了一下，以为自己走错了，但是没错，自己的房间从楼梯右面算过来就是第6间，现在怎么变成了206？她发现房门新上过漆，门上的铁环锁不见了，可是门锁着，推不动，她知道，老二客栈房间门都是统一这种“宾馆锁”，要用卡片靠近嘀一声才能开。

砰！砰！砰！母亲抬起手在门上拍了三下。这是怎么回事？自己的房间被换了锁，连自己都进不去了。

母亲感觉脑子里嗡嗡直响，身子都快要站不稳了。这是她完全没有想到的事情，老二这个夭寿仔，敢情是把她的房间改装成客房赚钱去了。母亲探头从栏板上往天井里望，看到有人走过，她胸口堵得发慌，张开嘴巴却发不出声音，索性一屁股坐下来，坐在了廊道的木地板上。

“老三啊老三，你在哪里？你快来看看，老二把我赶到老大那里，老大又把我赶到老二这里，现在老二连门都不让我进了！”母亲在心里呼叫着，感觉到整座土楼里嘤嘤嗡嗡响着她的回声。“老三啊，老三，你快来看看，老三，老三啊……”

有人走上楼梯来了。嘭，嘭，嘭，脚步声一点一点响过来。来人正是老二。他看到地板上坐着一个老人，走近一看竟然是母亲，不由倒吸一口冷气。

“你、你怎么回来了？”

母亲清了清嗓子，终于可以发声了：“这里是我的家，我怎么不可以回来？”

“你不是在老大那里住得好好的吗？怎么回来也不提前说一声？”

母亲抬起头朝老二瞪着眼睛说：“你把我的房间打开，这是我的房间。”

“唉，我以为你在老大那里住得舒服不回来了，你也没说你要回来，这不是客房紧张吗？我就把它改造成客房了。今天我要接一个从厦门来的团，有三十几个人，正好房间都住满。老妈，你还是回老大那里住吧，以后我每个月给你生活费。”

母亲弯腰揉搓了几下大腿，然后扶着墙壁慢慢站起身，说：“这里是我的家，我为什么要住老大那里？”

“老爸过世后，你就跟我一起过生活，这都快要二十年了，老大进城也二十几年了，你这才跟他过一年，再说，我初中只读一年书就没读了，从小出去打工，没让你们负担多少钱，而老大中学读了六年，大学读了四年，用的都是你们的钱，你们在老大身上投了这么多钱，现在去他那里住几年又怎么样？”

母亲怔怔的，腿脚软绵绵往前塌下来，整个人咚地又倒在了地上。老二慌忙向前奔走了几步，侧身要扶起母亲，但是手臂被母亲打了一下，他就知道母亲没事，然后放心地直起身子，说：“老妈，你还是先回老大那里，我今天接的这个团晚上在马铺城里吃饭，我等会要开车到城里，晚饭后带他们来永定楼住，我顺便把你送到老大那里。”

“土楼是我的家，你凭什么、凭什么要赶我？”母亲躺在地上，仰看着面前的老二，老二的个头显得特别庞大和冗长，像一段巨崖悬在她的头上，随时可能掉下来。

“我没赶你啊，老妈，你怎么这么不明事理呢？我只是让你到老大那里再住一段时间嘛，最近客栈生意好，难道你不希望我的生意好？”

母亲两只手撑着地板坐起了身子，她知道，这一段时间来，整个人动不动就摔跟头，这把老骨头看来是越来越没用了，所以，老大要赶，老二要赶，从土楼赶到城里，从城里又赶到土楼，又从土楼赶到城里，她是希望老大老二都过得好，可是谁希望她过得好呢？

3

老二的车在山路上开得飞快。这是一辆新买不久的二手车，老二还欠了车主一万元。他一手摆着方向盘，车一会儿右弯一会儿左转，突然上坡又猛地下坡，母亲的五脏六腑早已被颠得翻江倒海。老二一边开车一边接了五六个订房电话，心里乐滋滋地想，照这样的势头，月底他就可以把那一万块还上了。

坐在后座上的母亲摇来晃去的，她忍住了呕吐，她居然忍得住。母亲嘴里喃喃念着“老三老三”，感觉到整个人在飘荡，一会儿升上天空，一会儿又落到地上，被一股看不见的风挟持着，无法消停，她只好不停地念着“老三老三老三”，好像这是抵抗一切的咒语。

车子突然停了下来。老二下车打开后座的车门，说：“到了，这是老大小区的大门。”

“老三老三老三……”

“老大，老大家嘛，你自己进去吧。”

“老三老三老三……”

“老大一定在家，这都天黑了，早下班了，我没时间，要赶到大酒店去接客人。”

“老三老三老三……”

母亲怔怔地看着车外的街道和天空。天色已晚，街上是急匆匆的车辆和行人。对母亲来说，这一切都非常陌生。她嘴里仍旧不停地念着“老三老三老三”，老二走过来把她拉下了车。老二并没有使劲，她像一个木偶一样，一扯就动，一动就失控了。她有点踉跄地往前走了两步才站稳身子。那两只塑料袋子被老二从车里扔出来，不偏不倚，正好落在她左右两脚的鞋子上。

老二的车跑了。面前有很多车在跑。母亲眼里渐渐看不见车了，只看见一只风筝在飞。她想，老二把她从土楼赶到城里，老大把她从城里赶到土楼，然后老二又把她从土楼赶到城里，不管是土楼还是城里，原来都没有她的栖身之处，她还能去哪里呢？对了，老三老三，唯有老三。母亲看见天空中的那只风筝飘飘悠悠的，像是向她招手……

母亲一屁股坐在街边花坛上，硬硬地抬起脖子望着天空，脖子越抻越长似的，好像要把整个人抬起来，可是她的身躯实在太重，她只能坐在那里仰望着天，天上一只风筝向她飘来，她抬不动身子，看着风筝上下翻飞，心里有一种美滋滋的感觉。

4

几个月之后，临近春节前，老大突然想起给老二打个电话，问问母亲的情况。接到电话的老二很惊讶，反问母亲不是在你家里吗？这时，老大老二才知道母亲既不在老二的永定楼里也不在老大的马铺家里，母亲消失了，而且无声无息消失了几个月。

老大呆住了，手机从他手里滑落，咚一声掉在地上，他也没有反应。屋子里黑了下来，越来越黑，他在黑暗中坐成了一尊雕像似的。

突然，啪的一声，客厅的灯亮了。是送女儿去上晚自习的妻子回来了，他都没有听到她的开门声。骤然亮起的灯光刺激着他的眼睛，他连忙抬起手擦眼。

“你一个人黑鬼鬼坐在这里，吓我一跳，你怎么了？”妻子不满地说。

老大擦着眼睛说：“没、什么……”

妻子走了过来，疑惑地盯着他看了看，差点尖叫了一声，说：“咦？你在擦眼泪？这可是太奇怪了啊，你怎么了？”

老大低下头，说：“怎么了，擦眼泪怎么了？……”他的肩膀突然耸动起来，一股热气从胸腔里涌上来，到喉咙里化作了一片浑厚的哽咽，“我母亲失踪几个月了……”

这倒让妻子惊讶了，她从未看见丈夫哭得这么伤心，像一个孩子似的，泪水吧嗒吧嗒直往下流。

是的，这个夜晚老大哭了，他边哭边想起那年他在乡上中学读高中，大冬天冻得全身抖抖索索的，一天早晨起来出早操，竟然看见母亲缩着身子站在宿舍楼前面的电线杆下，原来是母亲一大早从家里走了十多里路给他送来一件她好几个晚上挑灯织出来的毛衣。母亲招呼他赶紧穿上，用单薄的身子为他挡着风，让他立即穿上温暖的毛衣，然后吸着清鼻涕，转身又走了，他想起几十年前母亲那冻得发紫的瘦脸，越发止不住哭泣。

这个晚上，老大整夜未眠，直到窗台上一片泛白，天亮了，他也没有合一下眼，母亲的影像一直浮动在眼前。

从客厅进来的妻子递给老大一直响着的手机，他接起电话，原来是老二打来的："我现在在你小区门口。"

老大翻身下床，用最快的速度穿上毛衣夹克和长裤，走到门边，连袜子也顾不上穿，趿上一双鞋就咚咚咚跑下了楼。

老二看见老大冲出小区时摁了一下喇叭，他事先已摇下了车窗，老大喘着粗气走过来，目光凶狠地盯着老二，几乎朝着他喷了一口粗气。老二的眼睛也布满血丝，他没吭气，只是低低地说："快上车。"

派出所、救助站、福利院、精神病院、河堤管理所甚至殡仪馆，老大老二到处找了一整天，中午只吃了一份快餐，连水都没有喝一口，但是到处都没有母亲的消息，哪怕一丁点相关的信息也没有，母亲就像一滴水在空气中蒸发了。

老大老二不知是第几次失望地回到车上，屁股刚一接触到座位，整个身子就像散架一样。老二拧着钥匙点了几次火，跑了一天的车也累瘫一样无法启动，突然想起来，说："那天我听老妈一直念叨'老三'……"

老大重重叹了一声，说："唉，可是，老三在哪里呢？"

母亲的老三正是老大老二的弟弟，二十几年前，老三还是七八岁的样子，他有一天下午在永定楼前的晒谷埕上放风筝，很多人都看到了，他就在那里放风筝，风筝在天空中上下翻飞，可是那天晚上老三却奇怪地失踪了，生不见人，死不见尸，再也没有任何消息，就像那只风筝消失在无边无际的天空里……

老大老二知道，母亲一直没有忘记老三，父亲还在时，家里每年围炉过年，母亲都要摆一副碗筷空一张椅子给老三，后来父亲不在了，母亲依旧要给老三摆一副碗筷空一张椅子，老二曾经问过，为什么给老三摆碗筷不给父亲摆？母亲说，你父亲是真的不在了，但是，老三还在。

但是，老三在哪里呢？二十几年没有音信，老三在哪里呢？或许只有母亲知道。

老大说："我们俩都是、都是……母亲只好去找老三了……"

但是，老三在哪里呢？老二在方向盘上趴下来，开始低声啜泣。老大沉着脸，眼里也噙满了泪水。

卤

1

石家东正在打卤汤，口袋里咕噜咕响起公鸡叫声，这是他的手机铃声，叫得起劲的声音里带着一些急躁，似乎要啄破口袋冲出来。锅里的汤料已经煮开，香菇、鱿鱼丝、碎干贝、黄花菜、鲜笋丝在沸腾的水中起伏，热气和香气扑面而来，他刚切好五花肉，抓一把水淀粉揉着肉，然后一把一把地放下锅。那鸡叫声越来越急切，可是他的手黏糊糊的，而且，这么早谁会打电话来？他赶紧在干净的抹布上擦了几下手，从口袋里掏出手机，鸡叫声戛然而止，他不懂得怎么回看来电号码，只好把手机收进口袋，继续抓水淀粉，把案板上的五花肉抓揉一番放到锅里。这时公鸡又叫了。石家东顾不上擦手，刚接起电话，石家兴的声音就像爆竹一样在他耳边炸开了。

“老爸你不要啦？他就是我一个人的吗？”

石家东不由怔了一下，手机都差点掉到地上，大哥的话里带着强烈的火药味，从六十公里开外的土楼里直向他扑来。

“安怎么啦？前几天不是刚捎回去六百元？”石家东心里也不悦，猛地拔高了声音，“你别老是卤我！你这么早就来卤我！”

蹲在水龙头下洗豆芽、韭菜的老婆陈素花起身关掉水龙头，眨着小眼睛看了看丈夫。

石家东似乎也意识到自己的语气太冲，沉下脸咂巴了一下嘴。他听到大哥说了一句：“老爸快不行了，你最好马上赶回来。”电话挂断了，嘟嘟声在耳边久久回响着。

“安怎么啦？”陈素花探过脸来。

锅里的卤汤像温泉一样向上冒出，伴随着香气的是一阵很欢快的响声，石家东却是心头沉重，发呆中猛然想起，自己正在打卤汤呢，赶紧从调味盆里抓了一小把盐和味精撒到锅里，端起一碗打好的鸡蛋，一边洒到锅里一边用勺子不停地搅动，一朵一朵蛋花浮上来。

“安怎么了？”陈素花又向前凑过来那张乱眨眼的脸。

石家东把一小盆水淀粉倾入锅里，这是打卤汤最后一道勾芡的工序。他拿着勺子的手突然僵在空中，说：“我要赶回去一趟。”锅里的香气呛得他突然想打个喷嚏，他别过头去，说：“家兴说老爸快不行了。”

“哦？”陈素花声音哆嗦了一下，“那……”

“我先搭早班车回去，你一个人看店，这么大锅卤汤、这么多卤料，先把今天的生意做完，等我电话再说吧。”石家东说完，关掉液化气炉上的开关，从灶台里面走出来。面前就是他的土楼卤面店的店面，两边各是三张木桌木椅，中间有一条窄道，即使眼下还没有开门纳客，店面也显得逼仄。卷闸门已经往上推起了一截，石家东举起一只手，哗啦，把它全推了上去。

街上有汽车驶过，还有摩托车声。天还不是很亮，晨风吹到石家东脸上，还有一股清冽的味道，不像白天是涩硬的。这条街也算是马铺的老街，灰扑扑的街景在晨曦中伸着懒腰醒来。石家东大口呼吸了几下，心思全飞到六十公里开外的老爸身上了。

十年前，父亲瘫痪了，中风起不了身。石家东回家把他从土楼的三楼卧室里背到一楼，按土楼的格局，一楼灶间、二楼禾仓、三楼卧室，他在一楼自己那间闲置多年的灶间铺上木床，就成了老爸的卧室，这也是为了方便老妈的照顾。其实，那时老妈身体已经非常虚弱，但她每天还是像陀螺一样转个不停。终于，不到三年，老妈先走了，老爸依然活在床上，就像整座土楼、整个村子一样死气沉沉，但不时还能轮转一下眼睛。自己一家和大哥一家先后进城二十多年了，都是打工糊口，租住马铺城里最偏僻最简陋的老房子，根本没有能力把老爸接到城里。唯一的一个姐姐嫁到外村，现在已经当了外婆，也是村里城里两头跑，忙不过来，而且从习俗上说，她也没有理由回来照顾老爸。一个巨大的难题摆在面前。那些天石家东几乎想出了半头的白发，最后他不得不央求大哥石家兴回家照看父亲，大哥进城后一直在一家台商的机械厂打工，左手掌不小心被机器轧断，成了“一把手”。大哥上访多年，那家机械厂的台湾老板早就跑回台湾了，破落的厂房被政府卖给了开发商，他也没得到多少赔偿，渐渐就死了心，老婆也在这时候暴病身亡，他独自一人以捡废品为生，本来他有一个儿子一个女儿，可是远在广东打工，不争气，也不孝顺，别说救济一下父亲，平时连电话也几乎不打一个，有一年儿子回马铺看他，却是因为躲债，当天偷走他省吃俭用好多年的三千来块钱，又跑回广东赌一把了。当然，让大哥回家照看父亲，石家东开出了他所能承受的最高的价位：所有费用（包括老爸药费、生活费以及大哥一切起居费用）均由他负责，另外每个月再给大哥二百块钱，当作是“工钱”。最后这个条件他是瞒着老婆的，谁知大哥觉得二百不够，坚持要三百，他咬着牙下了狠劲，三百就三百吧，反正，每天多从卖卤面的钱里暗藏一些就是了，唉，三百块，至少要卖一百三十碗卤面才能赚到。大哥说，三百块比天大啦？我随便在城里捡废品，一个月也有六七百块。石家东说，你不是一只手不好嘛，也别太劳苦，回家照看老爸也可享受一下清闲。大哥几乎跳起来了，说，那是个清闲活儿吗？那你来干好了，我一个月给你三百块，不，四百块，你干不干？石家东生怕大哥变卦，不敢和他多嘴。大哥反复嘀咕着说，你真会卤我，早晚我要被你卤死。石家东闭紧了嘴，哼也不哼一声，心想，大哥说“卤”，他心里何尝不“卤”呢？在方言里，“卤”常做动词和形容词，有烦、不清爽、很烦乱等多重意思，他就是做卤面的，真切感受到这生活真是让人卤肠卤肚，不知何时能清爽。

有人径直走进店里，一天的生意便开始了。石家东返身回到灶台里，抓了一把面过一下热水放在大碗里，浇上卤汤，询问客人要加什么卤料。

卤大肠、卤豆干、卤笋，应该是五块五，但石家东随口报价：“六块。”

客人没吭声，交了钱，自己端着卤面，在旁边的配菜桌上夹了一点芫荽、韭菜，端到桌上吃出一阵喉响。

石家东来回走了几步，喉咙里感到一阵发痒。

“你啥时走？”陈素花问。

“早班车七点半。”石家东清了一下嗓子，说，“你总不能让我打车走。”

这几年马铺城里有了一些私家车，电话随叫随走，但价格贵多了。去年过年，在上海读大学的儿子先回到马铺，再叫一辆私家车回土楼的老家，他事后得知价格，把儿子劈头盖脸臭骂了一顿。那价格是班车的整整十倍，“你老爸要卖多少碗卤面啊！”他心痛得像是心尖被滚烫的卤汤淋了个透。

“那你先吃点，还要回去收拾点东西吧。”陈素花又眨着她的小眼睛了。

石家东一看到眨眼就心烦，一种很卤的感觉，心想，有什么东西好收拾？换洗衣服带一套，关键是把私房钱带回去。要是老爸真不行了，那得花一笔大钱。当然，还要让老婆从存折里取出一些钱。他们夫妻刚进城时在食品厂干过，在建筑工地也干过，后来推了一部板车卖卤面，被城管追得脚力极好而又苦不堪言，不过几年下来还是略有积蓄，就租了这间小店面，离他们租住的老房子至少也有二里地，每天早上五点起床，走到店里打卤汤，生意一直要做到晚上十点左右，打烊前后开始做第二天的卤料，一般要做到十二点才能回去。辛苦这么多年，供了一个儿子读大学，还出钱让大哥照看老爸，石家东夫妻俩平时连生病都不敢看医生，可是那存折上的数字总是像瘫痪的老爸一样，一动不动。

陈素花做了一碗满满当当的卤面端到石家东面前，说：“你还是先吃了，别赶不上早班车。”

石家东一眼看到卤面上堆着卤蛋、卤肉，这都是他平时舍不得吃的，便又觉得很卤，说：“我自己来。”

2

汽车在盘山公路上盘旋，虽然这几年因为旅游开发，通往土楼的公路大修过几次，但很多路段还是蜿蜒曲折的。石家东坐在一个靠窗的位置，头一点一点地往下勾，越勾越低，竟然迷迷糊糊地睡了过去。

这是一个冗长的瞌睡。石家东好像做了许多梦，又好像什么也没做，一阵叫声把他叫醒了。他的石门坑到了。头重脚轻地走下车，汽车往前蹿去，扬起的尘土迷了他的眼睛。石家东在路口失神呆立了一会，这里只是个山垭口，到村里还要走五里多的土路，他擦了下眼睛，抬起腿就走。

天空很蓝，山路边的林子里掠过一阵一阵的风，不时还有鸟雀的鸣叫。这是个刚入秋的凉爽时节，石家东脚底生风，沙、沙、沙的脚步声和屁股上的钥匙声，追着他一路走进村里。

石门坑村藏在一块谷地里，七座土楼散落在各个方向，石家东家的宝鼎楼是村子里最老的一座圆楼，族谱记载建于明朝末年，其地形犹如一只宝鼎，所以命名宝鼎楼，据说祖上是曾经阔过的，但从石家东记事起，楼里所有人家一家比一家穷，没有人能过上像模像样一点的日子。石家东高中只读了一年就辍学回家种田，二十七岁那年，好不容易讨上了老婆，但家里欠下了几万块的债，每天仰望宝鼎楼上的天空，圆圆的一圈，他就觉得被圈在了里面，动弹不得。日子怎么过下去？他最终选择离开土楼。这进城的二十几年来，日子过得虽然很艰辛，但还是一天一天一年一年地过下来了。当然户口一直在土楼里，可是一年除了清明、中秋和春节回一下村里，他一家人全都生活在马铺城，他最大的梦想是，等儿子大学毕业，争取在马铺城里买一套房子。

宝鼎楼就在村头，洞开的大门像一个老人张开无牙的嘴。没看到一个人，整个村子似乎都没有一个人，仿佛坟地一样空寂。早些年，人们生活穷困，但是村子里很热闹，人声鼎沸，后来年轻人甚至不大年轻的人都走了，进城讨生活去了，只剩下老人家，土楼以及整个村子就这样空下来了。宝鼎楼三十六个开间，三层共有一百零八个房间，最多时住过一百来号人，现在不到十个人，而且一半是像父亲这样的年老病患。前几年，土楼突然成为世界文化遗产，这让石门坑人觉得非常不可思议，但事实就是这样，土楼——全世界出名了，很多土楼村落被政府开发成了旅游景区，那些村子的人纷纷从城里回到土楼里，家门口就可以摆摊做生意了，游客越来越多，很多土楼人在城里讨不到一口饭吃，这回在家门口反倒是发了小财。可是，旅游和热闹，全然没有石门坑的份，虽然石门坑就和那个最热闹的土楼旅游景区只隔一重山。这一重山就把土楼隔成了两个世界，石家东有时想想，这就像户口把人分成农村人和城里人一样，又像钱把人分成富人和穷人一样，人有命，土楼也是有命的，这么一想，心里不禁又悲凉又认命。

石家东大步跨进宝鼎楼，一股腐朽、浑浊的气味就扑面而来，他吸了几下鼻子，穿过楼门厅往右边廊道走去。楼梯边第一间本来是他的灶间，十年前被他改成了父亲的卧室，他看到那木门开了一条缝，走过去推开门，里面一股浓烈的酸臭污浊的气味像是很不友好的巴掌往他胸前推搡了一下，他往后一怔，还是昂起头走进了房间。

父亲的床摆在灶台旁边，灶台变成了桌台，上面胡乱堆着碗筷和其他杂物，嘤嘤嗡嗡飞起了几只苍蝇。父亲的半张脸从被子上露出来，蓬乱的头发白得很刺眼，和油腻腻黑乎乎的被子形成了鲜明的对比。石家东大步走到床前，抬手掀起被子一角，父亲整张脸显现了出来，嘴是歪的，涎水已经结成痂似的，像一条蜈蚣趴着，目光呆滞无神，鼻子忽然抽动了一下，肮脏的鼻毛便往外一伸一缩。被子里或者说父亲身上散发出一股死人的气味，但父亲显然还是活着的，气色就跟他今年清明节回来看他时一样，没有好一点，也没有变坏。石家东心里松了口气，同时升起对石家兴的强烈不满，一大早催我回来，害我连生意也没做，他到底想干什么！

石家东猛地转过身要走，走到门槛前，回过头看了父亲一眼，他感觉父亲在看他，实际上没有，父亲在床上像死人一样一动也不动，他一生劳作的身体全都朽坏了，已经毫无用处，像废物一样被遗弃在床上。他心头一紧，还是大步地走出了房间。

空寂的宝鼎楼，环环相连的房间，头上依旧是一圈圆圆的天。石家东朝天空吐了一口气，眼睛盯住大哥的灶间，三步并作两步走，走到灶间门前，气都有一些喘了，便一手扶住门框，冲着坐在矮凳上的石家兴责问道："你一大早像催命鬼一样，你安怎么这样来卤我？"

石家兴抬起眼睛看了弟弟一眼，左手空了一截的袖管抖动了一下，不咸不淡地说："你回来就好，我以为你连老爸都不要了。"

"他不是好好的吗？"石家东生气地尖起嗓子。

"现在是好好的，我五点多起来看他，他一个劲地哼哼，我还听他好像在喊你的名字，我摸他的脉，差不多像要断气了，"石家兴站起身，失去手掌的左袖管又抖了一下，像戏台上的水袖要甩向石家东一样，"老爸要是真的断气了，你又要埋怨我没及时通知你回来。"

石家东张开嘴巴，竟然无法反驳，他抬手擦了一把额头上的汗水。

"像老爸这样在床上躺了这么多年，随时都可能断气，下回我不通知你，到时你别怪我就好。"石家兴说得有些愤愤，左袖管又一抖一抖的。

石家东叹了一声，走进灶间，从地上抓起热水壶，却是空的。

石家兴装作没看见，转过身在壁橱里寻找什么。

石家东咽了咽口水，心想父亲既然没事了，那他待在宝鼎楼也没什么事，还是赶紧去垭口搭过路车回城里好了。这么一想，他搁下热水壶，转身就要走出灶间。

"你别走。"石家兴回过头说。

石家东跨过门槛的一只脚又收了回来，说："老爸没事就好，我还要赶回城里，店里素花一个人忙不过来。"

"你就惦记着城里，还有你的卤面，土楼卤面啊，马铺很出名。"石家兴话里带着讥诮。

"我不进城，我不做卤面，我用什么来过日子？"

“是呀，你都懂得进城，凭什么就把我一个人丢在这空荡荡的土楼里？”

“家里不是有个瘫痪的老爸需要照看嘛。”

“老爸是大家的，又不是我一个的，凭什么就要我照看？”

又来卤我了！石家东瞪着石家兴，发现那是一张蛮不讲理的脸，气得心里发抖，说：“我出了钱呀！”

石家兴也盯着石家东看了看，左袖管又抖了一下，说：“出钱了不起啊？”

“我没说出钱了不起，大哥，你应该也明事理，像老爸这种情况，肯定要有一个人照看，你有只手不好，在城里虽然也能赚到钱，但钱也没那么好赚啊，你回家是一举两得了。”

“我得个屁？老爸不能说话，这宝鼎楼剩下的全都是老货子，整个石门坑也没几个好人，不是瘸腿拐手，就是流鼻涕神经病，我想找个人说话都找不到，这不是比坐牢还难受？我算了一下，我算是坐牢六年零八个月了，你到底判了我几年徒刑？”

石家东愣住了，谁给大哥判刑了？又是谁给我判刑了？大哥的话就像那剪卤料的剪刀在他心头喀嚓剪了一下，各种味伴着鲜血慢慢渗了出来，他好一会儿才憋出一句话，说：“不是我判你徒刑。”

“你当然说不是你，你会说是老爸，是那该死的命运，可我本来在城里好好的，要不是我心软，当初答应了你……”

“大哥，你进城也这么多年了，手都丢了一只，你得到了什么呢？没有房子，没有固定职业，也没有朋友……”

“可是我欢喜，欢喜就好，碍你什么事了？你在城里不是也没有房子，你干嘛还要赖在城里？”

石家东本想说，我在城里至少还有一间卤面店，虽然店面是租来的，但我以土楼为招牌的卤面在周边几条街都有了名气，每个月都有相对稳定的收入。他想了一下，还是没说，一者说这些可能刺激到大哥，二者说这些其实也没用处。他多少知道石家兴的心思，他是不想待在土楼了，或者只是想向自己多要一些钱？他说得也有一些道理，父亲是大家的，不是他一个人的，又凭什么自己可以做进城梦，却要剥夺人家的进城梦？但是，如果轮流回来照看，那自己城里的卤面生意怎么办呢？

“大哥，你看老爸这样子，也不可能再撑多久，你坚持一下吧。”石家东话说出口之后，心里顿时也有一点内疚，这不是期待父亲早死吗？

“谁知道呢，那口气长着呢，或许他还没死我倒先死了。”

“大哥，你怎么这样说话？这样吧，我每个月多给你二百块。”石家东心想，我又得多卖几碗卤面了！

石家兴没吭声，只是左袖管抖了几下，那断了手掌的手，石家东已经几年没看见，即使是大夏天，大哥也会穿着长袖，把整只手紧紧套住，他越不让人看见，其实越吸引人家的眼光来看。把一只手掌丢在城里，或许这就是大哥的宿命，但这依旧阻挡不了他对城里的向往，难道祖祖辈辈生活的土楼就这么讨人嫌吗？那些旅游景区里的土楼，城里人来看一下都要门票，而且土楼里的人几乎都回来了，这也是不同的土楼不同的命吧，就像人一样，出去也好，回来也好，无非都想要生活好一点。让大哥生活好一点，就多给他一点钱吧。

“下个月开始我每个月给你五百块。”石家东说。

“物价也涨了。”石家兴说。

“不过，这每个月给你的钱，你千万别对素花提起。”

“哦？你还怕老婆知道，她不愿意出这个钱是不是？”

“生活本来就够卤了，多一事不如少一事吧。”

石家兴哼哼笑了两声，从壁橱里拿出一瓶啤酒，他坐到矮凳上，用两只脚夹住酒瓶子，然后右手使一双筷子，砰的一声，就撬开了瓶子。

“我走了。”石家东咽了咽口水说。

“吃过午饭再走。”

“不用。”石家东说着，走出了灶间，大步朝宝鼎楼大门走去。刚走出土楼，他不由停了一下，心想，是不是回房间再看父亲一眼？又想，看有什么用？他都不会说话了，或许他都不知道我是谁了。石家东没有回头，往村子外面的山垭口走去。

3

二十几年前，石家东蹲在这里等过车。不过，那时土楼到马铺城里还没开通班车，他要等过路的运煤车，需要大半天才等到。现在，经过的汽车倒是多得不得了，大巴、中巴、面包车，不过都是旅游包车，根本无视石家东的招手，从他面前呼啸而过，还有很多轿车，石家东判断不出是来旅游的自驾车还是营运的私家车，连手都不敢招。等了一个小时左右，他期待的过路班车终于来了。

上车后，石家东一下感觉到饿，那么早吃了一碗舍不得加料的卤面，赶到石门坑的宝鼎楼，连水也没喝一口，又马上要赶回去，这肚子都不高兴地叫起来了。不过，班车一个半小时左右能够到马铺，他抄近路走回店里，也就十分钟，还是要忍一忍。想当年，他刚到马铺时，也不是没饿过，找不到活干的时节，三天只吃五包快速面，饿得眼前直闪金光，走路都一个劲地哆嗦。现在，他总算是饿不着了，尽管在城里还是头上无片瓦，但毕竟有一间租来的卤面店，那么多卤面，那么多卤料，任由他吃，只要他想吃。想起店里香喷喷的卤面，还有那些油腻发亮的卤料，石家东艰难地吞了好几下口水。

班车经过土楼乡街，下了几个人，又上来几个人，石家东心想，等会回到卤面店，好好吃一碗卤面，不，两碗，想加什么料就加什么料，一定要把肚子吃得饱饱的，然后打一个舒服的饱嗝，嗯，卤蛋、卤大肠、卤鸭胗……在颠簸的汽车里，石家东的身子摇来晃去，他的魂魄已经飘进了他的土楼卤面店。来，卤面来一碗，要大碗的，他大声地说，然后手指着各个卤料盆说，这个卤豆干，这个卤肉，还有卤牛百叶，还有卤鸡翅，还有卤笋……那个石家东抬起头对他说，够了，你吃不完。他执拗地说，不，我还要，卤大肠你给我多剪一些，还有卤蛋、猪血、五香，我要，我统统都要。他捧起满满一大碗的卤面。汽车突然顿了一下，他手上的卤面闪了一下就消失了，石家东惊乍地醒了过来，心里暗暗责备自己，怎么这样贪吃？一下要那么多，讨债啊，这样吃下去，还怎么在城里买房子？他在自己的大腿上狠狠地掐了一下，作为对自己的一个惩戒。

班车开进了马铺城，石家东在建行大楼前的三角地下了车，马铺到了，卤面就不远了，还好，腿上还有一些气力。他穿过破旧的糖厂宿舍小区，从荆北路走回他的土楼卤面店。

远远的，石家东闻到了自家卤面店里的气味。接着，他看到了那块请专业人员制作的店牌：土楼卤面。“土楼”两个字后面还画了座圆圆的土楼。早年他们夫妻推着板车卖卤面，是没有招牌的，后来租了小店，开头几年也没有店招，这些年土楼有了名气，全国各地的人都来马铺看土楼，一张门票就要一百元，当然，老家石门坑的土楼没人看，甚至也没几个人知道，但是，这并不妨碍他把自己做的卤面命名为“土楼卤面”。偶尔有客人问，你老家在土楼？他也总是满怀虚荣地直点头。其实他也没有说错，云水谣的怀远楼是土楼，田螺坑的文昌楼是土楼，他老家石门坑的宝鼎楼也是土楼嘛。石家东的脚步越来越快了。

走到土楼卤面店门口，石家东已经满口生津，但是他一下愣住了，那口水不明白地被咽了下来。他看见老婆陈素花坐在凳子上掩面哭泣，地上散落着几段卤大肠、好多块卤豆干，还有卤汤淌了一地，两只卤料盆底朝天趴在地上。他的眼睛瞪大了。这显然是被砸场了。

“怎么了？”石家东提起嗓门叫了一声。

陈素花抬头见是老公，手往店外右边指了指，说：“三个少年家，刚走一会。”

石家东拔腿就往右边跑去，可是并没有发现三个少年，只得走了回来。卤面店受到一些小地痞的骚扰，以前也经历过几次，石家东都是忍了，他知道附近几个城中村有一些少年家，小小年纪不学好，酗酒吸毒，身上时常带着刀，还是不要惹他们为好。但今天，他们真是太过分了，把几盆卤料全端起来摔在地上。

回到卤面店里，陈素花止住了哭泣，不停地眨着小眼睛，说：“他们来吃卤面，说卤面里吃到苍蝇，要我给一千块，我就知道他们是讹人，问苍蝇在哪里？他们说吃下去了，一定要我给钱，我不给，他们就端起卤料盆砸在地上了。”

石家东沉着脸叹了一声，弯腰从地上捡起卤大肠、卤豆干、卤蛋，心想，车上还做梦吃卤面加料吃个痛快，这个梦果然是变成了现实。他把捡起的卤料放在卤料盆里，走到灶台里面的水龙头前，用水冲洗了一下，然后添上卤汤加热。这样再卖给顾客也是可以的，没人吃得出任何异样，但他心里打定主意，这盆就留给自己吃了，像梦里那样，吃个痛快！

这时，店里走进来一对年轻情侣，石家东突然改变了主意，那盆卤料继续卖，他只要吃一点点就好。

陈素花装好了两碗卤面，石家东问顾客；“你们要加什么料？”便操起剪刀，喀嚓、喀嚓，动作娴熟地为顾客剪卤料。这些卤料就是刚刚加热过的从地上捡起来的那些，品相上谁也看不出，口感上同样吃不出，石家东知道有一些做卤料的店家是用死猪肉来做的，但他绝对不敢走到这一步，把掉地上的卤料卖出去，他内心里已经隐隐有了一种不安。做卤面生意这么多年，他也知道自己不知不觉被现实这个大卤缸卤过了一遍又一遍，他要尽量保持一些本色。

“你老爸安怎样？”等到石家东开始吃卤面，陈素花这才想起来问他。

“他没事，好好的，被家兴耍了，”石家东一边吃着卤面一边说，“家兴老说土楼待不住，想回城里。”

“‘一把手’回城里能干什么？土楼待着其实也挺好。”

“唉，人家也有进城梦，应该允许人家做梦。”

“年轻人在城里可以打拼奋斗，老了待在城里有什么意思，我实在想不出，以后我们在城里买了房子，你跟儿子住，我还是回土楼好了。”

石家东笑了笑，在城里买房，这是多大的梦，谁知能不能做到！卤面没涨价，房价却一直在涨，儿子出来还要找工作，能不能顺利考上公务员呢？今天的事情已经卤得他身心交瘁，谁又能预测明天呢？

尽管没有感觉吃得很饱，石家东还是打了一个嗝。这时，公鸡又在口袋里叫了，他掏出手机刚一接通，就听到大哥急促的喘气声。

“怎么了？你说话呀，说话呀。”

“家东，老爸走了，我刚要给他擦身，发现他断气了，身体都凉了……”

“大哥，你别再卤我好不好？”

石家东听到大哥在电话里叹了一声，他也不由叹了一声。

拔牙

1

徐大进的牙痛了好多天了。吃不好，睡不好，好像有两个小牙鬼在牙里大打出手，锯着、撕着、咬着、斫着……百般武艺折磨得他十分痛苦，脸也肿大了，龇牙咧嘴哼不出声，裤裆里却是弄湿了一片，胸口堵得紧紧的，气都快提不上来了。

“到圩上拔掉它，”小儿子徐文利走到老爹面前说，“这几天住我们家的厦门客，等下要退房回去，让他们把你捎到圩上。”

这几年土楼旅游热，因为土楼成了世界文化遗产，徐家坳土楼虽然不在世遗之列，但位于南靖河坑土楼景区和永定承启楼景区的周边地带，也时常有自助游的游客前来参观。徐家坳有三座土楼，徐大进所在的土楼叫余庆楼，前两年徐文利把余庆楼里自家空闲的房间装修了一下，开了一间家庭客栈，生意还不错，今年又把几个亲戚家的空房子租过来，扩大了营业规模。前天有三个厦门客开着车又来了，他们今年已是第三次来到徐家坳，跟徐文利都混得相当熟了，这三个身上背着长枪短炮的厦门客都是摄影发烧友，路上牛粪堆旁边的一朵小雏菊，他们也要蹲下来拍半天。刚才吃早饭时，他们告诉徐文利，等会儿就回去，下个月再来拍枳花。

“你到圩上拔好牙，再雇个摩的回来，”徐文利说，“我今天好忙，走不开。”

徐大进一手压着牙痛的地方，咝咝地吸着气，他心想，这颗牙六年前就该拔掉了。记得那年他在马铺城里大儿子家小住了几天，准备回土楼前一天牙痛起来，他决定把牙拔掉再回家，第二天早上大儿子徐文田上班时骑摩托车把他捎到马铺最好的私人牙科诊所，但是徐大进还没有在牙医座椅上坐热屁股，就看见徐文田像被人追杀一样开着摩托车过来，在诊所门口嘎地紧急刹车。原来徐文田刚放下父亲不久，还没到单位的路上，就接到弟弟的电话说，老妈在土楼乡的街上遭遇车祸，生命垂危。意外的消息惊得徐大进的牙虫都逃窜了，他当即和大儿子一起赶回土楼乡，在后来的几天时间里，处理老婆的后事，忙得他心力交瘁，居然忘记了牙痛，牙也不好意思再痛了，那颗牙从此就潜伏了下来。这回他想无论如何都要把它连根铲除了，实际上它已经蛀掉了一半，留着也没多大用处。

“晚上的房间，上海一个自助团队全包了，但还少一个房间，我只好把自己住的那间腾出来。”徐文利说。

徐大进牙痛得没办法说话，只是点点头，走到余庆楼大门口，坐在石门槛上，一手捧着脸，一副可怜巴巴的样子。

那三个厦门客退了房，走出余庆楼时那小个子叫了徐大进一声“阿伯”，说：“出发喽。”

徐大进放下手来，吸着一口气说：“麻烦你们了，真是太麻烦。”

小个子说：“顺路啦，别客气。”

徐大进说：“人老了就是不顶用，这牙不行，眼睛也不行……”

三个厦门客叽里呱啦说着他们的话题，让徐大进坐了副驾位置，那小个子发动了车，车便驶出村道，往外面的旅游公路跑去。

从徐家坳到土楼乡的圩上，也就八九里路，现在已是宽阔的公路，五六分钟就到了。徐大进准备在路边下车，小个子司机说：“牙科诊所在哪儿？我送你到门口吧，我正好去方便一下，早上喝粥就是尿多。”

土楼乡圩上有两家牙科诊所，就在90年代末建的那条大街上，几乎是斜对门。徐大进用手比画了一下，车绕了一个小弯，就停在靠左边的这家牙科诊所门前。徐大进也没想好到哪一家拔牙，其实哪一家都行，反正就这两家，说来两家牙医也都认识，徐大进早年在乡里的初级中学当过民办教师，还是有一些人脉的。

小个子司机下车往牙科诊所奔去，后排的两个同伴嘲笑着他的肾。徐大进向他们道了谢，也下车往诊所里走去。

那颗牙终于被拔出来了，徐大进感觉牙槽里被抽出了一个小洞，他吸了口气，眼睛向旁边瞟了一眼，那颗放在托盘里的牙已经被牙医清理到垃圾桶了，他想起小时候掉牙，母亲告诉他，下牙要掷到屋顶上，上牙则扔在床铺底下，同时还要喃喃念一条咒语。念的什么内容，他怎么也想不起来了。

从牙科诊所出来，走到街头三角地，徐大进看见几个摩的师傅围着一个外地背包客，争相拉扯着他上自己的车。徐大进走上前说："他就一个屁股，也坐不了你们这么多的车。"拉客的人中有一个是徐大进的表外甥，问道："阿舅，你今天来赶圩吗？怎么空着手？"徐大进说："我来拔牙，载我回去。"

回到徐家坳余庆楼，徐大进看见儿子儿媳在天井里用洗衣机洗被褥，他的脚不小心踢到地上的插座插线，洗衣机停了下来。儿子抬起头问："拔好了？"徐大进嗯了一声，弯腰把踢松的插座插好，突然感觉牙洞里一阵撕裂痛，他走进灶间，对着墙上的镜子张大嘴，镜子里出现一个阴森森的嘴洞，他猛然看见那颗蛀掉一半的病牙还在，心里咚地惊了一声，居然还有这事，牙医偏偏把好牙拔掉，而把那本该拔掉的病牙留下！

"那个该死的，我去找他算账！"徐大进走出灶间，冲着天井里的儿子儿媳说。

"怎么了？"徐文利问。

"把我好牙拔掉了，那痛牙还在。"徐大进说，这时一阵钻心痛痛得他直不起腰，但他还是快步往土楼大门走去。

刚才送他回来的那个表外甥还在土楼门前和熟人说话，徐大进捂着牙痛的地方喊了一声："快送我到圩上。"

2

早上看了两个病人，拔了一颗牙，另一个人怕痛，就给他保守治疗。郑天成忙完后一直坐在电脑前玩游戏，玩得有点累了，准备起身离开电脑，走到门口望望街景也好。

他刚刚从电脑桌后面走出来，诊所就风风火火闯进了一个老人，像是撞进来似的，猛地刹住脚步。来人正是徐大进。

有生意来了，自然是好事。郑天成认得这老货子是徐家坳的，笑脸迎上前，没想到对方劈头盖脸就砸过来一声怒骂："夭寿的，你想弄死我是不是？"

"我、我怎么啦？"郑天成愣了一下，不明白他怎么一上门就气势汹汹地骂人，语气里充满着愤怒和声讨。

"你也敢挂牌做牙医，我真是第一次碰到啊，开天辟地，今天我是跟你没完了。"徐大进一手捂着牙痛的地方，一手几乎戳到了郑天成的鼻子。

"我哪里得罪你了，你怎么一上门就骂人？"郑天成往后退了一步，摘下眼镜在衣服上擦了一下。

"该是我得罪了你，你差点弄死我了。"徐大进说。

郑天成越发不明白了，眼睛瞪得大大的，直盯着面前这个匪夷所思的老货子。

徐大进把捂脸的手放在胸口上，突然他感觉到一阵心绞痛，手抚了几下，好多了，但是内心的愤怒一直无法平息，他说："我让你拔牙，你坏的不拔，把好的拔掉，你这是什么意思？"

"拔牙？我什么时候给你拔过牙？"郑天成笑了一下，心想这老货子疯了。

徐大进猛地拔尖声音说："哇，你早上刚给我拔牙，现在还没过午，你就不认了？"

郑天成冷冷哼了一声，说："你这个老货子，我早上只给一个人拔过牙，是黄家坑的老太太，莫非你是她的替身？"

"你不承认你拔错牙？"徐大进身子抖了一下。

"老货子，我根本就没给你拔过牙！"郑天成尖着声音说。

"好，好，你、你……"徐大进牙又痛起来了，他抬起放在胸口的手去捂脸，但是胸口也痛起来了，他抖动着一只手指着郑天成，眼前一阵发黑，整个人咚地倒在了地上。

天成牙科诊所出大事件了，一个老人和牙医争执，倒在地上猝死了。

当土楼乡派出所接到报警电话后，所里的老吉普车怎么也发动不了，两个警察只好徒步赶来，这时诊所里的牙医座椅、电脑、风扇、镜子，基本上被砸了一个稀巴烂，几个人围在阁楼的门前勒令躲在里面的郑天成出来，他们喊着倒计时："5、4、3……"

地上直挺挺躺着一个人，脸上盖着一张报纸，他是这满屋子冲天怒气的源头，但似乎又毫无关系了。群情激愤的亲人们，还有一些围观的闲人，就在他身边走来走去，甚至从他身上跨过。

姗姗来迟的警察制止了人们进一步的打砸行为，喝令围攻阁楼的人们离开。徐文利走过来，指着地上的父亲冲警察说道："要是地上躺的是你父亲，你会怎么样？"

那个年轻的警察说："你的心情可以理解，但是打砸是犯法的，有话大家好好说。"

年老的警察发现事态这么大，场面可能失控，连忙用手机向所长报告……

3

"拔错了牙，老爸上门理论几句，他硬是不承认，刚才警察把他带走时，他还在强辩，你说老爸这不是活活被他气死的吗？"徐文利含着眼泪，对从马铺城里赶回来的大哥一干人说。

徐文田是接到弟弟电话，从城里叫了一部车紧急赶回来的。他赶到土楼乡圩上时，通往天成诊所的路几乎被堵死了。他下车挤过人群走到天成诊所门前，主要亲戚基本上都到齐了，大家的眼光齐刷刷停在他身上。他看到父亲还躺在地上，眼泪一下就出来了。

经过紧急磋商，徐家兄弟采纳了部分长辈、亲友的建议，决定先到土楼乡医院租来冰棺，把父亲遗体保存好，暂时在天成诊所设个灵堂，直到有关部门和郑天成同意他们所提出的三个条件，一是要求上级主管部门吊销郑天成的行医资格证书；二是要求郑天成公开道歉；三是要求郑天成赔偿死者家属的经济损失和精神损失。赔偿数额多少，他们一时还没有拿出具体的数字，但是大家都说，决不能便宜了郑天成，他当这牙医多好赚啊，怎么也得让他赔个倾家荡产。

这时郑天成的叔叔郑中间来了。他早年当过土楼乡的乡长，后来还当了马铺县卫生局长，前两年刚退休，在这地面上是有头有脸的人物，连徐文田也得对他客气地点一下头。

郑中间还像领导一样，上来和徐文田握了一下手，沉着脸说："发生这样的事，是大家都不愿意看到的，说实在的，我心里也很悲伤，这个我向你们表示哀悼和慰问。刚才天成给我打过电话，我等会去见他，我也要求他向你们认个错，该赔多少就多少，同时呢，也希望你们不要大张声势，搞这么大的场面，还是要和谐嘛，稳定嘛……"

"我爸现在情绪很稳定。"徐文利冷冷地说了一声。

郑中间顿了一下，继续对徐文田说："文田，你是公务员，国家干部，凡事要冷静判断，不可乱来，这个呢，一定要相信政府。我的意见刚才也说了，希望你们尽快撤离，不要把事情闹大，这事情闹大有什么意义呢？毫无意义嘛。"

徐文田像走神一样，面无表情。

郑中间像是在脑子里翻过一页发言稿，接着念道："人死不能复生，死者为大，还是先安排后事，这个大家都是土楼乡亲，坐下来好好商量，我们一定要相信政府会把事情处理好的。”

“我们也没什么要求，只有三个条件，一是吊销行医资格证；二是公开道歉；三是经济赔偿。”徐文利用跳跃的声调说。

“你这三个条件嘛，我可以转达给我家天成，不过，这第一条有点狠，这不是要砸了他的饭碗吗？我看，我们可以进一步商量，再议个方案，双方能够接受的话，我们就把这个事了了，我觉得你们为了表示诚意，应该尽快撤离这里。”郑中间说。

“郑乡长，嗯，郑局长，我不知道你能不能代表郑天成，虽然你是他的长辈，但这件事，还需要他当面来处理。”徐文田用平缓的语调对郑中间说。

“我根本没给他拔过牙，他脑子烧坏了，不然就是眼睛糊着牛屎了，找我说拔错牙的事，我根本也没碰过他，他就自己倒地死了，这关我什么事？”郑天成在派出所里冲着警察说道，脸上的眼镜架不住，从鼻梁上激动地滑了下来。

那个老警察叹了一声说：“人总归是死在你的店里啊，把你留置在这里做笔录，这也是为了你好，不然你现在回去看看，那徐家人不把你骂死，唾沫也要把你淹死。”

“他们砸了我的诊所，还扬言要打我，现在还占领着我的诊所，你们警察就不管吗？”郑天成一会叉着腰，一会抬起头，一会又挥起手，眼镜又滑下来几次，不停的动作映射着他内心的焦躁，他觉得今天真是太倒霉了，天降鸟屎，不是一撮，而是一坨，把他砸得如此狼狈。

“管啊，对一切违法行为，当然要管，可是你让我怎么管？今天派出所就我们两个，能把你从那愤怒的人群中不损一根毛地抢救出来，已经够不容易了。我们所长和书记乡长到重庆考察，他们晚上赶回来，最快也得夜里十二点才到厦门机场。”老警察走过来拍了拍郑天成的肩膀。

这时郑中间背着手走进了派出所，老警察看到老领导，叭地立正敬礼，显得半正经又半不正经。郑中间微微点了一下头，说：“笔录做好了？可以走人了？”

“当然可以，不过我建议别回诊所，以免扩大事态，徐家人正在气头上呢。”老警察说。

郑中间嗯了一声，对郑天成使个眼色，便出了派出所，像用一根绳子似的牵着郑天成出来。叔侄俩便一前一后往右边一条机耕道走去。郑天成家住在那机耕道尽头的山脚下，是一排两层的砖房，原来郑中间也是住在那里的，后来进城当了局长才把家搬到了城里，退休后三不五时回来小住几天。

“你说你没给他拔过牙？”郑中间突然停了下来，回头问道。

“没有，真的没有，我对天发誓。”郑天成也停了下来，往地上跺了一脚。

“那他怎么找上你的门，找你要个说法？”

“我怎么知道啊，那老货子疯了。”

郑中间叹了一声，揉了揉发硬的脖子，说：“事情没这么简单呢，天成，人命出在你的诊所，你真是裤裆里掉黄泥，不是屎也是屎了。”

“我根本没给他拔过牙，怎么拔错牙？那老货子肯定是找错人了。”郑天成摘下眼镜往镜片上吹了口气。

“别的我不说了，单说这条人命，这事情就不好办，天成，我希望你还是认下这个责任来，尽快把事情化小了，我担心事情闹大了，这几天回来，我说呢，怎么右眼一直跳，我就担心会出什么事，你看，你这不就出事了吗？”

“叔，这是我的事，与你无关，你又担心什么？”

郑中间正要开口说话，右眼皮又一阵跳动，他紧闭上左眼，甩了一下头，右眼皮才安静下来，他心里升起一种不祥感，说：“你看事情就只看到眼前，出了一条人命，这事闹大了，对你没好处，对我也是没好处，要是上级部门认真查起来，你的行医资格证哪里来的，还有，”说着说着，他的声音低了下去，“当年土楼乡这条大街怎么建的？”

“叔，你太多虑了，你这叫作杞人忧天。”

“你果真是缺乏政治敏感性，什么叫蝴蝶效应，你懂不懂？天成啊，我这眼皮一直跳呢，我就担心出事，叔的意见就是赔钱保平安，不管怎么说，人是倒在你诊所猝死的……”

“叔，我明明没给他拔过牙，那老货子疯了，他是讹诈啊，死了白死。”

郑中间向郑天成走近了几步，说：“我们要学会算总账，总之，千万不能把事情闹大。”

“现在他们都占领了诊所，这事情早被他们闹大了，反正，我是不认，我压根没给他拔过牙，拔错牙从何谈起？那老货子完全是无理取闹。”

“天成！……”郑中间沉痛地喊了一声，右眼皮又一阵狂跳，他什么话也说不出来了。

4

有人给马铺电视台、海西都市报打了报料电话，一个小时后，他们派出的记者就出现在天成诊所现场。徐文利向记者讲述了父亲被郑天成拔错牙，上门理论和郑天成发生争执，倒地猝死的大致经过，他挥着有力的手势说：“你们看看，拔错牙，这是不是一个庸医？这是不是医疗事故？不负责任，态度蛮横，和老人争吵，把老人活活气死，这有没有过错？这该不该赔偿？”

摄像机、照相机对着徐文利一通拍摄，还拍了徐家设立的灵堂，记者们还想采访另一个当事人郑天成，听说他在派出所，便往派出所赶去。

徐大进的遗像是从家里电脑上调出的去年的照片，让照相馆放大冲洗出来，镶上黑框。徐文利还用MP3录制了哀乐，把MP3打开放在遗像下面，哀乐立即像水一样涨起来。

这时徐文利想起自己为了招徕家庭客栈的生意，在网上开设的几个微博，还有不少的粉丝，便用手机拍了天成诊所的店招，拍了父亲灵堂，然后起了个标题《无良庸医给我父亲拔错牙，还把老人家活活气死》，手指头摁了几下，便发到了网上。

徐文田走到一边接了几个电话，是单位领导和几个朋友听说消息后打来电话慰问或询问。虽然徐文田在单位里只是一个小股长，但毕竟在马铺城里生活多年，人脉网络还是很广的，电话一个接一个地进来，不一会儿手机就被打没电了。

徐家坳有个东海堂红白事理事会，负责处理族人的红白事宜，现在这个高效率的工作班子在天成诊所开始运作，当街摆了两张方桌，有人负责收奠礼，有人写白联，有人去采买，有人在街上垒灶，有人用三轮车运来了全套厨具……在低回的哀乐中，人们忙忙碌碌，来来去去，有时相互开几句玩笑，这是第一次在徐家坳之外的地方作业，大家普遍感觉不大方便，但同时却有另一番趣味。

“阿爹啊，我的阿爹——”这时一个快步走来的中年妇女突然号啕大哭起来，向上举着双手做投降状，冲进天成诊所的灵堂，扑在棺木上哭得死去活来。大家认出是徐大进嫁到隔壁县的女儿徐文宣，获知父亲死讯后，她带着丈夫孩子开着车赶了回来。徐文田和徐文利默默走到她身边，陪着她流了几滴泪。感觉哭得差不多了，徐文田把她从棺木上拉了起来。徐文宣当胸给了大哥轻轻一拳，说：“我把父亲给你们两兄弟照看，你们怎么就让他死在别人店里？”

妹妹这是责问，也是责怪，徐文田心情复杂一时说不出话来，他抽了口气，那颗痛牙好像吱地叫唤了一声。

这时，请来的响器班到场了，锣鼓唢呐和钹一起响起来，整条街一下子更热闹了。

天成诊所斜对面也是一家牙科诊所，沈红科早上在给病人拔牙时，接到下田村一个朋友的电话，他拔完牙便关上门，骑着摩托车往下田村去。朋友请他看一块地，能不能租下来合伙开个饭店。大家闲扯了半个上午，他对这块地并不看好，谢绝朋友留用午饭，又骑着摩托车回来了。回到圩上的诊所门前，发现一伙人正在斜对面的天成诊所砸电脑，那里面早已一地破碎，好像地震过后的废墟一样。沈红科问身边的人这是怎么回事，有人告诉他郑天成给徐家坳一个老人拔错牙，老人上门理论，倒地猝死了。沈红科猛吃一惊，什么话也没说，掏出钥匙开门，手竟然一直发抖，好久才打开门锁。

“那个徐家坳的老人早上是在我的诊所拔的牙，他怎么跑到对面去闹？难道早上我给他拔错牙了？这么说，他也是跑错门了？”沈红科靠在门后，心里怦怦跳得紧。对面打砸的声音一阵阵传来，他的心也一阵阵抽搐。

那个老人他是认识的，他的小儿子徐文利他也认识，他还介绍外地的朋友到他家的客栈住过。沈红科从烟盒里摸出一根烟，擦了五根火柴，也没点着火。他索性把烟揉成一团丢在垃圾桶里。早上那个老人就躺在自己的牙医座椅上，现在，他躺在天成诊所的地上了。沈红科摸着自己的胸口，感觉身子一阵发冷。

在小学当老师的老婆放学回来了，她手上提着菜，发现沈红科还没煮饭，脸色就阴了，说：“你又忘记先把米下锅，是不是对面看热闹看入迷了？”

沈红科没应声。“看热闹？是很热闹，可是这热闹的起因多么蹊跷，拔错牙，找错门，砸错人，当然，只要我不说，谁知道我拔错牙呢？那老人躺在地上，是不能开口说话了。”他的眼睛往那牙医座椅望去，猛然一惊，那老人就躺在上面，当然，眼睛再眨一下，那影像便消失了，他知道这是幻觉，只是幻觉，但是全身哆嗦了几下，像打摆子一样。

老婆手脚麻利地淘米下锅，然后一边择着菜一边对沈红科说：“这回天成诊所惨了，你说他那水平，比你差远了，生意还比你好？给人拔错牙，又闹出一条人命，这回真正是大条歹志（事件）了。”

“你不懂别乱说……”沈红科盯了老婆一眼。

“我什么不懂？全土楼乡都传遍了，给老人拔错牙，又冲撞老人，要不老人怎么会死在他家诊所的地上？”

“好了，别说了。”沈红科尖声地喊了一声。

老婆瞪着迷惑的眼睛，说：“你今天吃错药了？”

“其实，是我给人家拔错牙了。”但是沈红科低下头，他没有勇气说出真相。对面传来一阵阵群情激愤的声响，他感觉像是一根棍子一下一下地敲着自己。

5

从天成诊所向两边延伸，半条街几乎成了徐家丧事的用地，比赶圩还要热闹一些。徐家的近亲、远亲、姻亲、转折亲还有徐家兄弟的同学、朋友、熟人，来来去去，帮忙做事的人、闲看热闹的人，穿梭往来。有人在这里惊喜地遇到阔别多年的亲友，有人在这里认识了新朋友，有人越说越投机旁若无人地畅怀大笑起来，有人勾肩搭背走到角落说起悄悄话。哀乐在低回，响器班也歇一阵响一阵，但这基本上成了一种背景音乐，人们在这里扮演着各自的角色，本色地出演着自己。

徐文利得空上了一回微博，发现有 5 人转发，还有 9 条评论，除了 3 条求互粉、卖粉的垃圾广告，都是表示愤慨，支持惩办不良庸医的。微博上的热点太多，自己又不是大 V，自然没有什么关注度。他看到有一条私信，介绍说可以让百万粉丝的大 V 转发他的微博，每次收费 3 千元。本来他就没指望借力网络来解决问题，发到微博不过是表达一下愤怒的情绪，如果现实中解决不了问题，再来借力网络也不迟。这时他手上的手机震动了一下，一看，是早上退房的那个厦门客小个子发来的短信:“从微博上惊悉令尊不幸过世，请节哀顺变。不过，我记得是把他捎到红科诊所，我还到里面方便了一下。”红科诊所！徐文利拿手机的手像是痉挛似的抖了一抖，手机差点掉在地上。

有人走到他面前，徐文利抬头一看正是沈红科，顿时有一种白日见鬼的感觉，沈红科一副梦游中恍惚的表情，嘴唇嗫嚅着，欲言又止。

徐文利脑子里轰的一声，想起小个子的短信，但心里有一个声音顽强地喊着，不，这不可能！

“文利，我想跟你说个事，”沈红科拉着徐文利往旁边走了几步，“不说出来，我心里会很难受，中午午睡我就做工噩梦了，其实，你父亲早上是在我那里拔的牙，不是在天成……”

不，这不可能！徐文利又听到心里的声音喊起来。他定定地看着沈红科说：“你说什么？你这是开玩笑吧？”

“我不开玩笑的，我也没想到事情会这样……”沈红科勾下了头。

徐文利推了沈红科一把，瞬间脸都扭歪了一边，说：“干你佬！你这什么意思？我父亲明明是在天成诊所拔的牙，跟你有什么相干？你想搅局是不是？”

沈红科往后趔趄了几步，说：“我说的是真的，我也是豁出去了，说出来心里好受点。”

徐文利走到沈红科面前，凑到他的耳朵边，用一种警告的口吻说：“你别给自己找麻烦，我父亲是在天成诊所拔的牙。”

郑中间不得不跟侄子摊牌，郑天成带着哭嗓说：“好吧，叔，我认，可是我真没给他拔过牙，我是被冤枉的。”

“你有一点政治头脑好不好？这么不经事。”郑中间板起脸孔说。

“叔，你都退休了，你是被网上那些新闻吓得神经过敏了，好吧，为了你，我该扛就扛。”

“我们也不是没原则地任人宰割，对方提出的三个要求，我估摸一下，我们可以接受两条，道歉和赔偿，他们也不至于狮子大开口，钱的事叔会帮你的，马书记冯乡长晚上就赶回来了，他们也会主持公道的。”

叔侄俩在机耕道上商议好，决定在警察见证下，第一次和徐家兄弟面对面谈判。他们选择了派出所附近的一个小茶馆，由那个老警察电话通知徐家兄弟过来。

徐家兄弟没等到，却是等来了一群记者。当摄像机、照相机对准郑天成拍摄的时候，他的情绪又激动起来了，只好把容易滑下来的眼镜拿在手上。

“我可以明确地告诉你们，我根本没给那老货子拔过牙，他上门来闹，我也没有和他有过任何肢体冲突，是他自己倒地猝死的，我没给他拔过牙，他来闹什么？这不是讹诈吗？这不是寻衅滋事吗？”

郑中间拉了几下郑天成的衣角，郑天成还是给叔叔面子，没有继续往下说。这时，一个记者问："你现在准备怎么处理这件事？"

"不管怎么说，一个老人家不幸去世，我们都很痛心，希望尽快解决，"郑中间用手势制止了郑天成，用一种沉稳而正确的语气回答记者，"我们愿意向死者家属表示道歉，做一些经济上的赔偿，希望死者尽快撤出诊所的营业现场，嗯，是死者家属，我们希望事情尽快了结，不要影响我们土楼乡的社会安定稳定。"

郑中间的话像是从文件上念出来的，记者们一边听一边机械地点着头，他们还想采访郑天成，但郑天成一转身跑了。

6

徐文田刚给手机通上电，就接到单位局长的电话，局长在电话里语重心长地说："维权也要有理有据，不要把事情扩大化，以免酿成群体事件，那可是吃不了兜着走，尽快把事情了结了。"徐文田心里嘀咕着，但他只是嗯嗯嗯，没再多言。他听到左下牙槽那颗痛牙吱吱叫唤了几声，用手在脸上弹压了几下。

徐文利走过来，神情诡异莫测，拉起徐文田的一只手就往旁边走。

"怎么了？"徐文田从牙缝里吸了口气。

徐文利左右两边看看没人，趴在他耳边细声地说："对面那红科诊所刚才来找我，说父亲早上是在他那里拔的牙。"

徐文田愣了一下。

徐文利板起脸，等旁边一个人走了过去，才又趴到徐文田的耳边说："早上顺路捎父亲来拔牙的厦门客也说，是红科诊所。"

徐文田又愣了一下，抬起手揉着眼睛，好像一粒沙子吹进了眼里，说："我看，还是见好就收……"

徐文利指了指诊所里的灵堂还有周边做事的人群，说："事情都闹成这样了，你说，要怎么收场？"

徐文田揉红的眼睛看了看徐文利，说:“老爸眼力不好，果真找错门、认错人了?”

“大哥，我已经警告过那个沈红科，别自找麻烦。”徐文利压低声音说。

徐文田不作声，突然觉得心里没有底气，脚步发飘地走到响器班前，他刚要开口，那颗痛牙抢先痛了起来。其实那颗牙他上回痛时就想拔掉了。响器班主看见东家来了，吐掉嘴里含着的烟头，一个眼神，像指挥家的棒子一样，乐声立即奏起，咙咚呛，咙咚呛，咚咚咙咚呛，咙咚咚咚呛，像潮水一样呼啸而来……

田螺姑娘

1

正是莺飞草长的好时节，百三郎一大早就赶着鸭群来到田地里。百余只鸭子嘎嘎嘎叫唤着，迈着蹒跚的步子向四周分头散去，它们短短的嘴已迫不及待伸向眼光锁定的草籽、蚯蚓和田螺。百三郎看着鸭群眨眼间扩散到草丛中、沟渠边，心里的喜悦也像涟漪一样荡开了，想起几个月前从永定奥杳来到这里，鸭群还不上一百只，昨天下午他细细清点了一遍，现在已经有一百二十五只了，母鸭带小鸭，嘎嘎嘎，小鸭也成大鸭了，嘎嘎嘎，这一声声的叫唤叫得他心里麻酥酥的，离开家乡和新婚妻子的不舍与辛苦，在这时候全都得到了补偿。

那只鸭王觅到了一条长长的蚯蚓，硬是把它从草丛里揪了出来，咬断一截，往旁边一甩，两只小鸭立即应声扑上去，鸭王很有成就感地晃着脖颈，轻轻叼起一只小田螺。百三郎把这只鸭王叫作“公王背”，奥杳的形象是一艘大船，隐藏在深山中蓄势待发，山势连绵，五个山背有如五虎显威，或疾走，或慢行，或飞奔，或蹲下，或站立，形态逼真，他家就在奥杳公王背下面的四角楼里。这只“公王背”在奥杳时就比较显个，从奥杳翻过山就是南靖县境内了，经文峰、曲江、塔下、下坂一路走来，它总是昂首走在鸭群的前面。百三郎想，这群母鸭大多开始下蛋了，等到鸭蛋攒了两箩筐，他就可以挑到芦溪圩去卖，同时小鸭在长大，部分老鸭也可以卖出去，等小鸭长成大鸭，又有雏鸭出世了，这样鸭群一直壮大，鸭蛋源源不断地换成银子，也许几年后，他也能造起一座楼了。离家的前一个晚上，他对巫十娘说，他要建造一座楼，公王托梦给他往东南方走，他就能发财。巫十娘的眼里虽然已经没有了羞涩，却还是不大敢正面直视他的眼睛。这个月光泛白的夜晚，四角楼里人声寂寥，百三郎压低声音说着他的梦想，巫十娘却只是更紧地往他怀里钻。临近天亮，百三郎闭眼睡了一会，猛地醒来时，床上已经空了一半，巫十娘下楼生火做饭了，他也连忙翻身起床。和父亲一起吃早饭时，他一直低着头，眼睛看着碗里的白粥，筷子一下一下地往嘴里扒着饭。父亲叫作贵希，岁数不大，但繁重的农事劳作，已使他佝偻着背，显得老气横秋，他放下饭碗，对百三郎说：“多吃点，吃饱点。”百三郎点点头，鼻子突然有点发酸，他知道今天巫十娘多放了一把米，要让他吃饱一点，但他吃得比平时还少，心里堵堵的怎么也吃不下。当他戴着竹笠挑着箩筐走出四角楼的时候，眼光在竹笠下热切地寻找巫十娘的身影，可是没有发现。父亲已经帮他把鸭群赶到楼前的谷埕上，他接过父亲手中的竹鞭，眼睛的余光瞥到站在楼门后的巫十娘，只是一瞬间，他就感受到了那双眼眸射出的热量，但是他还是没有回头，手上的竹鞭一抖，鸭群像泥浆一样向前涌动，他抬起脚迈出了第一步……

日头在山岽上升起了一竿多高，地上的露水早已晒干，百三郎在地上坐了下来，感觉身体要散架一样，昨晚他几乎整夜没睡，眼前总是晃着巫十娘的影子，这些时日以来，他曾托路人捎了口信回奥杳家里，告诉父亲他在南靖一个叫田寮坑的地方住了下来，搭了两间茅棚屋和一间鸭寮，父亲也托人捎来口信，家里一切都好。彼此都没有提及巫十娘，儿女情长，本来也不宜公开，只能深埋心里，不知为什么，百三郎昨天想巫十娘想得特别厉害，翻来覆去地把床板弄得咔吱咔吱直响，半夜里他听到茅棚屋外面有一阵可疑的脚步声，他无法判断是过路行人还是偷鸭的小毛贼，悄悄起身，从床下抓了一根扁担在手上，轻手轻脚走到窗棂前往外望，山谷间一片白花花的月光，虫吟鸟鸣，轻幽地此起彼伏，他的眼光从田埂路扫到鸭寮，怀疑是自己幻听了，这四周并无脚步声，也没有异常的影子，一切都是那么寂静、安宁。百三郎悬起的心落了下来，放下扁担走到屋外呼吸了几口气，顺便走到屋角的尿桶前方便了一下。回屋时他看到放在地上水桶里那只大田螺从桶沿爬了上来。这田寮坑多的是田螺，鸭子吃得欢，他也爱吃，每天捡一些田螺放在水桶里吐水，隔几天就炒一盘田螺，放一点姜片和辣椒，炒出来的田螺香喷喷的非常下饭，下酒也是绝好的佐料，前些天捡到一只特别大的田螺，甚至比鸭蛋还要大，舍不得吃它，就一直把它养在水桶里。这时它爬到了水桶上方，伸开厣片，像是张大眼睛望着百三郎，他心里蓦地一震，想起小时候母亲说过的“田螺姑娘”的传说。他想这倒是一个很美的故事啊，田螺变成姑娘为你做饭洗衣，然后嫁给你，做梦也想不到的美事。他弯下腰把那只大田螺抓起来，放到桶底的水里，说你要是能变成巫十娘就好了。重新躺到床上，百三郎的思绪就在“田螺姑娘”和巫十娘之间穿梭往来，当然更多地落在巫十娘身上，她身上的气息从奥杳方向徐徐飘来，飘荡在茅棚屋里……百三郎眯眼看了一下日头，索性闭上眼睛躺在草地上。奇怪，眼睛一闭上，巫十娘的影子就浮现出来，就像那田螺慢慢张开厣片。突然，“公王背”发出尖锐的一声叫唤，几只鸭子随即叫成一片，百三郎从地上翻起身，看到一条水蛇嘶嗦一声，飞一般没入水草丛中。这片田地基本上是他鸭群的领地，其他入侵者不是命丧口腹，就是狼狈逃命。百三郎眼光扫视了一遍他的鸭群，感觉像是检阅一样，田地间水沟边到处是他的兵将，生机勃勃，嘬声一片。

百三郎每天的安排差不多都一样：一早起来放养鸭群，带着前一晚上备好的饭包当作早饭，一边放任鸭群觅食，一边开垦山地、种植浇灌，中午时分赶着鸭群回茅棚屋，做午饭吃了后，收拾一下房屋内外，有时稍微歇会儿，就又扛着锄头或带着砍刀上山去了，傍晚时再回来把鸭群放出去，他也在田地里做些轻巧的活，待到日头落山、暮色四合之际，再赶着鸭群回去——如果是在奥杳家里，这回去之后他就可以安闲享受巫十娘（当然以前是母亲）做的晚饭，然后在水井边美美地冲个澡，然后走到楼门厅和老人、同辈人拉呱一会儿，就可以上楼睡觉了。现在他没这福分，里里外外都是自己一个人，牧归的鸭群安顿之后，他得给自己做饭，然后一边抬头看星星月亮一边低头吃饭，吃过晚饭，提水洗过身子，四周检查巡视一遍，然后上床睡觉。这一天就这样过去了，心里总是想，总有一天，巫十娘会来到身边，楼会建起来，这日子就不一样了。今天百三郎没带饭包，肚子饿得直叫，但他还是锄了两垄草，砍了几根毛竹，看着他的鸭子们大多吃得肚子滚圆，便往空中抖起竹鞭，说："'公王背'，叫大伙转起回家喽。""公王背"嘎嘎叫了几声，鸭子们便缓缓聚拢过来，往茅棚屋方向走去。

正午的阳光明晃晃的，饿着肚子的百三郎感觉脚步都有些发虚了，想到回去还要生火做饭，那脚抬起来就显得格外沉重，要是那田螺真能变成一个"田螺姑娘"就好了……他立即在心里嘲笑自己：真敢想！就在这时，他的鼻子抽动了一下，一股饭菜的香气扑进了他的鼻子，他全身振奋起来，没错，是饭菜的香味，但是他随即又否定了自己，世界上真的会有"田螺姑娘"吗？哪里来的饭菜香气，只能是幻觉吧。他拖着脚步走到茅棚屋前，鼻子不由又抽动了一下，不，分明有一股真真确确的香气。他猛地推开柴门，看到土灶台上摆着饭甑，米饭的香气正是从里面飘出来的，他记得早上离开时饭甑是搁在那张四脚桌上的，此时桌上还摆了两盘菜，他的眼睛一下瞪大了，饭甑里白花花的米饭，桌上一盘煎鸭蛋、一盘笋干炒腊肉，他又眨了几下眼睛，生怕是看错了，双手端起饭甑到鼻子下面嗅了嗅，用手抠了一团米饭塞到嘴里，真的是米饭，他的心狂跳起来，原来真有"田螺姑娘"啊！

那只养田螺的水桶里，只有小半桶水，没有了那只特别大的田螺。莫非就是它变成了"田螺姑娘"？百三郎的心跳霎时要停止了，他转了一圈身体，瞪大的眼睛四处搜寻着，可是一切似乎都是旧模样，那个"田螺姑娘"隐藏在哪里呢？他真的饿了，顾不上继续寻找，把饭甑放在桌上，取碗盛饭，大口吃起来。米饭绵软，那煎鸭蛋黄白鲜明，香气袭人，百三郎几乎是往嘴里倾倒，一碗饭眨眼间就吃完了，真实的饭菜在肠胃里快活地蠕动着，他感觉就像在梦里一样，这世界上还真的有"田螺姑娘"啊……

百三郎又装了一碗饭，刚扒了一口，听到身后传来扑哧的一声轻笑，身子颤抖了一下，手上的碗差点掉到地上，他猛地转过头，只见巫十娘从竹帘后面走了出来。

“你，原来你就是‘田螺姑娘’！”百三郎高声叫道。

巫十娘抿着嘴，含笑不语。

百三郎向她扑过去，一把揽住她的腰，呼吸骤然变得急促起来，说：“你、你、你怎么来了？”

“我一大早从奥杳走来的。”巫十娘细声地说。

“我还以为真的有‘田螺姑娘’……”百三郎更紧地搂住她，而巫十娘似乎很不自在地往外面挣脱着。

“你就做梦吧，‘田螺姑娘’能给你做饭？”巫十娘嗔怪地说。

“你就是‘田螺姑娘’，呵呵，别怕，这里没人，十娘，我、十娘、田螺姑娘……”百三郎喘着粗气，已经说不出话来。

茅棚屋外面的鸭群嘎嘎嘎地叫得热烈。

2

自从巫十娘到来之后，百三郎养的母鸭每天都生双蛋，两粒形状大小都一样的鸭蛋，分明就是孪生的宝贝，惹人喜爱。百三郎和巫十娘从地上捡起还带着热气的蛋，心里更是热乎乎的。

“十娘，什么时候你也生这样的‘双蛋’就好了。”百三郎说。

巫十娘瞥了百三郎一眼，那火辣辣的眼光刺得他不由勾下头，没敢接上她的话。

“神奇了，都生双蛋，我想是田螺吃多了。”百三郎兴奋地说，“你看这田寮坑田间地头到处都是田螺，我们的鸭子吃得饱，又生双蛋，这样攒几年，我们也可以建一个小楼了。”

鸭蛋很快攒满了两箩筐，明天初七正是芦溪圩日，百三郎准备独自去赶圩，巫十娘留在家里照看鸭群。从田寮坑到芦溪圩有二十多里地，对于百三郎的脚板来说是不在话下的，他担心的是巫十娘独自在家。

“十娘，你一个人在家没事吧？”百三郎说。

“没事。”巫十娘说。

“真的没事吗？”

“那你把我捎上去赶圩？”

是呀，百三郎想，要是巫十娘是“田螺姑娘”就好了，变回一只田螺，我捎上她去赶圩，可她还只是一个入门不到一年的新妇，只能独自留下照料家里。

天刚蒙蒙亮，百三郎挑着鸭蛋就要上路，巫十娘把饭包挂在他的扁担上，目光也挂在了他的身上。

“十娘，我卖完鸭蛋就赶回来，运气好，天黑时就可以到家，你要是碰到什么难事，可以喊下坂寮的刘大郎帮忙。”百三郎说。

“我没事，你不用赶路，天黑就找个客栈住下。”巫十娘说。

“不，我怎么也要赶回来，天再黑也要回来。”百三郎说。

“好吧，路上小心点。”巫十娘说。

“你也小心点。”百三郎说着，弯腰挑起箩筐，出了茅棚屋，沿着那条蟒蛇一样蜿蜒的小路，往山下走去，他身上披着晨光，一直闪烁不停。

巫十娘走到屋门口的空地上，百三郎的身影越来越小，终于被山口吞没了。日头跃出了山顶，面前的日光越铺越长。这是山坳上的一块平地，头上山峰耸峙，脚下山势绵延，这块陌生的土地，她才来几天，还没有好好端详过一遍。这时她转着身子转了一圈，松、杉、樟、竹、水田、旱地、沟壑、流水、灌木、岩石，这些都是非常熟悉的物件，和奥杳是完全一样的，所不同的是山川形势，这里不算开阔，甚至显得有点局促，她妇人家不懂得风水，但是仰望是山峦，俯瞰是层层叠叠的田地，丈夫选择这里肯定有他的想法，最主要的是这里田螺繁多，母鸭吃了生双蛋，谁不说是难得一见的旺地呢。

鸭群叫唤着涌出鸭寮，那只“公王背”在巫十娘脚边讨好地转了一圈。巫十娘没有拿上那根竹鞭，只是提起一只小水桶，她往田地里一走，鸭群就在后面跟上来了。一群欢叫的鸭子，她感觉就像一群活蹦乱跳的孩子，它们的叫声在这山坳里显得热闹非凡，这块沉寂多年的土地冥冥之中就是在等待着百三郎和巫十娘的到来。巫十娘想，现在有鸭子，很快这里还会有孩子，还会有土楼，四角楼或圆寨，就像奥杳一样人丁兴旺。

走到了水沟边，巫十娘回头告诉后面的鸭子们说："你们好好吃，要吃饱一点，继续生双蛋。"

"公王背"嘎地表态了一声，鸭群在水沟边散开了。那些细小的田螺被鸭子们送进嘴里，大的田螺则被巫十娘捡到水桶里，她准备明天炒一盘田螺，做一碗田螺丝瓜汤。弯着腰的巫十娘直起身板时，已捡了小半桶的田螺，日头明晃晃从山上射下来，照得她有些睁不开眼，她估摸百三郎应该到了芦溪圩，那两箩筐的鸭蛋应该很好卖吧，圩市应该很热闹吧，不会有人欺负他吧……她的心就这么牵挂着他，就像她还在奥杳家里一样天天牵挂他在田寮坑怎么样了，每天吃得饱吗？干活累不累？

一阵山风徐徐吹来，掠过树木发出哗哗的声音，吹到了巫十娘身上，把她的裙裾也吹得哗哗响，她又一次环视了脚下的这块土地，只有她和一百多只鸭子，要是能多一些人该多好啊，男人们上山砍柴下田耕作，女人们在土楼里做饭做女红，孩子们在学堂里读经书，一座土楼不够住了，再建一座土楼，人丁越来越兴旺……她仿佛看到自己坐在楼门槛上晒太阳，满脸苍老，那时，她已经是一个白发苍苍慈眉善目的老祖母。想到这里，巫十娘不由笑了，轻轻吟唱起娘家古竹的歌谣《十月怀胎》：

正月怀胎似露水，
桃李花开正逢春，
恰似水中浮根草，
未知生根不生根……

这歌谣本是母亲病逝时子女在灵前所唱的，早几年巫十娘母亲过世，她也唱过，那时满心是伤悲和凄惨，现在她换了个调子来唱，感觉心里孕育着期望。

吃过午饭，巫十娘把屋里屋外收拾了一番。此时日头正毒，田地里也干不了什么活，她准备用百三郎已经破好的竹筒和竹片做几只竹椅和竹凳，拿来一把竹刀，感觉有点钝了，便走到屋外寻找磨刀石。前面不远的坡地上有五颗大岩石，每一颗都差不多有一间房屋那么大，她走到巨石下，在地上找了找，发现一块比较平整的石头，弯腰拾起，正要迈步返回，听到大岩石后面有人说话，是二三个男人的声音。一个说："走了一晚上一上午，快把我累惨了。我脚都拐了，这什么鬼地方？田寮坑？"另一个说："看到没？那边有人家，我看牲畜养了不少，是鸭子。"又一个声音像鸭公嗓一样，说："大家歇会儿，等下动手要快，那些鸭子够我们山寨吃半个月，没想到这里还能养出这么大的鸭子。"前面那个尖嗓子叫道："哈哈，我要天天吃鸭腿！"巫十娘猛地一惊，这几个人是山贼呀！她的心差点从嗓子眼里跳出来，脑子里闪过的第一个念头就是，这回完了，她一个妇人家哪里对付得了几个山贼？她屏住呼吸不敢出声，轻手轻脚走回茅棚屋，把柴门掩上，插上门闩，整个人靠在门背后，感觉全身软绵绵一团，这屋子不是奥杳的四角楼，有坚固的土墙，还有厚厚的包着铁皮的杉木门，这里虽然有门，但经不起几个男人的攻打，他们几下就能踹开……巫十娘不敢往下想了，脑子里像塞了一把草，一片乱糟糟。

这时，那岩石后面传来一阵响动，巫十娘心跳加速了，他们过来了，那几个山贼，她做姑娘时在娘家和嫁到奥杳黄家后都见过山贼，他们长得和平常人没两样，只是他们攻不进土楼，在楼门前跳脚怒骂的样子显得很狰狞，那时土楼里的男人都在，而且土楼那么坚固，男人们持着鸟铳和棍棒严阵以待，她压根就不害怕，甚至有点惊喜地打开三楼卧室的窗门，像看戏一样从上往下看。然而现在没有土楼，并且只有她孤身一个弱女子，她的心一阵阵抽紧，她想跑，跑到下坂去求助，可是能跑得过他们吗？还有那些鸭子怎么办？她按住胸口，把紧张的心情平复下来，这时她想只有冷静冷静再冷静，用计策来对付他们，才能保全自己和鸭子。她的眼光在房屋里扫过一遍，停留在桌上的瓦罐上，那里面是今天早上烧的草仔水，那是几种野草泡水烧成的，有利尿、防暑的功效，这也是当姑娘时母亲教她的，母亲还告诉她，在草仔水里添加一把草木灰，可以让人腹痛、狂泻。她没一丝犹豫，跑到灶洞前，从里面抓了一把灰，往脸上抹了一下，剩下的全洒到瓦罐里。

虽然心里没有一个完整的计策，但是巫十娘冷静了下来，她就觉得有了几分胜算。她走到门后，把柴门敞开，然后提着那只小水桶坐在竹凳上，桶里的田螺蠕动着，争先恐后往上面爬，那只被百三郎和她称作“田螺姑娘”的大田螺张开着厣片，像是睁开眼睛看着她，奇怪，昨天一整天没看见它在水桶里，以为它跑掉了，现在它又出现在水桶里，它身材浑圆，至少比其他田螺大两倍，那一张一合的厣片好像在说话一样，巫十娘突然感觉听明白了它的声音，身体里像是被注入一种神秘的力量，她觉得她应该可以对付那几个山贼了。

那几个山贼从岩石后面转出来了，踢踢哒哒的脚步声，一轻一重，巫十娘斜眼瞥了一下，看到三个男子，其中一个拐着脚，他们一个腰间扎着竹刀，一个手持竹扁担，那个拐脚的手上提着麻袋。她起身走到门边，大声地招呼道：“三位大哥，路过是吗？快进来喝口水！”

三个山贼冷不防听到这么清亮、热情的声音，抬头一看，有个女子倚在门边向他们招手，相互交换了一下眼色，那个为首的大鼻子用鸭公嗓说道：“是呀，我们是过路的，要去往古竹。”

巫十娘心里笑了一下，你们也真会编，古竹正是我娘家。她向前走了两步，说：“来来来，进来喝口水，歇一阵子脚。”

大鼻子说：“妹子真客气。”

巫十娘说：“要叫我嫂子，你大哥在那边地里干活呢，大家快进来歇歇脚吧。”

那个拐脚的歪着身子站住，一手叉着腰对大鼻子说：“老大，歇歇呀，我今天真倒霉……”

巫十娘发现这三个山贼眼色不对，他们之间相互看了看，那个为首的大鼻子点点头，就抬起脚走进茅棚屋。

“好稀罕啊，你们是贵客。”巫十娘说着，搬来了三张竹椅，让他们坐下。

大鼻子问：“嫂子，这村子叫什么呀？”

巫十娘心想，哼，明知故问。她回答道：“这里叫作田螺坑。田螺坑，有听说过没有？”

“田、田螺坑？”三个山贼似乎都愣了一下。

巫十娘说：“是呀，你们没注意到，这里田间地头到处都是田螺嘛，田螺满满，所以叫作田螺坑嘛。”

“田螺坑。”大鼻子将信将疑地点着头。

巫十娘手脚麻利地在桌上摆出三只碗，然后抱起瓦罐，巡回倒了三碗草仔水，说：“这草仔水清热降火的，三位大哥，先喝一碗，解解渴。”她先端了一碗给大鼻子。大鼻子仰起头就大口喝了起来，他看来是渴坏了，又急又猛，嘴角漏下了一行水，另外两个山贼也咕咚咕咚喝了个精光。

“要不要再来一碗？再来一碗吧，这水挺好喝的。”巫十娘说。

大鼻子抹了下嘴，摆着手说：“我不喝了。”他的眼光突然停在那水桶柄上，“咦，这么大的田螺？”

不知什么时候，那只“田螺姑娘”爬到了水桶的柄上，蠕动着身子，像是在伸懒腰一样。

“你们知道吗？这就是‘田螺姑娘’。”巫十娘说。

“‘田螺姑娘’，会变成姑娘的田螺呀？有这么好的事情吗？呵呵呵……”那个拐脚的笑歪了嘴。

“是呀，‘田螺姑娘’的故事，你们想听吗？”巫十娘说。

“想听想听，你说来我们听听。”大鼻子说。

“我们这里到处是田螺，田地里、沟渠边，只要有水潮湿的地方就有田螺，一只田螺可以生九十九只小田螺，小田螺长成大田螺，又生九十九只小田螺，子子孙孙，所以我们这里到处是田螺，有一只田螺特别大，经过几十年几百年的修行，就变成了精，可以随时化身为人，有一天，有一个干活的后生仔从田沟里把它捡回家……”巫十娘用低缓的声调说着，说到这里故意停了下来，看到大鼻子一手按住肚子，脸上露出一种难受的表情，心想那草仔水起作用了。

“捡回家怎么样？”那个细眯眼的山贼急切地问。

“捡回家之后，后生仔就打了一桶清水，把田螺养在水桶里，这个后生仔呢，家里很穷，还没有成家，第二天一早他醒来之后，发现在灶台上有做好的饭菜，他觉得非常奇怪，就把饭吃了去干活，中午时分回到家里，发现灶台上又有了刚刚做好的饭菜，香喷喷的，他惊喜万分，知道一定有个神仙在帮他，可是是哪一个神仙呢？……”巫十娘说。

大鼻子突然双手按住肚子，起身就往外面跑。

“后生仔在房前屋后搜索了一遍，也没发现什么神仙的踪迹，下午他继续下地去干活，快到做晚饭时分，他偷偷跑了回来……”巫十娘不慌不忙地往下说，“这个后生仔呢，他就躲着从门缝往里面看，他怎么也不敢相信自己的眼睛，只见一缕青烟从水桶里飘出来，那只田螺爬到水桶上面，就变成了一个漂亮的姑娘……”

细眯眼突然叫了一声，一手按住肚子就要往外面跑，身子却像冻僵一样跑不开，只能夹紧双腿，一步一步往外面移动。

“真的变成了姑娘呀？这、这、这……”那拐脚的瞪大了眼睛。

巫十娘看了他一眼，说：“是呀，变成了一个漂亮的姑娘，走到灶台前开始做饭，那后生仔激动地推开门……”

那拐脚的眼睛一下直了，整个人却是从竹凳上滑落下来。

“这个田螺变成的姑娘只好如实告诉后生仔，她就是田螺姑娘，她喜欢这个勤劳善良的小伙子，愿意嫁给他，两个人就结成了夫妻，从此过上了幸福的生活……”巫十娘说。

拐脚的躺在地上打滚，说：“我肚子怎么痛得厉害？莫非你是‘田螺姑娘’变的来害我们……”

巫十娘笑了两声，起身走到门外，看到那个大鼻子扶着一棵树干正在干呕，而那个细眯眼在地上打滚，发出杀猪般的号叫。

“你、你是不是在水里下了药？”大鼻子抬起手指着巫十娘问。

“没有下药，那草仔水是清凉解暑的，我只不过在里面加了把草木灰……”

“草木灰也这么够劲？”

“那是因为你们心术不正，心里的坏虫被钓了起来。”

“你！”大鼻子气歪了脸，想冲上来，但脚底无力，一个踉跄往前扑倒。

“告诉你们，你们三个男子也是斗不过我的，因为我就是‘田螺姑娘’，哈哈哈。”巫十娘发出一阵脆亮的笑声，鸭寮里的鸭群也回应地叫起来，嘎嘎嘎，嘎嘎嘎，满山回荡着，像是众多兵马合围而来激起的骚动。

“老大，我们都中了‘田螺姑娘’的计……”细眯眼艰难地从地上坐起来，对大鼻子说。

“‘田螺姑娘’，你、你跑不了……”大鼻子爬起来，两只手紧紧按在腹部，颠着脚步走了几步，又被一块土坎绊倒。

巫十娘不敢久留，起身就往山下小跑而去。她知道这三个山贼喝的草仔水起效了，腹痛加上拉稀，会让他们全身发软，根本就没有力气来追她，但她还是不停地小跑，尽管山路有些坎坷，好在她从小是在山间长大的，身子晃而不歪，反而让她感受到一种惊险的趣味。

巫十娘跑到山下下坂村的土楼里，把情况告诉了百三郎的朋友刘大郎，他立即召集了几个后生，带着棍棒绳子往田寮坑跑来。那三个山贼拉稀拉得脸色都绿了，躺在地上束手就擒。刘大郎认出这就是去年到村里抢耕牛的山贼，上前踢了大鼻子一脚，让人把他们全都绑成粽子模样。

话说百三郎从芦溪圩赶圩回来，天还没黑，因为他挑去的鸭蛋个大结实，很快就卖完了，他回到田寮坑看到地上绑着三个山贼，刘大郎等一干人都在，知道这个白天里田寮坑肯定发生了很重大的事情。巫十娘呢？他的眼光迫切地找寻着。有人一五一十告诉了他一个大致经过，这时巫十娘提着刚烧好的一桶水过来，招呼大家喝水，说：“这不是那种草仔水，乡亲们放心。”大家都笑了，有人说：“你也给我们讲讲‘田螺姑娘’的故事吧。”

百三郎看到巫十娘一脸带笑，落落大方地招呼乡邻，心里说不出的骄傲和自豪，她一个弱女子，只身面对三个山贼，临危不惧，巧计降服，若不是众人在场，他真想上前拥抱她一把。

“各位乡亲，晚上请大家吃饭，我给大家做鸭汤，炒田螺吧。”巫十娘说。

刘大郎笑笑说：“这个不用，百三郎赶圩回来也饿了，你们吃就好了。这三个山贼，我们押到下坂先关起来，明天带去见官。”

3

因为田寮坑的田螺实在太多了，母鸭吃了都生双蛋，又因巫十娘在山贼面前说“田螺姑娘”的故事，让草仔水在他们入迷之际不知不觉地发作，然后全擒山贼，令四里八乡的人啧啧称赞，田寮坑慢慢就被叫作了田螺坑。几年后，百三郎靠卖鸭子和鸭蛋发了家，依老家奥杳四角楼的形状建成了一座土楼，叫作和昌楼。

百三郎本姓黄，经过几代人的繁衍，田螺坑变成了一个热闹的村子，后来又陆续建起了其他的土楼，和昌楼也经重建，由方楼变成圆楼。田螺坑一共有了五座土楼：和昌楼、步云楼、振昌楼、瑞云楼、文昌楼。其中步云楼是方楼，文昌楼是椭圆形的圆楼，像鸭蛋一样。从山上往下俯瞰，四座圆楼簇拥着一座方楼，犹如一朵梅花怒放。走到山下仰视田螺坑，五座土楼高低错落，横空出世般巍峨耸立。数百年时间过去，田螺坑的五座土楼成为旅游景区，更于 2008 年 7 月被联合国教科文组织列为世界文化遗产，这绝对是当年百三郎和巫十娘开垦田寮坑时想不到的。

五姓楼

1

天亮了，这天真是好不容易亮了，下坂寮村人在惶恐不安中熬过了一个漫长的夜晚。昨晚天黑不久，晚风呜呜呜吹得响，从山脚下一路吹到溪面上，掠过溪水的风声带着湿气，扑向各家各户的茅棚屋，柴门、木窗吱扭吱扭叫个不停，溪尾水碓房的水碓一声接一声地传来，哐隆——哐隆——哐隆，村子里所有的狗都吠了。

刘万七这几天腰背一直酸痛得很，他早早躺到了床上，脑子里转着许多心事，突然而起的狗吠让他有些烦躁，他起身喊了一声："阿黑，叫什么叫？"在屋角那头床上的两个儿子也都醒了，老大孟地爬起身，对刘万七说："老爹，那狗怎么叫成这样？是不是什么人进村了？"刘万七没回答他，借着月光看到家里的柴门嘭嘭嘭震得厉害，门下缝隙里伸进一只狗爪子，那是家里的阿黑急切地要钻进屋里，这就奇怪了，阿黑一向都守在家门口过夜，现在竟然被什么吓得要躲进屋里。这时，村子里的狗叫声全都停下来了，风也不吹了，连那水碓声也不响了，整个下坂寮村的空气好像突然间凝固了，静得每个人听得到自己的心脏像擂鼓一样咚咚直跳。刘万七的心往上一提，他知道谁来了。

嗷——呜！嗷——呜！……

这巨大的吼声在村子里响起，像一只大手撕开了夜幕，下坂寮村所有的耳朵全都竖了起来，每一颗心都被恐惧紧紧地攥住了。

那是蛟塘岽山上密林里的老虎，它又到村子里来了。它第一次到下坂寮的时候是在去年夏天的一个傍晚，男人们还在田地里干活，家里的女人正准备淘米做饭，它突然从半山坡的林子里转悠出来，眼珠子眈眈地望着下面的村子，心想这里早几年还是一片荒芜，如今竟有了人烟，村子里应该有些好吃的，于是它扬起脖子叫了一声，然后举蹄向村子进发。第一个看到老虎的是唐家的拐脚六，他的眼睛一下子拉直了，尖叫一声，拐着脚连滚带爬往家里狂奔，其他人也看到了老虎，纷纷丢掉手上的锄头、畚箕，惊慌四散，从高高的田坎上跳下来，跌跌撞撞地拼命往前冲，只恨爹妈少生了两条腿，然而他们居然都没有跑过拐脚六，还是拐脚六最先跑进村里，喘着粗气告诉大家，山上下来了一只大老虎。有人哭爹叫娘，有人呼儿唤女，还有人怀里抱着鸡手上的竹竿赶着猪，惊惊乍乍，冲进自家的茅棚屋，上紧门闩，落下木窗，有的人蒙头包在被子里，有的人缩在角落里身子像筛糠一样发抖，只有个别胆大的人贴在门后，眼睛透过竹木的空隙看着那只山上下来的老虎。这山大王威仪万丈地走进村子，它没有跑，只是悠闲地走着，像漫步一样，它甚至也显得有些漫不经心，从村子中间走了一趟，最后只叼了范家的一只母猪便离去了。这第一次造访有点仪式感，像是一种照会。接着它又来了几次，都是在天黑时进村的，它就不大客气了，吼叫几声，把所有人吓得没个人样，然后扑进猪栏鸭寮，狂撕猛噬，不知有多少牲畜落入了虎口。

嗷——呜！嗷——呜！——

刘万七感觉山大王走到了家门前，那只狗爪子从门缝里收了回去，他听到阿黑扑的一声向前飞跑了，山大王就停在柴门前，磨着牙甩着尾巴，一股腥膻气味飘了过来。两个儿子都摸下了床，一个手上还握了一把尖担，刘万七用眼光示意他们别轻举妄动，他心里对老虎说，大王，还是算了吧，我这身骨架也没多少肉，你放过我好了。

门外的老虎蹭了一下地，还是往前走了。它在村子里来回走了一遍，令所有人整夜未眠。

天刚蒙蒙亮，村子里的空气中似乎飘着一股血腥味，熬过一夜的人们还有些惊悸未定地打开柴门，确定老虎早已离开村子，便分头冲向自家的猪栏鸡窝鸭寮，发现地上有血迹鸡毛的便一阵尖叫，看到牲畜健在的，则放下心来。

还好，刘万七家的牲畜都没有遭殃。他走到村子的伯公坛前，那里已经聚拢了很多人，叽叽喳喳地议论着昨晚恐慌的情形，一边说着自家的损失一边控诉山大王的暴行，张家一头要下崽的母猪，刘家一头公猪，罗家五只鸭子，唐家一只山羊，范家三只兔子，这是山大王巡村以来最大的一次损失。有人说，幸好，还没伤到人。有人接着说，以后牲畜吃完，它就要吃人了。

斜对过是唐来仁家，柴门吱扭打开，唐来仁揉着眼睛说："昨晚老虎又来啦？我喝醉了，早早睡着了，做梦听到虎声，果真是老虎又来了？"他眼睛突然看着地面，眨巴了两下，"你们看呀，天哪，地上有虎脚印！"

没人对虎脚印有兴趣，昨晚都听到了虎啸，虎脚印算不了什么了。有人对唐来仁说："你还不去看看，你家里少了什么？"

唐来仁咧嘴笑了笑说："家里一只鸭公，昨天被我炖了金线莲吃掉了。"

刘万七拍了一下他的肩膀说："你就知道吃。"

唐来仁说："我不吃，就给老虎吃了，给老虎吃，还不如我自己吃。"

刘万七走过唐来仁，向前面的几个人走去，那是罗家、张家、范家的几个长者。他们有的年纪比刘万七大，有的则相仿，大家都是先后脚来到下坂寮村的，携家带口，都是一大家子，巧的是大家都曾经在宁化石壁停留过，当然，更早的时候，大家的先祖都是从北方中原来的，为了逃避战乱，跋山涉水一路南下，走走停停，总想寻找一个能够安身立命的所在。先后来到下坂寮村，在这块山间谷地拓荒生存，不能不说是大家的机缘。刘万七走了过来，向大家点头致意一下，说："我们是不是合计一下，一起建一座楼，圆寨或者四角楼？"

"建楼？"那几双眼睛有的瞪大了，有的眼珠子左转一下右转一下，便定定地看着刘万七。

"建楼当然好了，就不怕老虎，也不怕山贼了，可是我们又哪里建得起？到这里一年多了，一大家子能填饱肚子就谢天谢地了，还敢做梦建楼？”张石初尖声地嚷嚷起来。

罗玉章则是笑了两声，说：“没那个屁股吃什么泻药嘛，万七，你说这一座楼又不是一间茅棚屋，它需要多少木料多少土料？我从永定过来，倒是看过人家的楼，住得多舒适，可人家是几代人才建起来的，我看我们下坂寮哪个姓氏都没这份能耐。”

“没错，我们目前谁家也建不起楼，”刘万七说，“我的意思是说我们五姓来合建一座楼。”

“合建？”这又让那几双眼睛瞪大了，这方圆百十里的地方是有不少的楼，有圆形也有四角形的，但都是一个姓氏独建的，同姓氏的人聚族而居，那厚厚的大门一关，谁也进不来，那高高的土墙，刀劈不开，箭射不进，一大家子住在里面，其乐融融。可是，却从来没有听说过几姓合建的事。

“是呀，合建，这也不是不可以，大家可以合计一下。”刘万七说。

张石初和罗玉章摇着头走开了，一直沉默不语的范伯洋这时开口说：“万七，你这主意不好实施，几姓合建一座楼，没有先例。”

刘万七苦笑一下，说：“你们都不爱听我细说，就认为办不到，这事我想了好久了，昨晚听到虎叫声后，我整夜都在想，我想大家合力去做，还有什么办不到的事吗？”

范伯洋年纪比刘万七大一些，他和善地笑了笑，说：“万七，你想得到，只怕办不到，因为没有先例嘛。”

刘万七一时不知再说什么，看着他们走去的背影，心里叹了一声。他抬头望了一下天，日头正要从蛟塘岽升起，今天地里还有不少活呢，便转身往家里走去。

走到家门口，刘万七看到唐三郎扛着锄头刚走过，算起来，唐三郎年纪比刘万七还小，但他是唐氏的族长，唐姓在村里的人口虽说最少，只有七户人家，却都是同个曾祖父的两个房派，亲得很。刘万七叫住唐三郎，开宗明义地说：“三郎，你说我们五姓联手合建一座楼，这事能不能成？”

“合建，好呀，我说能成。”唐三郎声音洪亮地说。

刘万七心头一热，说：“那你要多支持。”

“大家有力出力，有料出料嘛。”唐三郎说。

刘万七说：“大家都这么做就好了。”

这一整天刘万七像着了魔一样，连挥着锄头的时候也一门心思在想着怎么把其他四姓聚拢过来，大家一起合计来建一座楼。村子里张姓是第二大姓，如果先把张姓说动了，事情就会好办一点。

2

张石初本想叫上儿子一块进山捉石蛙，但他吃过晚饭就没见个影了，想想还是自己独立行动吧，儿子干了一天农活也累了。这山涧有一些石蛙，在阴湿的石洞石缝昼伏夜出，它们非常灵敏，白天是根本捉不到的，周围稍有动静，便腾跃而起，没入草丛清水之间，奇怪的是到了夜间，松明火一照，它们便一动不动地趴在那里，任由人捉进竹篓里。张石初几天就进山来捉一次，石蛙美味好吃，正好给家人补补体力。

走进林子里，一条小溪流从山上叮叮咚咚流下来，张石初从石头上打火点燃了手上的松明火把，林子里亮堂了起来，他登上那块风动石，往下面的溪涧走去，松明火向石头上一照，那上面一只石蛙被照瞎了眼似的，趴着一动也不动，他弯腰捉了起来，从背篓边上扯下一段草绳，系在它的一只腿上，然后把它放生。这是山规，每个晚上捉到的第一只石蛙必缚上一段草绳放生，等会如果再捉到它，不管今晚是捉了多少还是一只未获，都必须立即收手下山。

那只石蛙扑通跳入水里，静静的流水在松明火的照耀下，像晚霞一样。张石初走过两块石头，再把松明火往前一照，那上面有一只石蛙束手就擒。他想晚上也不要贪多，捉个十只便好。林子里扑啦一声，一只夜鸟飞起，树叶簌簌地抖动着。他在石头上站了一会，等林子里再度安静下来，向另一侧走去。那里一堆乱石把溪流围成了一个小潭似的，张石初淌到水里，用松明火一照，果然又有一只石蛙趴伏在那里，便伸出另一只手捉了过来，正准备放进背篓时，却发现这石蛙腿上缚着一段草绳，心里凛然吃了一惊，天意啊，晚上只能到此为止了。他把石蛙放进背篓里，弯腰在水里洗了一下手，往回走了。这是从来没有过的，一次只捉到三只石蛙，当然这是山神的旨意，他不能违抗。

走出林子，张石初把松明火灭了，脚下的山路他闭着眼睛也能走，何况晚上还有很好的月光。他走进村子，看到一道熟悉的身影在溪岸上闪了一下，往水碓房跑去。他认出是儿子顺良，这夜里跑出来，莫非是约会哪个妹子？张石初就放轻了脚步，往水碓房走去。

那是村里五姓人家共有的舂米的所在，水碓昼夜不停地响着，哐隆——哐隆——很多后生约会妹子，都选择在这周遭。儿子十九岁了，老妈年初问他看上哪个妹子没有，他还直摇头，今天看来是有情况。张石初轻手轻脚走到水碓房，听到后面有说话声，是个妹子的声音："那你快叫你家里来说亲嘛。"妹子的语气似乎带有一点不满，然后她就向左侧跑去了。顺良叫了一声："哎，细妹。"没追上去，勾头站在地上发愣。张石初生怕他察觉，连忙闪进浓黑的树影里，心里对儿子说，你这傻小子。

张石初回到家里，老婆还在松明灯下做女红，两道眼光一齐转了过来。张石初一脸神秘，径直走到她面前，在她耳朵边低声说道："刘细妹。"

老婆疑惑地说："你说啥货？我问你捉到了几只？"

张石初说："唉，我是说你儿子中意的是刘万七家的细妹。"

老婆哦了一声，说："我原来还猜是罗家的三娘，刘细妹是个挺好的妹子呀。"

"好是好呀，刘万七是刘家族长，他提议五姓一起合建土楼，我回绝了他，只怕他不同意这门亲事。"张石初不无担心地说。

老婆不明事情经过，说："建楼好嘛，建了土楼顺良结婚也能住新房间嘛。"

张石初叹了一声，说："你以为一座楼好建啊，现在大家能吃饱肚子就不错了，还想住土楼？"

"想住土楼有什么不对？想了就去做嘛。"老婆说。

张石初解下背篓放在木盆里，说："把它炖了，给孩子补补。"

第二天晚上，张石初又进山捉石蛙，这次更出奇了，捉到的第二只石蛙便是第一只缚草绳的那一只，他一边走出林子一边想，这是怎么回事？山神不让我捉了，好吧，我就二十天戒荤。

走出林子，张石初抄近路从斜土坡往下走，走到一个坎下时，面前一团黑乎乎的黑影，他也没在意，一脚踩过去，脚下哼的一声，有种软绵绵的感觉。他心头一惊，那团黑影耸立了起来，凭经验他知道踩到睡眠中的山猪了。山上常有山猪出没，一般在凌晨和傍晚时分，三五成群的，到田地里啃食农作物。张石初的心猛地缩紧了，撒开腿就跑。

山猪哼哼着站起身，这里有三只山猪，鼻子里响着粗气，其中领头的那只吼了一声，向前追了几步。

张石初一气跑进村里，几乎要断气了，他扶着伯公坛旁边的一棵树干，有人围了过来问是怎么回事，他喘着粗气说："山猪，山猪追我……"山猪追人在村里也不算稀罕事，人们就散去了。刘万七走上前，扶住他的肩膀说："没事吧？"张石初缓了口气，发现身上背篓不见了，只能笑笑说："暗摸摸的，看不到有多少只山猪。"

"我正想和你说这个事，最近山猪越来越多，村子里组织一些青壮年来打山猪，你看如何？"刘万七说。

"这个好，打来山猪全村人也可以解解馋。"张石初说。

3

五姓经过协商，决定从十六岁以上五十岁以下的男丁里三抽一，组织"伏虎会"——打山猪是日常活动，打老虎是远期目标，所以叫"伏虎会"，这名字是刘万七提议的，大家觉得有道理，就通过了。"伏虎会"

由刘万七总负责，各姓再选派一人协助理事，制定了一些规矩，每旬进山打猎山猪一次，所获猎物依人口平分，一旦山猪或老虎出现在田园、村庄，则以牛角号召集人员，立即出击，力争合围歼灭。

一天凌晨，刘万七刚起床，门外就有人来报，圳坝头的地瓜地里有几只山猪，他似乎有些兴奋地哦了一声，从门后取下牛角号，同时操起一根尖担，走到伯公坛前，鼓腮吹响了牛角号。

呜——呜——呜——

“伏虎会”的成员从不同角落奔跑过来，看见有人空手，刘万七便叫他们回去取上器具，短刀长棍，有杀伤力的便可，还叫人带上两面锣。一会工夫，二十来个人聚拢了过来，刘万七说：“地里发现了山猪，大家埋伏在路口，有人敲锣，山猪逃窜过来时，就合围上去，一定要配合得好，长棍的在前，封住山猪的咽喉，短刀的就扑上前捅它一刀，要相准要害部位，一刀毙命。”

这是“伏虎会”的第一次行动，大家像过节一样兴奋，早已跃跃欲试，几个性急的蹦跳着，不停地比画着手里的刀子。刘万七把人员分成三列，分头向圳坝头的地瓜地进发。

天亮了，日头还没出来，山地间的薄雾正徐徐散去。远远可以看见山猪在地瓜地里拱着土，翻出地瓜，锋利的牙齿一下咬住，咔嚓一声，整条就入了口。这里一只，那里一只，一共四只。看得出似乎是一母三仔。大家弯腰走近了地瓜地，刘万七用手势把人分成四拨，蹲伏在山猪可能逃窜的路口，自己带头的这一拨对付母山猪。

所有人屏声静气，生怕轻咳一声就把山猪吓跑。要等猛烈的锣声响起，吓惨的山猪慌不择路乱窜，才能出奇制胜，合力围歼。

持锣的是唐来仁和另外一个姓范的中年人，他们躲在左侧的水渠边，等刘万七的指令再敲锣。唐来仁探出大半个身子，看到对面刘万七举起一只手，连忙挥起槌子敲起锣来。

哐啷——哐啷——哐啷——

正在拱着地的山猪吃了一惊，那只母山猪嗷嗷叫着，一只山猪仔已经受惊窜了出去。

两个敲锣的男人越敲越欢，急促的锣声吓得山猪一团慌乱。那只率先突围的山猪仔跳下一块田垄，正埋伏在垄下的两把长杈长棍一起顶住它的脖子，旁边一人身手敏捷地扑上去，手中的利刃捅进它的咽喉，山猪嗯哼一声，歪在了地上。

那只母山猪见状激怒起来，埋着头向刘万七这边猛冲过来，几根长杈长棍顶住它的颈部，它扭动了一下躯体，长棍被它甩了开来，刘万七焦急地喊了一声："顶住！"把手里的尖担刺入它的咽喉，它痛叫着向前扑，越扑刺得越深，旁边另外持短刀的赶紧围上来，几刀结束了它的生命。

第二只山猪仔也很快被放倒在地，但是最后一只却突然掉头往唐来仁那边跑去。正敲锣敲得起劲的唐来仁猛地吓了一跳，就把手中的锣往山猪仔头上砸去，山猪仔吼了一声，尖利的牙齿在阳光里闪了一下，朝唐来仁的腿脚咬上来。

唐来仁正想抽脚逃开，但是已经来不及了，那白利利的牙齿挟带着一股腥气，咬在了他的腿上。唐来仁尖叫一声，后面赶上来的人七手八脚把山猪仔按翻在地上，有人出刀要给它一刀，刘万七喊住了他，说："留活的吧。"

"杀死它……"唐来仁倒在地上，用着哭嗓说，"哎哟，痛死我了……"

"伏虎会"的第一次行动还是很有收获的，村子里男女老少无不欢喜，刘万七亲自主持分肉，每家每户按人口平分，而唐来仁因为受伤，另外多分了一根山猪脚。在刘万七的提议下，伯公坛前垒了三口灶，架起三只大鼎，那些没有分的山猪下水洗净后丢到大鼎的水里，旺火烧起来，各拍下一块姜，全村顿时飘满了肉香。不用派人通知，所有人都被肉香吸引到伯公坛前来了，很多人早已知情地端着碗，不论男女老少，每人一碗山猪下水，六十岁以上老者可以续汤，刘万七和各姓族长亲自掌勺分配，村子里一时喉咙山响，呼噜呼噜全是畅快无比的喝汤声。这差不多是五姓聚居下坂寮以来最热闹的一天了。

三只大鼎的山猪下水分到最后，刘万七和张石初等人只能分到小半勺，刘万七说："大家吃得高兴，我尝尝鲜就行了。"他趁机向几姓族长提起合建土楼的事，说："大家用劲往一处使，今天打下了山猪，来日说不定就能建成土楼呢。"

这回大家都没有立即发表意见。张石初咂着舌，似乎还在回味山猪下水的味道，连连点着头说："好，好，好。"

罗玉章突然抬起头对刘万七说："合建土楼的主意好是好，可是怎么建？你来带头吗？"

"我带头。"刘万七用诚恳的语气说，"我愿意带这个头。"

范伯洋说："单以一姓的力量来建土楼，是建不成的，五姓合建固然是好事，但是要怎么建怎么分，这倒是一个问题。"

刘万七说："我觉得这不算什么问题，大家信任我，我愿意站出来做个带头人，我保证出于公心，根据五姓的人口和付出，来对房间进行平分。首先，我们在楼里设立五部楼梯……"

"五部楼梯？"

"嗯，我是这样想的，其实每部楼梯都是公共的，但各姓因为房间数不一样，土楼划成不等分的五部分，设五部楼梯，各姓各有一部楼梯。"

张石初和罗玉章等人同声说："那就好，那就好。"

刘万七没想到事情这么顺利，看来建土楼也是大家的心愿，一姓力量小，只有五姓合建才能成功，这也是大家的共识，现在他站出来了，愿意带头来筹措和组织这个事情，谁还会反对呢？刘万七心里油然升起一股暖意，眼眶似乎也有些潮热，说："大家信任我，我一定会把事情办好，这是我们下坂寮五姓的事，我刘某在所不辞，必定全力以赴。为感谢大家的支持，我愿意把我家靠近水碓房的那块地贡献出来，找个先生来看看风水如何，是否合适做土楼用地。"

4

建一座土楼千头万绪，要做的事情很多，但首先是确定楼址，然后延聘师傅——夯墙的活儿都是自己干，但是木作和装修，则至少需要一个木匠师傅。刘万七家在水碓房溪边有一块地，当他宣布把这块地贡献出来之后，其他四姓的族长都无话可说了，感动之余，只能表示大力支持。五姓合请了一个赣州地理仙来看风水，这个瞎了一只眼的先生，拍着罗盘说，这是块宝地，属金鸡下蛋，起楼后必定大发。大家听了，自然一片欢欣。

接下来请木匠，在请哪里的师傅方面，大家有一点小小的分歧，不过都表态由刘万七拿主意，刘万七说，那就请高头师傅。他决定近日内专程到高头一趟，他知道有几个木匠远近闻名，一定要请到其中的一个。

在伯公坛前议完事，大家分头散了，刚才还只是阴沉的天色突然翻转，墨黑一片，刘万七快步走到家门口，一声响雷，几乎就炸在茅棚屋上面，大雨哗啦地狂泻而下。刘万七推开柴门正要走进去，看到前面有个路人背着一行囊，急匆匆跑过来，大雨浇得他抱头鼠窜。

“这个老兄，到这避避雨吧。”刘万七大声招呼说。

那人往这边看了一眼，啪啦啪啦跑了过来，全身上下几乎全淋透了，跑到柴门前，抹了一把脸，全是雨水，说：“唉，这该死的雨……”

“快进来吧，到家里避雨，天晴再走。”刘万七说着，就从家里找了一块布给他擦脸。

那人道了谢，用布擦了脸，解下身上的行囊，那草袋子里装着一把木锯和刨子。刘万七心里咚地就跳了一下，莫非他是木匠？忙问：“请问老兄从哪里来，到哪里去？你是个木匠师傅吧。”

“我从高头来，做木匠的，准备到芦溪去探亲戚，顺便带着工具，帮他们修修补补。”

“你建过土楼吧？”

“当然建过啦，我们高头很多土楼就是请我做的师傅。”那人提高了声音说，对自己的职业充满了自豪感。“我叫江定法，在我们那里还是有一定名气的。”

江定法？刘万七哦了一声，他是听过这个名字的，在高头的师傅里最有名气，没想到今天这么巧，连忙说：“是江师傅啊，失敬失敬。看你全身都湿了，我拿套干净的衣服给你换下。”

“这个不用客气，感谢了。”江定法摆摆手说。

刘万七就进房间取出一套干净的衣服，说：“江师傅，委屈一下你了，我这粗布衣衫给你穿上，免得着凉了。”

江定法客气地推辞了一下，还是接过衣服。刘万七把他迎到旁边的一个小房间，江定法换了干净的衣服出来，感觉舒爽多了，连声道谢。

“江师傅，不瞒你说，我还想近日到高头拜访你呢。”刘万七说着，便把五姓准备合建土楼的事从头说来。

江定法听了之后，微微点头说：“几姓合建，这倒很少见，一定要有个主心骨，不然一人一句，做师傅的听谁的好？”

刘万七说：“我就是主心骨，有事大家可以商量，但是由我拍板的。”

江定法嗯了一声没再说什么。

刘万七接着说：“江师傅，我们请你来做木匠，你看如何？”

江定法犹豫了一下，说：“我探亲回来也有一个活，是上洋那边一座楼，恐怕不能答应你。”

刘万七有些失望，声调一下也低了，说：“要是能请到江师傅就好了……”

“你们真要建啊？五姓合建，麻烦比较多，不过，我可以帮你介绍其他的师傅嘛。”江定法说。

“哎，我们不说这个。”刘万七说，“来来来，江师傅，你请坐，你看天下着大雨，也快晚上了，你若不嫌弃，就在寒舍过一夜，明早再上路。”

“这个……”江定法看了看外面倾盆而下的大雨，又看了看自己身上刚换上的衣服，“真是给你添麻烦了。”

“看你说哪去了，要不是这场雨，你说我到哪里请你来家里？江师傅是大名鼎鼎，可我面对面也不认得。”刘万七诚恳地说，“要感谢这场雨啊。”

江定法笑笑，说：“话说下雨天留客天，我这不速之客，真是多有打扰了。”

刘万七说：“江师傅不要客气啊。”他走到厨房吩咐妻子多煮一些饭，然后走到鸡笼，抓起一只小母鸡。

小母鸡咕咕的叫声吸引江定法走过来，他摆手说：“兄弟，你千万不要这么客气。”

“哎，你是贵客，应该应该。”刘万七说。

江定法站在一边看着刘万七杀鸡拔毛，也不好上前帮忙，就笑笑说：“你这人真客气。”

“要得要得，你是贵客啊。”刘万七说。

热气腾腾的饭菜端上桌了，一碗炒薇菜，一碗笋干焖猪脚，两只煎溪鱼，还有一盆鸡内脏汤，刘万七招呼江定法入座，又让妻子温了一壶糯米酒。江定法是木匠，常年在外面吃喝，也不客气，拿起筷子，和主人一起吃喝起来。

筷子在鸡内脏汤里夹到一块鸡腱，没有夹到鸡肉，江定法心头掠过一丝狐疑，他心想，鸡肉是清蒸的吧？刘万七端起碗敬酒，他豪爽地喝了半碗，有点黏，有点甜，很好入口。

“来，来，来，没什么好菜，江师傅你就随便吃。”刘万七热情地招呼着。

江定法想那鸡肉什么时候端出来，他最爱的就是鸡肉，但是这怎么问得出口呢？他夹了一筷子薇菜，说：“好，这菜炒得好。”

两人一来一往，相互敬了几轮，刘万七还叫上儿子孟山来敬江伯伯一碗酒，桌上菜也吃得差不多了，江定法已有些酒酣耳热，最后吃了半碗饭，肚子已经饱得很，那鸡肉还没上来，他想算了，这刘家主人看似热情，杀了一只鸡说是请客，上的内脏汤，好料留着自己吃。但他也没说什么。

刘万七见江定法吃饱喝足，已有点酒意，便请他上床休息。江定法推开刘万七伸过来要扶他的手，说：“我没事，没事。”

这一睡下，一夜好眠。第二天一早，江定法醒来，刘万七便过来问安，送上他换下的衣服，这是昨晚刘万七妻子连夜洗净烘干的。江定法连声道谢。

早餐也早已做好，一瓦盆的地瓜粥，小鱼干，咸萝卜，都很可口，江定法吃了三碗地瓜粥，准备上路往芦溪了。他向刘万七和其妻子拱手称谢，刘万七送上一只草袋子饭包，说：“路上可充饥。”

“路途又不远，不用了啊。”江定法推辞说。

“有备无患嘛，翻山越岭容易饿。”刘万七说。

江定法便收下了草袋子饭包，抽长草绳扎在了腰间，背上装着锯子的行囊，走出刘家。刘万七送他走到门口，江定法说：“留步吧，不要多礼。”刘万七说：“没事，我送你到路口。”家里的阿黑也跟着窜出门。

此时，日头已从蛟塘崇上升起，村子里洒满阳光。刘万七和阿黑送江定法走到水碓房前，指着对面那块地说：“我们土楼就准备建在那里，请风水先生看过了，是块宝地。”

江定法望了一眼，只是哦了一声，没说什么。

“我们五姓合建。”刘万七说。

“好嘛，五谷丰登，五子登科。”江定法说。

“江师傅吉言，感谢感谢。”刘万七说。

到了路口，江定法请刘万七一定留步，刘万七说：“好吧。江师傅回家路过，一定要到寒舍歇歇脚。”江定法说：“好。”

两人挥手告别。前面就是一段小坡路，江定法走到坡上，无意中往下一望，刘万七居然还在下面仰头望着，那阿黑也跟着仰起脖子。他想，这人真是的，唉！他赶紧往上走，拐了一个弯，回头望，已看不到坡底，他脚步缓了下来，手碰到扎在腰间的草袋子饭包，想了想把它解下来，他肚子不饿，并不是想吃点心，而是突然有一种好奇心想看看，便打开饭包一看，除了一个饭团，就是鸡腿、鸡胸脯肉，几乎整只鸡全在这里，他心里猛然一震，昨晚真是误会人家啦！他愣愣地想了会儿，转过身就往来路大步走去。走到坡头上，江定法看到坡下的刘万七往回刚走不远，急忙跑起来，大声喊道：“刘家兄弟，等等我！”

刘万七听到喊声，有些惊讶地回过头，看到江定法快步跑过来，似乎明白了一点什么。

江定法跑到刘万七面前，喘着粗气说：“刘兄弟，你若不嫌弃，你那土楼就由我做师傅。”

“太好啦！”刘万七一把抓住江定法的手，“这真是太感谢你了。”

江定法说：“缘分吧，我觉得你这个人够格，我愿意。”

5

经过五姓族长协议，土楼暂名五姓楼，请风水先生择了一个良辰吉日，就要开工了。

这天天刚亮透，五姓族长都穿上干净的长衫，各持一支香，肃立在伯公坛前，嘴里默念着，然后三拜三鞠躬。旁边围观的村民都被这肃穆的气氛感染了，不敢交头接耳，也学着双手合十，向伯公坛拜了拜。

拜过伯公的刘万七领头往水碓房前的地里走去，走到地头，他弯腰把香插到地上，后面的几个族长也依次把香插上，他抓起一只事先放在那里的缚住脚的公鸡，用刀子刺入它的脖子，鲜血淋漓着滴出来，他转着身子，用鸡血淋出一个小圆圈，其他人有的用土块压住杨公符，有的准备放鞭炮……

噼里啪啦、噼里啪啦……鞭炮声响起，五姓楼正式动工了。

刘万七、张石初等人拿起锄头，开始挖土。挖土也就是挖地基。

土楼的地基，客家话里叫作大脚坑。地面以下的石砌地基又叫“大脚”，地面以上的墙脚叫作“小脚”。一般说来，大脚坑深一米左右，宽度比“小脚”的宽度大一倍。“小脚”的高度通常从半米到一米甚至到二米不等。

刘万七和江定法事前商量过，其他族长也一致同意，决定以特殊配方湿夯三合土行墙。这是因为五姓楼临近河边，湿夯三合土不怕潮湿，可在水里浸泡而不变软。所谓三合土就是砂、石灰和红壤土，其比例一般是3∶2∶1，砂的用量占一半，只能少而不能多，特殊配方则是把红糖、蛋清和糯米加进三合土，然后一起发酵。这造价要比一般的湿夯和干夯高多了，但是要建造一座庞大的土楼，保证风雨不动安如山，百年千年永不倒，该花多少钱，该花多少工夫，刘万七是在所不惜的。

江定法一边砌"小脚"，一边指导刘万七做泥。做泥就是配制夯墙的土。土楼平地起，"大脚""小脚"是基础，是来自大地深处的坚固的力量，而支撑楼体的力量则来自夯土墙。做泥便是夯土墙的关键工艺。

做泥的红壤土，举目都是，"大脚坑"挖出来的一堆一堆，不够还可以从山坡脚下再挖，要求是没有腐殖质的生土，加上砂、石灰，然后经过充分发酵成为熟土，最后加入红糖、蛋清和糯米汤水，就可以开版行墙了。

红壤土、砂和石灰又称三合土。三合土的调匀和发酵，必须有足够的耐心。在土料上泼一些水，使土料全部湿润之后，那手中的锄头就不能停了，要反复地把土料翻来覆去，一遍又一遍，不厌其烦。翻锄后堆成一堆，晚上在上面铺盖稻草，这样可以加快发酵。第二天又继续翻锄。久远的年代里，人们建造土楼，往往在前一年的冬闲时节就做好了泥，堆成一堆一堆的，不时摊开来翻锄，再堆上，以备来年使用。现在没这么多的时间，江定法说其实土料只要经过十来天的发酵，就可以发酵得很好了，保证夯墙后不会开裂，墙面用大板拍实，再洒上水，用推光石磨平，便像镜面一样又光又平，而且坚固无比。

"不过，万七兄弟，你要勤力翻锄，让它发酵得越老到越好。"江定法说。

刘万七手上握着锄头，一刻也没有停下地翻动着，那锄头就像是从他手上长出来的一样，在土料堆里上下飞动，犹如一只翩翩起舞的蝴蝶。

三合土做出来的泥一堆一堆，散发着一股熟烂的浓厚的气息，好像烂菜叶沤熟的气味，棍子一样漫天飞舞着抽打人们的鼻子。每当刘万七深深吸一口空气，那气味就哐当在鼻子上敲一下似的，让他感觉到一种晕乎乎的幸福。别看这些泥软绵绵地团在地上，当人们用力气把它们夯筑起来，它们就是坚不可摧的墙体了。

翻开三合土堆上的稻草，刘万七看到做出来的泥细腻均匀，就像刚刚蒸出锅的烧麦，热腾腾的，暖乎乎的，他真想捧起来吃一口啊。

为了让三合土更加黏固，更加持久，要在里面加入少量的红糖、蛋清和糯米汤水。先把糯米磨成粉，加入冷水调匀，然后注入大量的开水，做成稀薄的粉浆，明晃晃的光可照人，然后加入红糖，等糯米汤水冷却后，又加入事先准备好的蛋清。开始搅拌调匀，必须使红糖和蛋清彻底融化在糯米粉浆之中。红糖、蛋清所占的比例很小，在添加的过程中全凭感觉来放，多一点少一点都不大要紧，最关键的是要让糯米粉浆和它们充分融解，变成不可分的液态才能使用。

调好的糯米粉浆倒进发酵的三合土，翻锄和匀，就可以正式开版行墙了。

这天晚上，刘万七专门交代妻子杀一只鸡，多做几个菜，要请定法师傅和明天夯墙的人好好吃一顿。他还找了一张红纸，贴在了墙槌版上。

“大家把这碗酒喝了，祝我们行墙顺顺利利。”刘万七起身端着酒碗说，仰起头就把碗里的酒咕噜咕噜地喝得喉咙直响。

“顺利。”“顺利！”“顺利！”桌上的人都端起酒，说着祝辞，喝出一片响声。

刘万七放下空碗，心头热乎乎的说不出话，只是用力地点一下头，他坐了下来，用筷子夹起鸡腿到江定法碗里，说：“大家不用客气，晚上吃饱睡好，明天要行墙了呢。”

夜里刘万七一直翻来覆去睡不着，垫起墙基，砌好“小脚”，明天就要行墙了，睡不着似乎是注定的，他心里隐隐有一种不安，有一种期盼，希望天快快亮了，快快鸣炮动工，第一版的墙顺利地夯下来，第一周的墙顺利地夯下来，他的心就会慢慢踏实，看着楼墙夯高，他慢慢就会心花怒放，可是现在，他只能在床上翻着身子，全身好像攒足了劲，却不能握起夯杵尽情地捣几下。天快亮时，刘万七才迷迷糊糊地睡去，突然听到沙啦啦的声响，猛地从床上坐起来，开了门就向外面跑去。

天色熹微，清冽的晨风像旗子一样，在他耳朵边猎猎吹响。刘万七的脚步踩在晨露未干的地面上，发出唰唰唰的湿润的响声。他猛地跑到五姓楼前，看到圆圆一圈的“小脚”像拱出地面的春笋，地上一堆一堆发酵的土料像还在沉睡一样，这才大口地往外呼了一口气，然后伸了个懒腰，朝天空挥了两拳，最后一拳似乎打在正在升起的太阳上面，太阳晃了一下，日光抖落一地。

绕着“小脚”走了一圈，刘万七大步走到溪流边，捧起水洗了一把脸，回到家里，江定法已经起床了，灶间里的妻子已把早饭做好。

清早的村子，一片嘈杂中流淌着充满繁忙的生机，这时一支客家山歌调子，在刘万七心里盘旋起伏着。这种生活景象，几乎每天都是相似的，今天却让他感受到了一种不同的兴奋和振作。

吃过早饭，刘万七、刘孟山和江定法师傅，还有从家里赶来的张石初、罗玉章、唐三郎等人带着一副墙槌版、两根夯杵、四支圆木横担、一把大拍板、两把小拍板，还有一盘绳线、一把鲁班尺、一把三角尺、一把水准尺，还有铁锤、铁铲、丁字镐各一把，泥刀、泥锄、木铲、畚箕若干，一行人出了家门，沿着土路向溪边方向走去。

刘万七心里特别有一种庄严感，一行人有意无意地形成一个队列，步伐一致地走着，这多像一个正规的仪式：壮士出征，走向前方，建功立业。大家手上带着的工具虽然简陋，但它们却富有不可思议的魔力，能够夯造出雄奇伟丽的土楼。这也正如壮士用以建功立业的武器。

走到了五姓楼的“小脚”前，大家把手上的工具靠“小脚”放着。这些土楼乡村习以为常的粗陋的工具，像亮相一样，展示着它们或长或短的形象。墙槌版上贴着红纸，它是用硬杉木做成的框状墙模，长约两米，高五十厘米，一头是固定的，另一头是开放的，可以灵活拆卸。在所有工具里，它是最富有母性的，雍容大度，土墙将在它的内空里夯起。

刘万七率众人向着前方双手合十，拜了三拜，他取出一挂鞭炮，点燃后，就提在手上炸响，噼里啪啦满天震响，他手上像提着一条扭动的大蛇，眼看蛇信子就要咬到手上，他才往天空中一扔，一串脆响在大家的头上炸开，像掠过一群麻雀，炮屑飘飘洒洒落了下来，红艳艳地落在大家的头上、身上，大家都是喜气洋洋的，对刘万七说着“顺利”“顺利”，刘万七一一拱手回礼。

第一版墙是所有土墙的开始，自然很关键，质量要求也是最高的，刘万七和江定法要亲自来夯这第一版墙。一般说来，第一版行墙顺时针或逆时针都是可以的，刘万七对江定法说：“我们就顺着开始吧。”江定法说：“顺，好，好彩头。”

墙槌版放置在“小脚”上，下面放两根圆木横担，往两头伸出一点点，像两只耳朵一样，墙槌版开放的那一端用木卡卡住。江定法眯着眼瞄着墙槌版横封中间的竖直刻线和一条铅垂线，左一点，右一点，轻微移动着墙槌版，使这两条线重合，这就说明墙槌版和地面是垂直的了。

张石初、罗玉章、范伯洋和唐三郎从发酵的熟土堆里挖土装满了畚箕，端过来倒进墙槌版里，这时刘万七手握夯杵，早已跃跃欲试。这与人等高的木杵，一头大一头小，他两手握在中间，那熟土倒进墙槌版里，触碰到它的小头，它就像自己跳起来一样，一下一下地往下捣着、压着、夯着，嘭、嘭、嘭，发出急促的声响。它的小头上好像有一个开关被打开了，它怎么也停不下来。

对面的江定法手握夯杵，一上一下显得很有节奏，对刘万七说：“你不用这么急猛，用力均匀就行了。”

刘万七看了江定法一眼，他手里的夯杵平静了一些，一起一落，慢慢跟上了江定法的节奏。两根夯杵在熟土里发出结实有力的声响，这经过特殊配方（添加红糖、蛋清和糯米汤水）的三合土干湿适中，不软糊，不夹心，两根夯杵一上一下，一高一低，一重一轻，一清一浊，好像默契的二重唱一样。

第一夯层夯实了，熟土又倒进来了。一般说来，一版墙至少要四个夯层以上，多的达到九个夯层。江定法事先跟刘万七商量过，他们这五姓楼最多夯七个夯层，一边往上一边减少，到最后第五层楼时，每版墙只要夯四个夯层就行了。为了加固，同时也为了省料，江定法在夯墙过程中加进了片石和竹片、杉木枝，它们在夯实的熟土里就像筋骨一样紧密凝聚着所有的土料，这在俗话里叫作墙梆。

第一版墙夯好了，卸下墙槌版，用铁锤轻轻打了两下圆木横担，从大头这一端抽出横担，只需抽出一根，另一根可以留着再用，因为开敞的版尾正好夹住上一版。每一版的连接都是套接，下一版的墙槌版要套住已夯好的上一版，这样墙面上就不大容易看出连接的痕迹。一个人迅速固定版位，打下木卡，另一个人立即牵起绳线确定墙体厚度，如果墙体过厚便用泥铲铲去，然后操起大板，在刚刚夯好的墙面上拍打着，砰砰砰，像打棉被一样，这叫过大板，目的是把墙体拍击得更加结实。接着补墙，把横担抽出的洞用细嫩的补墙泥补上，墙面上有小缝隙的，粗疏不平的，先洒上水湿润一下，抹上补墙泥，用小板拍打几遍。补墙后，还要最后过一次大板。大板在墙面上的拍打，轻重有度，砰砰砰，啪啪啪，跳荡着一种悦耳的韵律。墙体在拍打下变得更加坚固，墙面也闪出照人的光洁。

这边拍墙、补墙，那边早已把墙槌版的木卡打好，往墙槌版里倒进熟土，又开始行墙了。拍墙声、夯墙声，还有人的呼吸声、号子声，还有不远处小竹溪的潺潺水声，交织在一起，有起伏，有跌宕，像一部多声部的作品，在空气中回荡着。

第一版墙之后，江定法负责拍墙和补墙，他把一版墙两面都侍候好了，稍歇口气，其实也不闲着，眼睛在墙面上扫来扫去，以期发现遗漏的缝隙，尽管整版墙让人感到相当完美，但总会有这里那里一点一滴的不满意，他毫不犹豫，立即动手弥补。作为一个有经验的匠师，他知道开头误差一点点，后面就会难以收拾，所谓失之毫厘，差之千里。更重要的是，他被刘万七的仁义和毅力所感动，他要建造一座完美得无可挑剔的土楼作为报答。这版墙细细巡视过无数遍，反复查验，终于感觉可以的时候，那边夯的下一版墙也结束了，他又要开始新一轮的拍墙和补墙了。

夯墙由刘万七和刘孟山、张石初和唐三郎四人两组轮番上阵。范伯洋身体不好，又有点驼背，他负责打杂，夯墙要加入片石，就搬来片石，定法师傅需要一人帮忙拉绳线，就让他帮忙拉线。看着墙一版一版地延伸，刘万七的眼光也在拉长，有一种喜悦从眼里一直通往心里，蓬蓬勃勃地滋长起来。在他的耳朵里，拍墙声和夯墙声都比夜莺的歌声动听多了。

快到吃午饭时分，妻子送来一大锅排骨咸菜粥，妻子说干活辛苦，先给大家加餐一下。男人们围拢过来，一人端起一只大碗，吃出一片响声。一大锅排骨咸菜粥，眨眼间就消失在男人们的肚子里。他们抹着嘴，打着嗝，带着一种满足的神情，这也算是休息了一下，身上的体力明显得到了补充。

黄昏日落的时候，行墙一周。望着圆圆一圈的土墙，刘万七知道这不是在梦里，这是他面前的真实景象。圆圆的土墙高过人头了，在暮色中闪着土质的幽光，明天它们要继续往上长，它们将像雨后春笋一样，不停地往上蹿，直到有一天，他要昂起头来看它。从土地里诞生，向着天空攀升，这就是一座土楼的成长。

这天晚上，刘万七做梦五姓楼建成了，高高耸起的五层圆楼，像宫殿一样巍峨气派，在喧天的鞭炮声中，那些逝去的祖先衣裾飘飘地向他聚拢而来，连长须也兴奋得飘动不已，他们发出的声音像空谷回音一样，洪亮地在下坂寮上空回响着。突然一声巨铳冲天而起……刘万七猛地惊醒了，这才知道现实的村子还是一片寂静，那铳声也是来自梦中。

刘万七开门走到空地前，抬头看着天空，一块深蓝色天幕上，闪亮着几颗星星，看不见的风俯冲下来，发出像云雀一样细细的鸣叫。地里飘荡着一片灰白色的雾气，空气中弥漫着破晓前的清寒，刘万七缩了一下身子，向五姓楼走去，他的鞋底踩在缀满露水的地面上，发出滋滋的声响。

已经一人多高的土墙在微暗的夜色中静静伫立，像一群沉默的人围成一圈。地上一堆一堆的熟土，像一座座小山包。刘万七在墙外墙里走了一圈，用手指掐算着，地上这些做好的泥差不多够夯第一层。不管怎么说，第一层夯起来，接着第二层、第三层、第四层，最后第五层，五姓楼总是能够建成的，只要先把五层楼墙夯起来，内部的装修、雕饰也许就不愁了，毕竟是五姓合建，众人拾柴火焰高嘛。

刘万七蹲在一堆熟土边，眼睁睁看着天色破晓，日头从蛟塘岽一跃而起，像是抖落一地金屑一样，满地熠熠生辉，他的心里却笼罩着一片散不开的阴霾。

行墙到第四周，高度增加了，难度也就加大了。刘万七刚刚从墙头上站起身，感觉到风吹过，身子像墙头草一样摇晃了一下。对面的张石初身体僵硬地站着，光着脚的脚趾紧紧地夹住墙面。这土墙从下往上逐渐收缩，第一周有一米多厚，收缩到第四周，也还有一米厚，足够宽敞。但刘万七发现张石初似乎是恐惧一样，不敢把胸膛挺直起来。

“这才多高？你把身子挺起来，没事。”刘万七说。

“我没事……”张石初说。

唐三郎端着一畚箕的熟土从木架子上爬上来，刘万七弯腰接过畚箕，把熟土倒进畚箕里，江定法从另一面墙的木架子上爬上来，他端的畚箕里是几块片石。刘万七和刘孟山挥起手中的夯杵，一下一下地往下捣动。江定法把三块片石插进墙槌版里，前中后各插一块，唐三郎端上来的熟土立即把它们掩埋了，两根夯杵对准它们，把它们结结实实地打入土里。

夯了四版墙就到了午饭时分，日头一动不动地悬挂在头上，天上没有一片云彩，也没有风，空气像是凝滞不动了。张石初和唐三郎一身臭汗地从木架子上爬下来，嘴里呼着气，嚷着饿死了饿死了。除了第一天，刘万七妻子送来点心，接下来都没有了，大家干完活，各自回家去吃饭。这时候，他的肚子也饿得肚皮贴到脊梁骨了。

江定法手握大板爬上木架子，看着刚夯好的这一版墙，眼睛一下睁大，一下又细眯起来，摇着头说：“这不行啊，这夯得压根就不行。”

“怎么了？”刘万七一听就急了，从木架子上蹬到墙头，眼睛滴溜溜转了两圈，转身冲着准备离开的张石初等人喊道，“哎，你们两个！你们来看看——”

他们抬头看到刘万七气势汹汹地站在木架子上，居高临下地瞪着他们，像是一颗炸弹随时滚到他们身上。

“你们过来看一看！没吃饭是不是？把墙夯成这样，松松垮垮，像拉出来的一堆屎。”刘万七大声吼道，他也不知道哪里来的力气，粗俗的骂声随着口水一起向下飞溅。

“唉，大家饿了嘛……”张石初说。

“饿了也不能这样啊，这土楼是大家要住的，墙没夯实怎么行？”刘万七说。

“你说的是没错，但是，万七兄，你也不用这么动怒吧？”唐三郎说。

“唉，好吧，”刘万七强忍住怒气说，“你们先回去吃饭吧。”

“可能，也是干累了，就应付了，也可能是这版墙土质不好……”江定法说。

刘万七叹了一声，脸色很难看。江定法就不吱声了，刘万七转过头问：“定法师傅，你说这一版墙要不要推倒？”

江定法沉思片刻，说：“只好推掉了，没办法。这第四周墙是第一层楼的最后一周了，每一版都不能松软，都要是最好的。”

刘万七心里骂了一声，大步走向木架子，抓了一把大板，对着那版没夯好的墙又捅又戳，土块哗啦啦直往下掉，心里气愤不平，说：“一块土一碗肉，他们这是浪费了我多少！”

江定法从另一面墙的木架子上爬上来，手上握着夯杵，往下推着已经被刘万七捅得支离破碎的墙。杵头对准层缝，猛一用力，这版墙轰的一声就往刘万七这边倒下来，几粒土团溅到了刘万七身上。在这轰的一声里，刘万七真恨不得整版墙砸在自己身上。他有些失神落魄地从木架子上爬下来，把大板扔在地上，说：“我真想用这大板抽他们两下。”

“我建过那么多土楼，一层楼偶尔一二版墙夯不好，推倒重来，也是有过的……”江定法说。

“他们是不上心，这版夯不好，以后还会有另一版夯不好。”刘万七说着，又转身从木架子上爬上墙头，重新在放横担的地方放上横担，把墙椬版开放那一端的木卡卡住，这样墙椬版也就固定住了。

“回去吃饭吧？”江定法抬头说。

“你先回去吃饭。”刘万七说，“我一个人把这版墙夯起来。”

“万七兄弟，这个，”江定法说，“你也不用跟自己赌气……”

刘万七踩着木架子往下走了几步，跳到地上，说：“我不是赌气。我不把这版墙夯好，我也吃不下饭。”

江定法心里叹了一声，也不知要说什么。

刘万七从土料堆里挖满一畚箕，就端起来往木架子上爬去，倒进墙椬版里，又转身下了木架子，挥着锄头三下五下挖满一畚箕，憋着气一样，嗖嗖嗖，猴子似的从木架子上攀上墙头，畚箕一翻，又嗖嗖嗖地跳了下来。

江定法心想，你又何必这么折磨自己呢？不过说到底，刘万七一个人想建土楼，本来就是自己折磨自己的事情，五姓合建，必定要有个人出头来负责，大公无私才行，他必定要乐于吃亏，乐于吃苦，不然真的建不起五姓楼。江定法只是看着，发现刘万七上上下下身手敏捷，好像有了神力一样，竟有些看呆了。他想，刘万七这人太较真了，自己跟自己较真，硬颈，一根筋，一条道走到黑，就像祖宗们一样，当年从烽火连天的中原出走，硬是一路奔波，闯到这块蛮荒之地，在这拓荒垦殖，硬是生存了下来，并且居然建成了固若金汤的城堡似的土楼。江定法感觉这刘万七太像那些硬颈的祖宗了，大家身上都流着祖宗们的血，有的人的血被慢慢稀释了，而他这种硬颈、执着的热血却是越来越浓。

刘万七高高站在墙头上，手握夯杵，咚、咚、咚，发出结实有力的捣声。日头给他剪出一个上下挥动胳膊的画影，好像祭祀仪式上傩师表演的动作一样，上下腾挪，充满一种仪式感，举手投足无不透着一种庄严与神圣。

第一层楼墙夯好，作为木匠师傅，一定要到墙头上拍大板。

站在墙头上拍大板是一件需要技巧和胆量的体力活。在大板的拍打下，脚下的墙体一版一版地震动着，像是天摇地动一样，会让人觉得头晕目眩，弄不好就可能失衡跌落墙下。对于功夫过硬的泥匠师来说，高墙上拍大板就像一项精彩的表演，腾挪跳跃，舞之蹈之，看起来赏心悦目而又让人捏把汗。

整层楼墙夯毕，拍大板是检验墙体总体合力和刚韧度的一种方法，如果夯得足够结实，墙角和版层衔接得恰如其分，整体的协同拉力均衡，随便站在墙头一处拍大板，整个四向相连的墙体都会一同震动，震波柔和，如果只是拍打的一面墙震动，其他的都不动，就说明墙夯得不够好了。这活儿定法师要是不上墙，谁又能上？

“定法师傅，让你辛苦了……”刘万七说。

江定法一拍胸脯，说：“我吃这碗饭的，不能说辛苦。”

一干人绕着土墙走了一圈。江定法手握大板，从木架子上爬到墙头，他挺了下胸膛，向上面的蓝天望了望，又向下面的人点头致意，轮流着向手心里吹了吹气。他向前倾着身子，低下头看着脚下的墙面，全身像是一张弓。他抡起了大板，往下拍打出第一声清脆响亮的声音，像是定下一支曲子的基调，接着，噼里啪啦，旋律起伏，曲调和谐，整环的墙体微微震动，那些夯得结实的土料像是发痒一样，颤动着发出咯吱咯吱的响声。

墙上的江定法拍过这面，转身再拍另一面，身体的转换显得灵巧十足，手中的大板就像是舞蹈的道具，柔若无物，上下翻飞，发出实实在在的声响。

墙下的人仰头看着江定法跳舞一样翩跹，圆圆一周的偌大的墙体一起震荡起来，配合着富有节奏的拍打声，好像整环的土墙都在跳舞，柔中有刚，刚柔相济。大家无不看得眼花缭乱，赞叹不已。

江定法踩着木架子下来，对刘万七说：“这墙夯得好，很好。”

刘万七眼眶里竟浮出了泪花，只是用力地点了点头。

江定法说："这几天继续做泥，过几天上棚枕，就开始夯第二层了。"

刘万七心里忽地一热，第二层、第三层，第四层……在他眼睛晶莹闪烁里，五姓楼像太阳一样冉冉升起，风吹过，连风也哗啦啦染上一片金黄，在金色阳光的沐浴下，巍峨耸立的五姓楼像宫殿一样辉煌壮观。

江定法、刘孟山、张石初等人从刘万七身边走开，各自走到正在做的土料堆前。刘万七愣了一下醒过神来，面前的五姓楼就消失了，只有一层的楼墙，土楼从来都是一层一层实实在在夯起来的，而不是凭空想出来的空中楼阁。刘万七兴奋地对大家说："我明天晚上来打糍粑，给大家补补身子，这些天大家真是非常辛苦了。"

6

五姓楼夯到第二层，适逢过年，就停工了，江定法师傅也回高头过年了。这过年刘万七都没闲着，一有空就挖土、做土，他一门心思就是多做一些土，争取开春后再夯一层，然后雨水多了，也要春播，大家都要忙田里的活，能不能在农闲时夯几版墙呢，这都说不定。

初九拜过天公，刘万七喊上大儿子孟山，父子俩夯了几版墙，唐三郎正好从墙头走过，说："万七兄，十五过完才安心干活嘛。"

"反正，我闲着也是闲着。"刘万七说。

唐三郎说："哎呀，我今天事真多……"

过了晌午，唐三郎又来到了墙头，对刘万七说："事忙完了，我也来出点力。"

按刘万七的想法，准备闹过了元宵，再正式行墙，这段时间有人愿意来夯几版墙，随意吧，反正他自己多夯一些。

这天下午刘万七、刘孟山和唐三郎夯了两版墙，大家分手回家时，唐三郎说："想住新楼房，还真不容易啊。"刘万七说："那是，楼房是一版一版夯起来的。"

回家吃过晚饭，范伯洋来了，刘万七有点意外，连忙把松油灯芯捻大一点，招呼他坐下，说："伯洋兄，贵客。"

范伯洋手持一支旱烟管，吸一口咳一声，然后再吸一口，便咳得心花怒放似的，说："万七兄，过年可好？一直没空来拜访你，我大哥的儿子从广东来看我，就这样忙碌了好多天。"

"哦，我听说了，那天在村口见到你侄子嘛，气度不凡，一看就是读书人。"刘万七说。

"我大哥和本族众亲在广东定居多年，这回侄子来看我，实际上也是奉我大哥之命，希望我一家和其他族亲迁居广东，与大家会合。"范伯洋说。

刘万七哦了一声，说："伯洋兄莫非要离开下坂寮？"

"我们祖先从中原走来，就这么一路走走停停，总是想找一个好所在嘛。"

"莫非伯洋兄觉得下坂寮不是一个好……"

"不是不是，不能这么说，其实，住过的每个地方都是好所在，只是，还想着更远的更好的所在……"

"我明白了。其实，人往高处走，水往低处流，这是同一个道理。"

"多谢万七的理解。我心里有意迁居广东，只是一个念头，还未正式决定，今天算是第一次与外人提及，还望万七兄暂时保密。"

"我也要感谢你的信任，说实在的，下坂寮地头小，大家聚散都是缘。"

范伯洋沉吟着，嘴上的旱烟管闪亮了一下。刘万七说："我给你倒一杯水。"他连忙摆手说："不用，不用客气。"然后猛吸了一口烟。

"伯洋兄，我很遗憾五姓楼从此少了一姓，当然你要迁居广东，这也是好事，必须恭贺的，你放心，你在五姓楼投入的材料和人工物力，我计算出来，弥补给你，你看如何？"

范伯洋忙把旱烟管往腰间一插，拱手说道："万七兄，仁义仁义，你真是厚道人。"

"应该的，伯洋兄。"刘万七说着，心里叹了一口气，突然感觉眼前一片发黑，那夯起一层多的五姓楼好像在茫茫一片的水里沉了下去。

这天晚上刘万七没睡着，村里公鸡第一声啼叫时，身边的老婆正翻身起床，他也唰地坐起身，老婆说："你再睡会儿，看你整夜翻着身子，补眠一下也好。"刘万七说："我睡不着，赖在床上有什么用？对了，我问你一下，张石初家的顺良看上我们家细妹的事，你知道吧？"

"知道，先装作不知道吧。"

"顺良这孩子是不错的，你看，能不能让媒婆来提个亲？"

"哎，你这是怎么了？"老婆的声音猛地拔高，"哪有这回事？你就怕女儿嫁不出去是不是？"

"不是这个意思，"刘万七说，"反正，这事总是要办的是不是？迟办，不如早办。"

"那也得对方来提亲，怎么能由我们自己说？"

"没让你自己去说呀，我的意思是，你可以放点口风嘛，你老是沉着脸，人家孩子怎么还敢找媒婆来说？"

"我说老头子，你今天怎么想起这回事？你心里到底是想打什么主意？"

"我能打什么主意？"刘万七轻轻叹了一声，"还不是为了五姓楼吗？细妹总要嫁人，我先收点彩礼，救救急吧。"

"你想用女儿的彩礼来建土楼，你也真是想得出啊。"

"这有什么不对吗，现在夯到第二层了，我能半途而废吗？"

"既然是五姓楼，他们也是有份的，他们也是要出工出料出银子的。"

"他们出了呀，但我是牵头负责人，我自己总要多出一点嘛。"

"我不反对你建土楼，可你总不能为了建土楼就要卖儿卖女。"

"唉，看你说话怎么这样难听！细妹不是也看上了人家吗？就让他们早点把婚事办了，这有什么不对吗？"

老婆显然很不高兴，也不再争辩，扭头而去。刘万七也赶紧下了床，这时屋外的天空还是灰蒙蒙一片，他扛起锄头走到五姓楼前的空地上，掀开盖在前几天做的土上面的稻草，用锄头翻动起来。

把这些天做的土全都翻了一遍，天已经亮了，刘万七直起腰身，抬起头看着夯起一层多的土墙，心想，五姓楼也好，四姓楼也好，这地基都起了，墙也夯起了一层多，我就不信我建不起一座楼！

这时罗玉章双手拢在袖子里，从溪岸边走过来，远远就对刘万七说道："你好勤力啊。"

刘万七愣了一下，觉得这话的腔调怪怪的，等他走到面前，才回应道："你这话什么意思啊？"

罗玉章也愣了一下，说："没什么意思啊。"

刘万七说："这楼是大家的土楼啊，既然我牵头负责，我就要多出点力嘛。"

罗玉章说："是啊是啊，你一直很出力，大家都看在眼里。"

刘万七把锄头放在地上，拄着锄头柄，像是撑着疲惫的身子，说："希望大家多帮衬我。"

罗玉章眼光上下扫了刘万七一遍，说："帮呀，谁没帮你啊？"

刘万七突然感觉不能再说话了，怪了，今天说话的语气都不对，他便笑笑，扛起锄头往家里走去。

罗玉章在后面跑了几步，追上来说："万七兄，你等会儿，有句话与你说说。"

刘万七便停了下来，说："说吧。"

罗玉章咽了下口水，说："是这样的，五姓合建土楼的事，我们罗氏想退出来。"

这是刘万七万万没想到的事，也是他最不愿意听到的话，他心里咚的一声，好像有什么东西破碎了，他极力掩饰着脸上震惊和失落的表情，但是声音有点颤动了，说："为、为什么？"

"我们族里合计了一下，建土楼的事还是从长计议，等有了财力再建，几个姓混居也不大好……"

"好、好吧……"

罗玉章笑了一下，好像带着一种歉意，可是在刘万七看来，却是那么的虚伪和狰狞。刘万七突然觉得有点眩晕，面前的溪流好像竖了起来，像瀑布一样，那水碓房里的声音，哐啷——哐啷——哐啷，巨大的木槌一下一下地撞击着他。

“我们罗氏人也不多……”

“好吧，你不用再说……”刘万七无力地抬起手做了一个停止的手势，“你们投入的人力物力，我会折算一下，还给你们。”

“这个不急，真的不急，大家都是同一个村子的，没事的。”罗玉章说。

刘万七走了几步，不得不拄着锄头站了会儿，他感觉整个村子和整个天空都在摇晃。

7

刘万七病倒了，他几次挣扎着要从床上爬起来，但是全身软绵绵的，一点力气也没有，老婆说：“你就安生歇几天吧，人是铁打的也受不了你这样拖磨。”刘万七人是躺在了床上，心却挂念着五姓楼，尽管现在已有范氏、罗氏明确退出合建，但在他心里，他还是把它叫作五姓楼，五姓合力起大楼，全村人住在一起，这是多好的事情，然而事与愿违，也许天意如此，他也无能为力了，感觉心里被箭射穿了一样，有血不停地渗漏出来。

范伯洋提了一包糕点来到床前探望刘万七，说：“万七兄，你这全是累的。”

“没事，谁叫我就是这劳碌命呢？”刘万七说。

范伯洋顺便告诉了刘万七，他们范氏十多户人家准备迁广东，下个月就动身，现在有的人家已开始将自己的土地作价出让给外姓人。刘万七没想到范氏迁移的步子这么快，听了之后，久久不语。

夜间刘万七开始咳嗽，几乎咳了一晚上，第二天一早，刘孟山受母嘱咐要出去请郎中，被刘万七喊了回来。刘万七说不用看什么医生，过几天自然就好。中午，刘万七喝了一碗老婆煮的中草药汤，病情似乎缓解了许多。但是，傍晚时分有人来报告一个消息，唐三郎爬到五姓楼一层多高的墙上，想要查看一些情况，失足掉了下来，摔断了一条腿，他的病情又一下子加重了，大口吐了几口，吐出了一团血丝。

这一场病刘万七断断续续病了大半年，这期间，下坂寮发生了一些事，范氏十多户人家迁移广东，唐氏也退出了土楼合建，那老虎夜里又到村里巡视了一遍，有两只羊羔落入虎口，“伏虎会”没任何行动，张石初请媒婆送来儿子的生辰八字，经过合对，与刘万七女儿刘细妹的八字不合，联姻一事便无疾而终。

转眼就到了这年的秋天，风吹到脸上虽有了一些冰凉的寒意，下坂寮的树木草丛却还是绿油油一片，高高的柿子树挂出了小灯笼一样的果子。卧床半年多的刘万七有一天夜里突然从床上坐起来，然后他走下了床。夜色如水，在他脚下静静流淌，他的脚步似乎有些发飘，像一片落叶一样无法自我控制。走到水缸前，他弯腰往里面探了探，上面浮着一团模糊的影子，下面好像是深不可测的深渊，他舀起一瓢水，猛喝了几口，突然感觉堵在胸中的一团浊物扩散了，化为无形了。

刘万七走到了屋外。天上的月亮像个圆盘，发出一片清亮，举目望去，到处光烨烨的。他深呼吸了一口，整个人像是要飘起来一样，脚一抬动便朝着五姓楼方向走去，范氏迁离下坂寮了，罗氏、唐氏相继退出，张氏虽未正式表态，但看样子也是要退出了——可是在刘万七心里，五姓楼还是五姓楼，虽然只夯起了一层多，这停工了大半年，墙头一定长出了杂草。刘万七内心里突然涌动起一股迫不及待的心情，好像要去见一个离别多年的老朋友，他小跑似的紧走起来，脚步声唰唰唰地踏碎了村庄的宁静。

走过水碓房，刘万七看到了五姓楼，一层多高的土墙在月光下静静伫立着，墙头上一蓬蓬的草轻轻摇摆，远远地看，这完全已不像是土墙了，而是一面陡坡似的，他眼光紧紧地盯着看那摇摆的草，两行清泪不住地往下流。

突然，墙头上杂草唰啦一声，闯出两只白兔，支棱着耳朵，眼珠子朝刘万七滴溜溜地转了一圈，然后像两道白影倏地从墙头落到地上，然后什么也不见了。刘万七眨了一下眼，连忙把泪水抹去，他确信自己看到的是两只白兔，像精灵一样可爱的小白兔，然而却无声无息地消失在地里。刘万七愣住了，久久才缓过神来，向前冲去，双膝跪在地上，两只手在地里挖起来。地面的土块很坚硬，但他的十根手指如有神助，就像利爪一样，刨开了上面的一层土块，下面的土就比较松软了，他的双手越刨越快，接着他就看到了两只坛子……

这不是在做梦，这是真真切切的事实。

刘万七在两只白兔跳下来的地方，也就是五姓楼大门的位置，挖到了两坛白银。他抱起两只坛子，感觉像是在做梦。

尾声

两只坛子底下刻着字，分别是“裕”和“昌”，后来五姓楼建成之后，刘万七就把土楼正式命名为裕昌楼。至于裕昌楼的梁柱为什么歪歪扭扭，整座楼几百年来歪而不倒，按五姓合建的说法，是说五姓轮流给师傅供饭的过程中，对师傅有所怠慢，师傅有意做了一点小手脚，后来导致梁柱歪斜，这算是一种传说。但其实不然，裕昌楼是刘万七在意外获得两坛白银之后建成的，开头参与合建的其他四姓，范姓最早迁走，罗、唐、张姓也先后移居他乡。在建造裕昌楼的过程中，第一个师傅江定法不幸病逝，接任的简师傅虽然功夫也老到，但两人的手法毕竟有所不同，所以若干年后，因木楔不合和木料干湿等问题，梁柱开始倾斜，可以说，歪斜是无意中发生的。正是这样歪而不倒，令裕昌楼在几百年后大放异彩，名震天下。

天公猪

小字摸着皇帝爷的鼻管说:“我老爸说,我把‘天公猪’养到三百斤,他就回来了,你怎不快点长大啊?”

皇帝爷就是小字养的“天公猪”,它塞得下小字半只拳头的鼻孔哼哼回应着。养“天公猪”是土楼村子里的习俗,又叫“摆大猪”,就是每家每户养一头猪,正月初九那天统一宰杀,按净重评出“猪状元”,然后敲锣打鼓一起抬到祖祠拜天公和祖宗。

老爸离开土楼到城里打工的前一天,从圩上买回来一头黑猪,交代小字说:“我们家几年没养‘天公猪’了,你阿嬷一只眼睛看不到了,你一天至少要喂养它三次,等你养到三百斤,我就回家了,以后带你到城里读书。”

小字说:“我要是把它养到四百斤,我妈会不会也回家了?”

老爸一下黑了脸,没有回答小字。阿嬷在一旁又唠叨开了:“那年我养了一头‘天公猪’,中了‘猪状元’呢,那都快二十年了,你老爸放学一回家,就提起畚箕到地里割猪菜,那时你阿公还在,我这只眼还能看得见穿针呢……”小字看着阿嬷瘪着的嘴时不时冒出气泡,她不敢看老爸的脸,把头低下了。

小字把“天公猪”取名叫作皇帝爷,她在别人家看过电视知道皇帝爷是最大的,她想,要是皇帝爷高兴了,也许就会让妈妈回家了,因为妈妈离家几年都没回来过,她有些想她了。

猪圈在土楼后面,一间间地排过去,像土楼里的房间紧挨着,但很多间空着没有养猪,就像很多房间锁着没有住人一样,那些大人到城里去了。

小字给皇帝爷吃了一把地瓜叶，喂了一桶泔水，然后从土楼的井里打满一桶水，准备给它洗澡。她提着水走出土楼，吃力地歪着身子，水晃出来打湿了她的裤脚，她不得不把水桶放在地上，喘一口大气。

老青不知从哪里冒出来，提起她的水桶就往猪圈那里走去。他迈出的步子，小字几乎要小跑才赶得上。走到小字家的猪圈前，老青放下水桶，回头看了小字一眼。小字放慢脚步，身子似乎在往后缩。她不喜欢老青，甚至有点害怕他，因为他常常会趁天黑或没人的时候在她脸上——有时是胸前摸一把，她朝他吐过口水，但他总是笑嘻嘻地耍着两颗大黄牙，土楼里的大人叫他“猪哥”（意谓种猪，指好色男人）。

“小字，你家‘天公猪’长得好快。”老青咧着嘴说。

小字站住，不敢再往前走一步。

老青向小字招了一下手，但这时有人走过来，他还是从另一边走开了。走过来的是八叔公，他提着一桶泔水对小字说：“妹子好勤力，明年评个‘猪状元’。”小字心里想，我只要老爸回家，妈妈也回家。

皇帝爷吃饱了躺在地上，小字用勺子舀起水淋它，手在它身上捋来捋去。皇帝爷很享受地半闭着眼，舒服地发出哼哼声，小字肚子里却是饿得咕咕叫。

阿嬷瞎了一只眼，手脚动作变得很迟钝，做一顿饭要花很长时间，小字想饭也由她来做好了，但阿嬷说，你别管做饭，你就管好“天公猪”。每天早上小字喂好皇帝爷，一手抓着地瓜一边啃一边跑，跑到学校差不多总是迟到，中午侍候好皇帝爷，吃好午饭，又差不多到了上学时间，就傍晚的时间从容一些，可以把皇帝爷的晚餐改善一下，喂得肚子圆滚滚的。

早几年建成的小学校，有两层楼，一层有 6 个房间，一楼 6 间教室正好是 6 个年级，可是现在只剩下一、二、三 3 个年级，一天中午小字气喘吁吁地跑进三年级教室时，看到里面只剩下三个同学了。

“小字，你怎么天天迟到？”老师问。

“我，‘天公猪’……”小字说着，站在座位上不敢坐下。

“这是大人的事，你自己要抓好学习。”老师皱着眉头说。

“‘天公猪’养大了，我老爸就回来了，我……”小字好像看到老爸走进家门，看到“天公猪”被杀了，它嘴里含着橘子，脚上系一根红绳，被抬到了祖祠门口，眼前一片热闹的景象。

这幕情景从此时常出现在小字面前。她一边给皇帝爷洗澡，一边用手轻轻扯着它的耳朵说，听到没有？快点长大，我要等着老爸回来，要等着妈妈回来。有时，她则抖着手里的地瓜，一边举高一边诱惑皇帝爷说，要不要乖？要乖就快点大，就给你吃。

阿嬷有时会给小字唠叨说，她那年养的“天公猪”，可是四百多斤啊，小字心想，我才不到六十斤，能把“天公猪”养到三百斤就不错了啊，有时她也很困惑，这人怎么比猪长得慢呢？人要是像猪一样，吃饱睡，睡饱吃，那会怎么样呢？她似乎有些明白，人和猪是不同的。但是，身边没有什么小伙伴，她渐渐和皇帝爷变成了好朋友。

“你知道吗，皇帝爷，我们班同学又走了一个，那个同学舌头好像短了一截，平时说话不清楚，他爸带他到城里一边打工一边给他找医生，我老爸也说要带我到城里的，他说把你养大了，明年‘摆大猪’之后，他就会带我到城里，我想，到城里说不定可以找到我妈妈……”小字一边往食槽里倒泔水，一边对皇帝爷说个不停。

皇帝爷只顾着吃，有时觉得这样不大礼貌，就抬起头哼哼几声，附和小字的话说，是啊是啊。

“皇帝爷，你快点长大啊，你会当上‘猪状元’吗？我阿嬷说，以前我们家出过‘猪状元’，我老爸说，我们家几年没养‘天公猪’了，今年好好地养，保佑我们全家平安顺利，你知道吗？我最希望我妈妈能回来，你能保佑我妈妈回来就好了……”

正说着，小字眼光瞥到老青背着手从那边踱过来，连忙压低声音对皇帝爷说：“这个老青，我好讨厌，你等下吼他几声。”她把桶里不多的泔水全都倒进食槽，就在老青即将走近的时候，一骨碌翻上墙头，跳进了猪圈，拿起挂在内墙上的扫把，把皇帝爷的粪便扫拢成一堆。

老青站在猪圈前，身子向前探了一探，皇帝爷冷不丁抬起头，朝他呜呜呜吼叫了几声，嘴里喷出唾沫飞到了他脸上。老青吓了一跳地往后退了两步，嘟哝着走了。

转眼到了学校暑假，小字跟阿嬷说："阿嬷，我每天带'天公猪'到河边吃草吧，还可以给它洗澡。"

阿嬷说："那年你爸差不多也像你这么大，我们家养过'猪状元'呢……"

小字知道阿嬷耳聋，就不跟她多说了。每天下午三四点，小字就从猪圈里放出皇帝爷，带着它往山下的小林子里走。

清静的小林子里，只有稀稀落落的阳光，空气很清新，还有一股凉风像小精灵一样穿来穿去。小字哼着小曲一蹦一跳地走着，皇帝爷在后面嗯哼嗯哼地跟着，有时停下来往地上拱几下。小字从树上、草丛里摘到野李子、桃金娘，自己往嘴里放一个，也放一个到皇帝爷嘴里，摘多少都是平均吃掉。她感觉手被皇帝爷轻轻含在嘴里，有一种暖乎乎的感觉。

待到太阳快要落山时，小字便带着皇帝爷走出小林子，来到河边的坡地上，那里有各种各样的野草和野花，在落山余晖照耀下，像梦境一样美丽。小字快跑，皇帝爷也吭哧吭哧颠着一身肥肉在后面追，小字慢下来，它也慢悠悠地放慢四蹄，响着鼻子嗅着地上的花草，小字坐在地上打滚，翻跟斗，皇帝爷也索性躺下来，一会儿在地上磨着屁股，一会儿把蹄子举向天空，有时，小字揪住它的尾巴，爬到它的背上，它就驮着小字在草坡上晃来晃去。小字兴奋地大喊大叫，它就扭着屁股哼哼哼地应和着。

这几乎是小字最开心的一个假期。阿嬷对小字说："你对'天公猪'这么好，天公是看在眼里的。"

小字不由抬起头看看天，土楼上空的天是圆圆的一圈，她想，天公真的会看到我吗？那太好了。

这个假期，皇帝爷吹风似的胖了一圈。小字亲切地扯着它的耳朵，它长长的嘴巴在小字手背上拱来拱去，鼻子里发出愉悦的响声。

又开学了，小字不能把皇帝爷放出来一起散步了，开头几天皇帝爷还有意见，见到小字就偏起头，鼻子里哼哼哼的。小字摸摸它的鼻管说：“我开学了，每天要上课了，你也该收心了，好吃好睡，快快长大起来吧，你现在有二百多了吗？我老爸说，你至少要长大到三百斤，我阿嬷说以前我们的‘天公猪’有四百多斤呢……”皇帝爷抬起头看了小字一眼，不大情愿地说，好吧好吧。

小字又开始在土楼、猪圈和小学校三点一线之间奔走、忙碌，她每天总是要先把皇帝爷喂饱，才轮到照顾自己的肚子，好几次看皇帝爷咂着嘴吃得欢，她的口水都禁不住往下流。

“皇帝爷，你看这天冷了，阿嬷说土楼屋瓦上都下霜了，新年越来越近了，我老爸就要回来了，我们村里每年初九‘摆大猪’，有养‘天公猪’的人家要给‘天公猪’披上红彩布，送到土楼大门口，那里早就垒了好多大灶，每口锅的热水都烧得热滚滚，师傅也在那里等了……”

小字说着说着，忽然发现皇帝爷抬起头呜地叫了一声，眼睛定定地看着她，那眼神里带着一股哀怜，她的声音顿了一下，接着说：“其实，其实，我也不希望你被人杀了，可是，可是……”

皇帝爷用嘴含住小字的手，又轻轻吐出来。小字好像看到杀猪师傅用白利利的刀子捅进皇帝爷的咽喉，鲜血喷涌而出，身子不由哆嗦了一下，她想，我这么辛苦把皇帝爷养大，就是为了它被大人杀掉吗？

吃晚饭时小字忍不住跟阿嬷说：“我们可以不杀‘天公猪’吗？活着也可以‘摆大猪’呀。”

阿嬷说：“这都几百年一千年的习俗了，‘天公猪’拜天公，保佑全村保佑大家。”

“阿嬷，我们能不能用活的‘天公猪’来拜天公？”小字说。

阿嬷说：“那年我可是养了‘猪状元’，那时你爷爷还在，我这只眼睛还好使呢，这都多少年了，小字，你这个乖孩子，天公会保佑你的……”

小字明白这事情跟阿嬷说没用，因为她耳聋，总是牛头搭不上马嘴，她要等过年的时候好好跟老爸说一说。

“皇帝爷，其实，我很舍不得你被大人杀了，我要跟老爸说，让他们不要杀你，因为，你是我的好朋友……”小字对皇帝爷说。

皇帝爷哼哼地点了点头。

“皇帝爷，你是‘天公猪’，你可一定要让天公保佑我们全家。”小字似乎有点不放心，总是一遍遍地交代。

终于盼到快过年了，老爸在一个天擦黑的傍晚回到土楼，小字刚刚喂完皇帝爷提着空桶回来，看到老爸微驼着背，手上提着一只鼓鼓的蛇皮袋子，沉着脸走进灶间。小字怯怯地叫了一声老爸，老爸看她一眼，似乎没力气回答，一屁股在桌子前坐了下来。

等老爸吃完饭，小字才鼓起勇气对老爸说：“‘天公猪’好大了，有三百斤了，老爸，我们能不能不杀它？”

“不杀，怎么‘摆大猪’？你还想再养一年不成？”老爸说。

“不，我觉得刀子刺进它的咽喉，它会很痛的……”小字说。

老爸笑了笑，从桌子前站起身，打开带回来的蛇皮袋子，取出一双新鞋子递给小字，说：“你看看，喜欢吧？”

小字接过来，只是看一眼，却没有任何欢喜的表情，说：“老爸，我们不要杀它吧……”

“杀，初九就杀，拜过天公，我还指望它卖钱呢。你真傻，不杀它卖钱，老爸哪有钱带你到城里读书？”老爸说。

小字感觉身子晃了一下，整座土楼也晃了一下，她什么话也说不出来了。

这个年小字过得很不开心，初九一天天临近，她想到皇帝爷就要被人杀了，心里总有一种说不出的伤心。初八傍晚，小字喂皇帝爷吃饱，把门板一块块取出来，对皇帝爷说：“你走吧，躲到小林子里去，明天他们要杀你了。”

皇帝爷鼻孔里哼出一口长气，眼睛直看着小字，似乎闪了一下。

小字在它身上拍了拍，说：“你躲起来吧。”小字猛地转过身子，头也不回地大步走回土楼。

这天天还没亮，小字是在被窝里被老爸揪起来的，她睡眼蒙胧地看到老爸的头发几乎都竖了起来。老爸冲着她吼道："是你把'天公猪'放走的，到底走哪儿去了？你这个傻孩子，脑子烧坏了是不是？我不带你进城了，你就给我在土楼好好待着！"老爸的脸有些气歪了，她一脸惊恐地发着呆。

老爸紧急动员土楼里的人们到四周寻找"天公猪"，承诺找到的人，送他十斤猪肉。老青从他家灶间闪出来，说他能找到，但是要求十斤猪肉外，另给两根猪脚。急火攻心的老爸正愁怎么找到"天公猪"，想也没想就答应了他。原来昨晚老青看到小字把"天公猪"放出猪圈，"天公猪"摇着肥胖的身躯向小林子走去。所以他很快带着老爸在小林子里的一个草垛下找到了还在鼾睡的"天公猪"。

小字在土楼的三楼卧室里听到大门口响起一阵阵尖厉的猪叫声，她抱着被子坐在床上。猪的号叫声渐渐落下去，响器班来了，咚咚呛呛地敲起锣打起鼓，小字没有勇气走到窗前看人们怎么抬起"天公猪"，去年她还一直挤在前面看呢，但今年不同了，今年的"天公猪"里有一只是她的皇帝爷，她不敢看，万一看到它张大的眼睛也在看着自己，怎么办？

土楼大门口的锣鼓响得欢，那是准备把"天公猪"抬到祖祠了。坐在三楼卧室床上的小字第一次感觉到自己这么弱小，眼泪哗啦啦直往下流……

小米上学

日头还没挂上土楼的屋顶呢，小米就背起书包一下冲出了半截腰门，冲出了灶间的门槛，往土楼的楼门厅跑去。

“哎哎哎，小米——”爷爷在后面喊着，赶紧迈着老腿追了出去。

小米跑了一阵，就停在了土楼的石门槛上，往外面村子里望了望，又回头看着爷爷吭哧吭哧走上来。

“你呀，跑什么跑？还没给你呢，午饭你不吃了？”爷爷喘着粗气走上来，把手上的东西往他书包里塞，那是旧报纸包着的两条地瓜和一粒鸡蛋，也就是小米的午饭。

“小米，你要乖呀，上课不能偷吃，下课放学了再吃，吃好歇会儿，要懂事，听到没？”爷爷一手搭在小米的肩膀上，一起往土楼石门槛下的大门口走去。

土楼空旷的门埕上，空荡荡的没有人，似乎只有薄薄的早霜。小米打了个哆嗦，说：“阿公，我可以不去上学吗？”

“你又来了，不行。”爷爷板着脸说。

小米嘟起了小嘴，慢腾腾地往前走去。

这土楼住的人越来越少了，起早的人就更少了。寂寥的村子里似乎都看不到一个人。爷爷指着东山岽射过来的一道晨曦，说：“出日头了，你走快点，走到梅林子正好上课。”

太阳光闪晃晃地照射在爷孙俩身上。爷爷眯缝着眼，对小米说：“小米呀，上课要认真听讲，不能打瞌睡。”他伸手摸了摸小米的后脑勺，然后在他肩膀上拍了一下。这轻轻的一拍，像是羊鞭一甩，小米便撒腿往前跑去。

“不能打瞌睡，就是打瞌睡也不能流口水，你要懂事，听到没？”爷爷挥了挥手，不放心地交代说。

“知啦，知啦，”小米应了两声，心里有点不高兴，我不懂事吗？都说我不懂事，哼！他埋头小跑起来，背在身上的书包像是要掉下来一样，一下一下地拍打着他的小屁股。

跑过土楼前的这段沙土路，小米慢下来喘了几口气，前面拐个弯，是个山坳口，从这里翻过一个小山坡，就到小学校了。那是邻村的梅林子小学。村子里另一座土楼里还住着两个同学，但是他们都不喜欢小米，所以，小米也不找他们，每天就一个人去上学。其实，这村子里原来也有一座小学校的，但是，土楼里的人家都先后搬出去了，大人越来越多地选择到城里打工，孩子也跟着父母到城里去了，有的读书，有的也不读了，学生越来越少，三四十个就只剩下五六个，最后竟然只剩下他和另一座土楼的两个学生，去年就被上头撤并到梅林子小学了。小米的父母亲也在城里打工，他们没地方住，住着破旧的工棚。小米说，爸，你也带我进城吧？父亲朝他瞪着眼说，进城你能做什么？年纪太小，也做不了小工。小米没说进城上学的事，大家都说他脑子不好用，他的学习成绩一直很糟糕，哪个学校愿意收他呢？最主要的是父母亲没钱。没钱就供不起他上学，城里没户口，上学要上民办学校，那得多少钱啊？再说，小米其实也不爱上学，有的老师和同学都唤他“猪脑袋”。小米曾经问过爷爷，为什么他们叫我“猪脑袋”呢？爷爷摸着他的头说，他们乱嚼舌头，你也是人哩，长大后也是一个有用的人。小米今年读五年级，父亲告诉他说，读完小学就让他到城里当学徒，做油漆或者泥水小工。做工是他所喜欢的，至少不用咬着笔头做作业，把脑袋都想破了也做不出来，他想，再读一年他就可以进城了。一想到这，小米心里就美滋滋的充满期待。

走到原来的旧学校门前，小米的脚步慢了下来。这是一幢三间两层的砖房，有点老，但是还很结实，小米在这上过好几年的课，教室后面的屋梁上有一个燕子窝，地面上还有几处蚂蚁的巢穴，他都熟悉得很。自从去年学校撤掉之后，这里就关起了门，有个外村人想把它租下来当作加工场，来看过一回，价钱没谈拢，它就一直空在这里。

这时，小米看到一间教室里走出了一个人，一个花白头发的老人。

他定睛一看，这不是老校长吗？小米在这里读书的时候，老校长就已经退休了，但他几乎每天都来学校里转悠，抢着干各种各样的杂事，有时还给大家讲故事，每个学生都叫他"老校长"，因为他还是现任校长的老爸，所以他是理所当然的老校长。

"老校长。"小米惊喜地叫了一声。自从去年学校撤掉之后，他就再也没见过老校长了。

老校长笑眯眯地看着小米，一边招手一边说："来来来，你是今天第一个到校的，我要表扬你。"

听说被表扬，小米兴奋得涨红了小脸，咚咚咚朝老校长跑去，从他身边蹭过去，撞得他有点站不稳，但他一直乐呵呵地说着"好好好"，小米心里别提有多甜蜜了，要知道他以前在这里，以及现在在邻村的梅林子小学里，几乎天天要挨老师的批评。跑进教室里，小米看到里面打扫过了，黑板也很干净，虽然只有几张桌椅，看起来不大像教室，但是又很像是一个教室。

"快坐好啊，等下要讲田螺姑娘的故事。"老校长在教室外面大声地说。

小米哇地尖叫一声。听故事，这是他最喜欢的了，像是生字听写、四则运算什么的，他就不喜欢了。他记得以前听老校长讲过"卖火柴的小女孩"，听得眼泪吧嗒吧嗒直往下流，却是越听越爱听。他赶紧占了第一张桌椅，把书包放进桌斗，端正地坐好。

老校长背着手走了进来，微微气喘，嘴上几根白胡子抖个不停。小米知道好久没看到老校长了，到底多久他也算不出来，正如他算不出多久没见过父母一样，总之是好久好久了，老校长此时的步态和模样令他有点吃惊。他突然想起来，应该向老校长问个清楚，是不是学校又搬回来这里了？

“老校长。”小米举起了手。

老校长的眼光在教室转了一圈，转了很久才转到小米这里，嘴唇哆嗦了几下才说出话：“来，这位同学，你有什么问题？”

小米有些紧张地站起身，环顾了一下四周，虽然四周没有一个同学，但他还是感觉有许多眼睛看着他，因为他从来没有在课堂上被老师提问发言过，所以，他的声音一下变得细弱发颤：“老、老校长，我们学校又搬回来这里上课吗？”

“这里、这里本来——”老校长干咳了几声，清着嗓子说，“这里本来就是我们的学校啊，这房子还是从我手上建起来的，那时我跑到公社找领导要钱——公社，你知道吗？公社领导拨给我三担谷子和一百块钱，那时一百块钱多顶事啊，你懂吗？”

小米摇摇头，说：“我不懂，不懂……”

“这个，我还是先说一下当年建小学校的故事，那时你还小——不，不，你还没出生啊，你老爸叫什么名字？你老爸说不定也还没出生，说来话长啊，今天我就跟你说一说——”

“老校长，你快说田螺姑娘的故事吧。”

“这个不急，你应该知道这座学校的来历，这也是校史校情教育的一部分。”

小米想听田螺姑娘的故事，但老校长却偏偏要讲建小学校的故事，他只能坐下来，硬着头皮听老校长说起那些他不明白的往事。

老校长絮絮叨叨说了一个上午，小米几次差点睡过去，眼皮快撑不住了，脑袋都趴到了桌上，但是老校长的话声把他一次次惊醒，他看到老校长站在黑板前，眼睛也不看他，只顾自己不停地讲着。小米心想，要是老校长一个劲地说这些他不懂的事情，那学校搬回来这里上课也不好玩啊。他叹了一口气。不过，老校长总算说完，给小米放学了，老校长说：“田螺姑娘的故事，下午开讲。”

小米目送老校长步履蹒跚地走出教室，从书包里掏出地瓜和鸡蛋，几口吃完，心里都被下午的期待填满了。

就像在邻村的梅林子小学一样，小米吃过带来的午饭，到厕所方便了一下，跑到教室后面玩了一会，又回到教室里，在梅林子小学，大家也都不爱跟小米玩。他早已习惯了一个人玩。今天教室里都没人——对了，同学们怎么都没有来上课呢？小米想了想，想得脑袋疼，但是，他突然想明白了，这是因为其他同学都不知道学校又搬回了这里！

小米兴奋地叫了几声。谁说我的脑子不好用？我都知道学校又搬回了这里，老校长又来上课了，而你们竟然都不知道，到底谁的脑子不好用啊？小米跑到黑板前，想在黑板上涂写个什么，可是找不到粉笔。他只好回到桌子旁边，趴在桌上玩了一会儿铅笔，然后睡了过去。这一觉似乎并没睡多久，迷糊中听到一阵杂乱的声响，他睁开眼抬起头，就看到老校长背着手走了进来。

“好，这位同学，又是你最早来上学，我要表扬你。”老校长比了一个大拇指说。

小米心里像是吃了蜜一样甜。

“上午我说了什么呢？这个这个，让我想想——”老校长用手捋着头上稀疏的头发，眉头拧在了一起。

“老校长，你上午说，下午要讲田螺姑娘的故事。”小米大声地说。

老校长哦了一声，恍然大悟似的说;“对对对，看我这记性，真是的，老了老了，还好你这位小同学提醒了我，对了，你叫什么名字？”

“我叫小米。”小米说。

“小米？好名字。”老校长又表扬了小米，这才开始不疾不缓地说起田螺姑娘的故事。

原来，田螺是可以变成一个姑娘的，可以帮助人煮饭，这是多神奇的事情啊……村子里的水沟里也有田螺，那些田螺会不会变成姑娘呢？小米听得眼睛都瞪大了，脑子里禁不住想起了很多，口水不知不觉地往下流。什么时候去水沟摸几只田螺，要是它们也会变成田螺姑娘就好了，应该会的，一定会的……

这是上学几年来最愉快的一天，小米开心地晃着肩膀走回土楼里，天刚刚擦黑，爷爷也刚刚从地里回来不久，正在生火做饭。

“阿公，要是我们家有个田螺姑娘，你就不用自己做饭了。”小米说。

爷爷似乎没听明白小米的话，说：“你先做作业，做好就有饭吃了。”

“今天没作业，真的，要是我们家有个田螺姑娘，你就不用这么辛苦了。”小米说。

“爷爷辛苦点没关系，以后你要有出息，能劳动，自己赚钱养活自己……”

“以后，以后……我会的！”小米突然用一种大人的口气对爷爷说。

“这就好……”爷爷说。

“我也不是‘猪脑袋’，阿公，你放心。”小米说。

爷爷心里知道，这小米生下来是比别的孩子差一点，脑子不好用，但是他也是人哩，只要是人，好好努力，他长大就有用。爷爷赞赏地对着他直点头。

今天老校长好像很累，他原来说要讲一个小王子的故事，但磕磕巴巴怎么也想不起来，嗓子里好像有很多痰堵住了。他弯腰从地上捡起一截小瓦片，差点都站不起身，是小米帮着他扶墙站起来的。最后，他还是挥了几下手，让小米放学，瘪着嘴说：“小王子，明天开讲——”

时间还早着呢，但小米不知到哪里玩，他跑到村里的水沟边，水沟的水太深了，上面漂浮着好多塑料袋子。他不敢下水摸田螺，天气这么冷，看来要等到夏天才行。小米只好走回了土楼。空寂的土楼里有一个老人在劈柴，劈柴的声音在天井里引起了回响。小米看到自家灶间的门开着，爷爷在做饭了，肚子里突然咕噜叫了一声。他顺着廊道一路小跑，跑到灶间门前，猛然刹住脚步，不由往后倒退了一步。

灶间里坐着小校长——也就是原来村里旧学校的校长，去年旧学校撤并到邻村的梅林子小学，他当了教导主任兼小米的班主任。他一直就不喜欢小米，有时也叫他“猪脑袋”，责怪他的学习成绩拖了全班后腿，当然，小米也不大喜欢他，这会儿他脸黑黑的，显然已经向爷爷告过状了。

“你这几天都到哪里去了？”小校长站起身隔着半截腰门，黑着脸问。

“我、上学呀——”小米结巴了一下说，他想扭身跑开，但是脚底像是被粘住一样，跑不动。

“小米啊，你怎么骗爷爷呢，老师说你都三天没去学校上学了。”爷爷说。

“有呀，我天天上学，我……”小米说。

小校长眼光盯着小米看了看，问：“你到哪里上学？小孩子说假话是不对的。”

小米急得眼泪要掉下来了，说：“我没说假话，我就到村里旧学校上学，老校长给我一人上课，他每天讲故事，他讲了田螺姑娘、白雪公主、哪吒闹海、美人鱼、小红帽、虎姑婆、神笔马良、老渔翁打鱼，还有、还有……”

这下轮到小校长呆住了。他知道小米所说的老校长正是他父亲，以前村里的学生包括许多家长都是这么叫他父亲的。

“老校长给你上课讲故事？”爷爷也好奇了，从灶间里走了出来，“小米，老校长讲的你都记住了？”

小米用力地点了点头，说：“老校长每天讲故事，他每天都表扬我。”

小校长叹了一声，推开半截腰门走出灶间，走到小米面前，说：“你呀你，这不是闹笑话吗？那旧学校都关门一年多了，你还到那里去上课？都说你脑子——果然真是的。”

“可是，可是老校长说，学校又搬回到这里了……”小米说。

“没有的事，老校长瞎说，他年纪大了，患了老年痴呆症，他是我父亲我还不懂？他教了一辈子书就是舍不得讲台，他这几天怕是发病了——”小校长说。

“不！”小米尖声地叫起来，“他故事讲得很好，我喜欢听！我喜欢！”

小校长看了小米一眼，想说什么没说出来，他把爷爷拉到廊道一边，压低声音说：“你看看你孙子吧，都说他脑子不好用，没想到不好用到这地步，居然回旧学校上课，一个人，居然有滋有味上了三天。”

“他脑子是不好用，可是，这几天，他放学回家，我看他脸上都有笑，比以前开心多了，我看这就挺好的。”爷爷心里很不悦，对小校长说。

小校长像是噎了一下，说：“他考分总是拖全班的后腿，说实在的，他不到梅林子上学，要继续到旧学校，我也没办法了……”

“旧学校有你父亲在呀，老校长多认真的人啊。”爷爷感叹着说。

“我父亲他……”小校长有点哭笑不得，说不下去了，“好吧，随你们……”说着便掉头往土楼的大门口走去。

小米看着小校长的背影消失在土楼外面了，他看得出小校长不高兴，可是他为什么不高兴呢？他不懂。小米低下头，脚在地上碾了几下，又抬起头，看了看爷爷，说：“阿公，我明天还去旧学校上学，听老校长讲故事。”

“你喜欢到新学校上课呢，还是喜欢——”

“我喜欢到旧学校听老校长讲故事！”

爷爷抚摸着他的头，过了许久才说：“好吧，随你，只要你喜欢……”

“我等会去拔凉草，煮一锅凉草汤，明天带给老校长喝，他嗓子不行了，我要让他嗓子好起来，说出我喜欢听的故事。”小米说。

爷爷点着头，满脸微笑得像是菊花绽开，说：“小米呀，其实你脑子挺好用的，你懂事了。”

阿飞

1

阿明独自一人向楼梯走去时，身边突然响起一个声音：“阿明。”蓦地把他吓了一跳，扭头一看是阿飞，他有些夸张地拍拍胸膛，说：“阿飞，你走路无声，很恐怖啊。”

阿飞似乎很不好意思地笑了一笑。

他走路悄无声息的，像传说中的鬼一样，已经吓到过班上的许多同学。大家责问他，甚至冲他发火，他一律是笑笑的，笑容里带着尴尬和歉意，他也不知道自己走起路来怎么就不声不响的，他没有故意地蹑手蹑脚，就像平常一样地走着，偏偏脚下就是没有声音，他也实在没办法。

“阿飞，你准备捐多少？”阿明说。

阿飞没有说话，把手搭在阿明肩膀上，像是推着他往前走一样。

这时，整座教学楼已经空下来了，阿飞和阿明是最后的两个人，他们一起走到楼下时，阿飞才开口反问：“你准备捐多少？”

阿明说：“杜老师说起点 20 元，我就捐 20 元好了，因为我很穷呀，你知不知道，我老爸好小气，向他拿钱不容易，再说我还欠大象网吧 12 元，这日子不好过呀。”阿明说着发出一声叹息，抬起眼睛看了看阿飞，又说：“我不像你呀，有个好老爸，又有个好老妈。”

阿飞微微一笑，脸上的笑容显得意味深长。他没有说话，他总是以微笑来代替说话，在马铺一中初一六班，阿明是话最多的人，而他是话最少的，在他有点腼腆、有点谦逊的微笑里，他好像把想说的话全都表现出来了。

走出学校大门，阿飞和阿明便分手了，一人往左，一人向右。

阿明的老爸是一个建筑施工队的包工头，学校靠左手二三百米的地方有一片工地，他就住在老爸的工棚里。他跟阿飞说，他想到外面租房子住，刚一提起就挨了老爸一顿臭骂，看来这几年只有住工棚的命了。阿飞对他说，住工棚其实也不错，热闹。阿明一下跳起来，揪住他的耳朵叫道，你呀，高楼大厦住腻了，来工棚住几天看看！阿飞只是笑笑，用手把阿明钳子一样的手掰了下来。

刚开学一个多月，五十多个同学来自不同的学校，对阿飞来说，班级里面全是陌生的面孔，他交往的第一个同学就是阿明。阿明是从土楼乡来的，他说他压根不想到城里来读书，是他老爸一定要他来的，他很无奈地向阿飞摊了一下手，用网上学来的一句话做了小结：人在江湖飘，哪能不挨刀？阿飞笑了笑，他觉得阿明有点幽默。他很喜欢阿明，阿明唯一让他感到讨厌的地方，就是老缠着他问他家住哪里，老爸老妈是干什么的，他要么装作没听见，要么就转换话题，有一次他郑重其事地对阿明说，老爸是老爸，自己是自己，人的一生要靠自己去努力，去奋斗。说得阿明瞪大眼睛，奇怪地把他上上下下打量了一通，最后憋不住地大笑了几声。不过有一天阿飞还是告诉了阿明，他家住在达嘉大厦，阿明眼睛亮了一下，说我知道呀，那是马铺最高的一幢楼，我老爸还在那里干过，说不定你家的砖就是我老爸施工队砌的。阿飞说，他老爸在一家物资公司做事。阿明说，是当老板吧？阿飞说，他老妈在收费站上班。阿明哦了一声，说公路收费站呀，那多好，一天暗下 10 部车的过路费，一年就有多少啦？阿飞笑笑说，那就要准备坐监狱了。

阿飞向右走了一段路，拐进一条小巷，这是抄近道了，十来分钟就可以回到家。他曾经告诉阿明，他想骑摩托车来上课，父母坚决不同意，他索性连自行车也不骑了，就步行上学。阿明表扬他说，有个性。他淡淡笑了一笑。他希望阿明不要把他的事传出去，阿明这边点着头，那边一转身就张扬开了，于是很多同学都知道了阿飞的情况，大家想不到阿飞有那样的家庭背景，为人还这么低调，脸上常常带着笑意，对每个同学都很友好，第一次月考还取得全班总分第六名的好成绩。

阿飞走在小巷里，身边不断有自行车和三轮车经过，他很自觉地走在路边，步子迈得很大，脚下却是不声不响的。他脑子里一直转动着一个问题：要不要再增加一点？

下午班会课，杜老师说，我们初一年段和松树乡的枫林村初级中学结成友好共建对子，这个周六准备组织一些同学到枫林村开展“手拉手献爱心”活动，每个同学都要捐款，起点20元，多者不限，每个班级派出捐款最多的前三名同学，将在学校领导和老师的带领下，周六早上8点一起乘车前往枫林村。杜老师号召大家踊跃捐款，她说：“希望我们六班同学在力所能及的情况下多捐一些，总数不要低于其他班，前三名数目争取达到年段最高。”

捐！阿飞心里一下跳出一个数字，顿时心里怦怦直跳。杜老师接着阐述这次“手拉手献爱心”活动的重大意义，她明确表示，期中考之后将正式选出班委会，学习成绩、工作能力是主要考核目标，这次捐款金额多少也是主要的衡量标准。阿飞心里暗暗把那个数字往上提高了一点。

下课了，阿飞听到刘小清跟几个同学说：“杜老师说起点20，我就在后面加一个0。”刘小清骑一部山地车，据说他老爸是一个局的局长，他时常请几个来往密切的同学喝冷饮、上网吧，有一天阿飞看到他掏出钱包来，里面居然有五六张“老人头”。阿飞不喜欢他，他是有钱，可他的钱不是他自己赚来的，这也没什么了不起。

阿飞一边走着，一边定下了捐款的数字。

第二天早上，同学们刚刚走进教室就看到讲台上放着一个捐款箱，杜老师像保镖一样站在旁边，每个同学便从书包里掏出准备好的一只信封，塞进捐款箱里。杜老师提醒大家别忘记写上自己的名字，她那眼睛像是会说话一样，看着每个捐款的学生。

阿飞从教室外面无声地走进来，一只鼓鼓的信封就攥在他的手上，他看了杜老师一眼，把信封往那箱子的口里插，那口子似乎窄了一些，他插了几下才插进去。他听到信封掉在箱子里发出咚的一声，心里也跳了一下。

走到座位上，坐在前面的阿明扭头说：“阿飞，你捐多少？厚厚的一只信封呀。”

阿飞笑了一笑，没说什么。

下午第三节课快上完时，杜老师突然出现在教室门边，等上课老师走了，她走进来说：“我说个事吧。”她说，上午全班同学发扬了爱心精神，每个同学都捐了款，有的同学捐的都是1块、5角的零票，这说明他把自己的零用钱都捐出来了，这种精神很可贵。不过，杜老师话头一转，她说和其他班相比，我们班的捐款总数落在全年段尾巴，全班捐款最多的前三名的数字分别是268、260、250，也比其他班低，据她所知，三班捐款最多的前三名均超过300元。杜老师最后说：“枫林村初级中学全是危房，百分之八十的同学没有课本、没有书包，甚至打着赤脚上课，他们的困难就是我们的困难，希望同学们晚上回家再和家长商量一下，取得他们的理解和支持，根据各自的经济条件，愿意补捐的，明天早上再补捐一次。”

杜老师讲完，同学哗的一声，像决堤的水一样流了出去。阿飞又落在最后面，他走到楼下时，阿明从前面转身往回走，对他说：“268是你捐的吗？呵呵，是不是呀？不然你就是250。”他大笑了起来。阿飞心想，当时怎么就没想到“二百五”不好听呢。

第二天上课，阿飞走进教室，一眼就看见讲台上的捐款箱，他从口袋里掏出一个信封，塞进捐款箱里，像是做贼一样，脸突然红了，心跳也加快了，他不知道怎么会这样，急匆匆走到座位上。

这天下午做眼保健操的时候，杜老师又来了，她高兴地宣布，经过补捐，全班的捐款总数一跃成为年段第二名，她说：“其中捐最多的前三名同学将代表班级到枫林村参加‘手拉手献爱心’活动，这三名同学分别是：沈静蕾、李成鹏、赵文飞。”

阿飞听到自己的名字，心里轰地一阵惊喜，他低着头，下巴几乎抵在摊开的课本上了。前面的阿明扭头做了个鬼脸，说：“捐款投标，你终于投中了。”

但是这个晚上，阿飞睡得很不踏实，他想他排名第三，要是哪个同学又到杜老师那里补捐一点，他不就退到第四名甚至第五、第六名去了？一个晚上翻来覆去睡不好，第二天课间操，阿飞悄悄来到教师办公室，走到杜老师面前，从口袋里掏出一个信封，说：“杜老师，我再补捐……”放下信封就转身跑了。

2

天黑了，达嘉大厦亮起一片灯光，它巨大的背影却像一个黑洞，笼罩着后面的小巷。赵大年踩着三轮车回家，车轴发出嘎吱嘎吱的响声，就像他茫然而空洞的心在叫唤。

小巷公厕旁边的两间铁皮屋就是他家。说是家，很勉强，因为这两间铁皮屋是租来的，而且是违章搭盖，随时有可能被城管大队拆掉，房东对他说，哪天拆掉，多收的房租保证如数退还。赵大年进城两三年了，一直居无定所，今年老婆孩子也来了，老婆在公厕替人收费，月薪250元，儿子读了初中一年级，一家人总算有这么一块落脚的地方，他本来应该满足了，但是今天三餐有了着落，明天三餐在哪里，往后的日子又会怎么样，他的心一直是空落落的。在乡下地里刨食，光有一身力气是不够的，到城里谋生，身强力壮也还是不够的。他只好把未来的希望寄托在儿子身上。

到了家门口，赵大年跳下车，从车斗上提起一捆旧报纸，弯下腰走进了铁皮屋。一下午走街串巷，就收了这么一捆旧报纸。这生意是越来越不好做了，主要是做的人太多了，这几天他又发现了几张新面孔，和他一样一边踩着三轮车一边扯着嗓子喊：“酒瓶子倘卖无？旧报纸、旧鞋子、旧家器——”

赵大年随手把旧报纸扔在地上，后面是烧煤的灶台，他听到了老婆正在炒菜的声音，一股猪肉油的香气飘了过来，他不由吸了一下鼻子，就摸黑在床上坐了下来。

“哎，”老婆在灶台那边叫了一声，就火烧火燎似的走过来，一边拉下灯绳，一边冲着赵大年问：“你拿了我的钱没有？”

昏黄的灯光像一张纸糊在赵大年脸上，他盯着老婆看了一眼，说：“你的什么钱？我拿你的钱干什么？”

老婆愣了一下，嘴里像是含着一粒鸡蛋，神色慌张吐不出话来。

赵大年连忙站起身，说：“你的钱放在哪里？”

老婆咽了下口水，指着床下说：“我放在那只旧鞋子里，247 块 5 角，全不见了。”

赵大年急忙地往床下一看，那双女式平底鞋是他收购来的，老婆说还能穿就留下了，谁知道她把它用作了金库。他弯下身子提起鞋子，说：“你把钱藏在鞋里？”

“哎呀，你别问了，你就说一句，你有没有拿？”老婆不耐烦地说。

赵大年说：“我没拿呀，我根本不知道你在鞋里藏着钱，再说我拿钱做什么？”

“那、那、谁拿了……”老婆脑子嗡地响了一声，感觉到事情严重了，那可是她辛辛苦苦攒下来的 200 多块钱呀。

“我怎么知道！”赵大年突然想起什么，从床上抓起枕头，一手伸进枕头套里，掏来掏去，只掏出一团破棉絮，他的脸色发青了，嘴唇哆嗦着：“我、我的钱也不见了……”

两个人面面相觑，大眼瞪小眼。家里居然发生这么严重的失窃事件，三张嘴看来要扎起来了，不然就喝西北风去。赵大年和老婆排除了小偷入室盗窃的可能性，老婆整天坐在公厕门口，眼光可以同时照管着家门，再说钱藏在鞋里、枕头套里，即使小偷进门也未必找得到，那么，作案的嫌疑人就只能是——

“阿飞，”赵大年突然叫了一声，“一定是阿飞偷了！”

老婆点点头说："我前几天听他嘀咕说，要捐什么款，我说我们家穷得这样，给我们家捐点才是，他就说我没觉悟，唉！"

"一定是阿飞偷了，这死囝！"赵大年咬着牙说，这时他闻到一股焦味，知道灶上的菜烧焦了，一边跑过去一边说，"看我等下怎么修理他！"

这天晚上，赵大年和老婆一边扒着饭一边吃着烧焦的菜，艰难地吞咽着。呛人的焦味像鞭子一样抽打着他们，他们只能默默地忍受。

今天一大早，阿飞就出门了，他说要到学校坐车去松树乡枫林村参加"手拉手献爱心"活动。阿飞在乡下读小学时，一直是全校最优秀的学生，学校里的活动总是少不了他。今年进了马铺城，第一次月考似乎也很优秀，让赵大年和老婆不敢想象的是他居然偷了家里的钱去捐款，然后到乡下"手拉手献爱心"去了。

赵大年还是把半碗饭搁了下来，筷子啪地放在桌上，皱着眉头不声不响的。老婆吃下了最后一口饭，愣愣地看着他。

这时，外面传来阿飞的声音，他哼着歌走进来了，把什么东西放在了床上，然后向灶台这边探了一下头，说："你们正在吃饭呀？"

"你、你吃了吗？"老妈说。

"我们在路上吃了。"阿飞说着，就往他的小房间走去。

"过来！"赵大年沉着脸喊了一声。

阿飞吓了一跳，说："怎、怎么了？"

老妈神色张皇地说："没什么事，问问你、你献爱心的情况……"她一边对儿子说，一边向赵大年使了几个眼色。

赵大年攥紧的拳头又松开了，很不自在地咳了一声，说："那地方比、比我们老家偏僻吗？"

"差不多吧，不过那里通了汽车。"阿飞说。

赵大年哦了一声，又说："那、那叫什么？结对子是吧，你那对子叫什么，家里怎么样？"

"他叫王富贵，和我同岁，生日比我小了五天，他家有三间瓦房……"阿飞说。

赵大年心里说，这比我们家好多了。

“地上没铺砖……”阿飞接着说。

赵大年心里说，这也比我们家强了。

“中午我在他家吃饭，有西红柿炒蛋、牛肉炒青椒，还有冬笋炒肥肉、老鸭蘑菇汤……”阿飞说着，眼光开始变得躲躲闪闪的。

赵大年和老婆沉着脸，在昏黄的灯光里，他们的脸色像生锈一样，看起来阴森森的。

“老师说，回来要给对子写封信，我要去写信了……”阿飞看到老爸射过来一道冷冰冰的目光，心里颤抖了一下，转身便走。

他刚走出两步，身后响起老爸威严吧叫喊：“站住！”他知道这下完了，老爸老妈一定是发觉了，他心里怦怦直跳，定定地站住了，但是身子站不稳地一直发抖。

老爸起身走了过来，阿飞感觉背后一阵发冷，老爸沉重的脚步声像响尾蛇一样向他爬过来。一种莫名的恐惧突然像一把利爪抓住他的心，他感觉响尾蛇在他背后张开了血盆大口，他哇的一声尖叫，拔腿就跑，向铁皮屋门外的小巷狂奔而去。

“站住！别跑！看我不打断你的腿……”赵大年叫嚷着，但是阿飞像一只鸟一样飞了出去，在昏暗逼仄的小巷里拍打着翅膀，向黑暗的深处飞去。

“回来！别跑……”赵大年追了出来，老婆也追了出来，但是他们只能眼睁睁看着阿飞消失在黑暗里。

晚上十点多，阿飞还没有回家，赵大年和老婆坐不住了，赵大年说：“我也还没打他，他怎么就跑了……”两个人就出门找人。分头找了好几条街，都没有儿子的踪影。两个人在内河沟的沿街上碰了头，彼此都是苦着脸，无话可说。

这时，他们看到前面有一堆人指着河沟叽叽喳喳地喊叫着什么，一丝不祥的阴影立即闪过赵大年的心头。他大步跑了过去，脑袋一下子炸开了。

河沟里浮着一个人，正是阿飞。

3

几天后，松树乡枫林村初级中学一年级学生王富贵给马铺一中初一六班的赵文飞寄了一张明信片，上面写道：

亲爱的阿飞哥：

很高兴我们结成了对子，你无私奉献给我的爱心，一直让我很感动。你最近学习忙吗？考了多少分？希望有一天我能够到城里去找你。祝你

学习进步！开心快乐！

这张明信片放在学校收发室里，一直没有人领取，后来便被收发员丢到废纸堆里，夹在一堆旧报纸里卖给了收破烂的人。

这个收破烂的人就是头发花白、脚步蹒跚的赵大年。

床单

“你那发大水了吗？”

林木平拨通老婆苏米花的电话，第一句话总是一样的，你那发大水了吗？如果老婆说没发，他嗯一声，如果老婆说发了，他更低地嗯一声，然后争分夺秒地摁掉手机。电话费很贵的，超一秒就按一分钟计费。发大水，这是他们之间私密的黑话，意思就是城里人说的“大姨妈来了”。他们虽然同在一座城市，一人在东头，一人在西边，但是林木平想去看一趟老婆并不容易，所以，他必须事先在电话里问清楚，你那发大水了吗？要是发大水，他去了也无用武之地，索性就不去了。今天还是像往常一样收工，吃过晚饭，林木平一边用火柴棒剔着牙一边走出工棚，天已经黑透了，但是前面不远的地方却是一片灯光闪烁，那里有几个居民小区，还有购物广场。相隔几百米，却像两个完全不同的世界。晚上吃得很饱，林木平咕嘟咕嘟打了几声饱嗝，感觉到下半身好像有一条鱼窜来窜去，激起阵阵水花。他掏出手机，拨通了老婆的电话。

电话响着一直没人接，林木平看到上面秒数闪到48，心里有些慌张了。还好，电话接起来了。

“你那发大水了吗？”他说。

电话里各种的噪音，他听到老婆说：“你不是上星期才来？”他一想是啊，上星期去的时候，老婆刚发过大水，到今天还不到10天，便急忙摁掉电话，但屏幕上显示1分零1秒，这就要按2分钟收费了，不由心痛得很。

当林木平走了几百米，花了三块钱转了三次公交车，又下车走了几百米来到老婆打工所在的地带时，内心开始变得湿润、柔软，像是老家土楼后面的那块水塘地，春暖花开的时候，总有一只白鹭不知从哪里飞来觅食。虽然在公交车上站了一个多小时，但这实在不算什么，林木平脚步轻快地向前走去。这地带有个大的名字叫作下沙，原来是城市的边缘，现在是城中村，那些早年随意搭建的民房就像他儿子玩的积木，杂乱无章。他突然想起有大半年没看见儿子了，去年春节他回家给儿子带了一副积木，他兴奋得直喊“大大”。一般说来，他一个月来看老婆一次，三个月回去看儿子一次——其实是以看儿子的名义回去看父母、岳父母还有大女儿，当然重点还是看儿子。这次来看老婆算是预算外的福利吧。

老婆苏米花去年才来城里打工，她家是剃头世家，嫁给林木平后在土楼天井里搭了几块遮风挡雨的木板，算作剃头店了，有人来剃头便剃头，无人来便做家务，做饭、擦灶台、养鸡鸭、浇菜、哄孩子什么的，村里的老人是她稳定的客户，说来都是有一些转折亲，有的不好意思收钱，有的就象征性收一元。她有一个表姐夫进城在下沙这一带十多年了，他们是做小吃的，街上有一间剃头店，是一个拐脚的江西人开的，他想回家把店盘出去，表姐夫获得这个消息，便极力鼓动苏米花来下沙接手这间剃头店，这时儿子断奶了，她想在老家一天剃几颗老人的头，收入就鼻屎那么一丁点，表姐夫说这里剃一颗头十元，你一天少说也能剃十五颗。她真的动心了。林木平开头有点反对，但想想还是觉得不错，至少他可以每个月看到老婆一次，在她那小店里实实在在地过一夜。

林木平走过了热闹的地摊夜市，前面是几摊大排档，油烟呛鼻，有人高声地比画着酒拳。老婆的剃头店就在前面的斜巷里，既无店号，也无店招，临街一间长筒状的平房，前半截为剃头的营业场所，后半截便是住房。林木平看到了老婆的剃头店的灯光，心里也亮堂堂的。

快走到剃头店门口时，林木平听到一个男人的说话声，他下意识地放慢脚步，并往后退了几步。他听出这个说话声正是那个叫作南水金的声音。这大半年来，他每次来看老婆都会发现这个南水金在店里，不是正在剃头中，就是自己拿一个夹子对着镜子拔胡子，要不就坐在椅子上玩手机说话。老婆叫他南总，林木平开头还听成囊肿，后来才知道他姓南，叫水金，是这附近一个工地的小包工头，他要真是南总，他就用不着到老婆的剃头店来，可以去那些装修豪华的美发美容店了。南水金的嗓音粗浊含混，林木平听不清他在说什么，这时老婆一句“别乱说，我老公会来”，像一根芒刺扎在心上，心里那只白鹭扑着翅膀飞走了。

林木平假装干咳了两声，走向剃头店。苏米花刚刚从南水金胸前取下围巾，往一边抖动了几下，上面的毛发滑落在地上。南水金从墙上的镜子里一眼就看到了林木平，坏笑着说：“米米，你一想老公，老公就来了。”

“老公。”苏米花冲着林木平叫了一声，继续抖着手上的围巾。

林木平沉着脸，心里的水塘地变成一片烤焦的旱地，滋滋地冒着热气。

南水金看了苏米花一眼，歪脸做了一个奇怪的表情，没再说什么，转身走了。

苏米花往墙上挂起围巾，瞟了林木平一眼，说：“你不是上星期才来？”

这话里的意思明显是不欢迎，林木平一听更没好声气了，说：“是不是坏了你的好事？”

苏米花一下听出话外之音，尖起嗓子说：“你这什么意思？”

斗嘴、吵架，林木平一向不是苏米花的对手，再说他是来看老婆，又不是来吵架的，便避开老婆锋芒毕露的眼光，往后面的住房走去。那里就隔着一道布帘，林木平也不用掀开，直接用肩膀推开了。苏米花从他后面挤上来，走到了床前，似乎是对他下通牒，说：“先去洗洗，不然别上床。”以往每次苏米花也都这样要求林木平，但这次语气显得特别严厉。

林木平嘟哝着往外走，门边有一个水池子，通着热水器，那是给顾客洗头用的，平时自己也可以接热水来洗澡。这天气林木平还用不着热水，就接了一桶冷水提到布帘后面，看见苏米花从床上抽取床单，揉成一团放在床下，然后又铺上一张新的床单。他闻到了新床单散发出一股樟脑丸的气味。

在这新床单上，林木平突然感觉到胸闷，匆匆几下就从老婆身上下来了，这是有史以来最不成功也最不过瘾的一次。老婆自始至终都没有配合，目光散漫，头一歪便睡去了。林木平陷入在诧异和自责，以前每次来看老婆，一个晚上至少要做两次的，但今天显然已经没办法了。他闻着床单上的樟脑丸气味，整夜翻来覆去无法入睡。

林木平醒来没摸到苏米花，立即翻身起床。他差不多天快亮时才迷迷糊糊睡着。卷闸门从里面卷起一点点，苏米花不知何时出去了。他弯着腰钻出剃头店，天上有一道很亮的朝霞，霞光就打在他面前。

剃头店左侧有一块小空地，相当于垃圾堆，前几回林木平帮苏米花从剃头店墙壁拉一根铁线出来，挂在这头的电线杆上，每天苏米花就在这铁线上晒那些毛巾，当然也可以晒衣服。这时林木平没看到毛巾，只看到一张床单，在晨风中微微颤动，往下滴落着水珠。这显然是苏米花刚刚洗好挂上来的。他想起来这就是昨晚苏米花临睡前换下的床单。他不由走近床单看了一眼，其实也没什么好看的，这是从家里带来的一张旧床单。但是他还是又看了一眼，然后匆匆走了。

转了三趟公交车回到工棚，大家刚刚吃好准备上工，林木平急忙奔到灶台前，幸好锅里还有两个馒头，便一手抓一个，大口地啃起来。有人笑话他说，昨晚没吃饱吗？一语双关，大家全都哄地笑了。

以前每次从老婆那里回来，林木平一整天都感觉精神饱满，身上好像有使不完的劲一样，可是这次完全不同，手脚绵软无力，像是丢了魂似的。晚上睡下时，他突然想起来，早上在老婆晒出的床单上看到了一块污斑，不注意洗不到，注意到了也很难洗净，这工地上几乎所有男人的床单都有那样的污斑，大家调侃它叫作“地图”。林木平无法确定那“地图”是不是自己画的，昨晚老婆神速而又诡异地换下床单，这到底是为什么呢？老婆的可疑之处越想越多，甚至她在床上被动的态度也成了佐证。她原来不是这样的，怎么这次一点兴趣都没有，连扭下身子敷衍一下也不愿意呢？林木平心里浮起一个答案，那就是她“吃饱”了。他猛地从床上坐起来，睡在隔壁铺的工友叽叽咕咕说着梦话，还有人把鼾声打得巨响，他不得不又躺了下来。老婆和别人上床了？脑子一转，这上床的名单立即锁定了南水金。每次到老婆店里，这个南水金都在，其他时间呢，或许每天都在的，这孤男寡女的天天碰面说话，什么事不会发生？林木平想起南水金每次都是叫苏米花“米米”，这多亲多肉麻，他都叫不出口。

接连两天，林木平的心思几乎都在猜疑中纠结，时常一边干着活一边走神，队长骂过几次，包工头也横起脸训斥他，说你真不想在这干了是不是？有种你就走呀。林木平不吭声，任由包工头一顿呵斥，他没心思反驳或者还嘴，他满心思是猜疑，像是从心里长出的一根肉刺，怎么也无法拔去，越长越深。

这天收工吃过晚饭，林木平想他不能这样下去了，必须去老婆店里一趟，当然，不打电话给她，什么发大水没有，统统不管了，偷偷地去，出其不意地去，或许能抓到证据，抓不到也可以当面质问她。他再也不能把这么大的事情搁在心里，这像是一根雷管，会起爆的，他必须把事情弄清楚。

当林木平走了几百米，花了三块钱转了三次公交车，又下车走了几百米来到下沙的时候，他的心就像一块盐碱地，寸草不生。老婆的剃头店就在前面，有一道灯光打在街面上。林木平发现剃头店的卷闸门往下拉了一些，这是什么情况？准备关门休息了？他轻手轻脚走近剃头店，看到那张背靠椅上坐着一个男人，往上露着半个微秃的后脑勺，看不到老婆的身影，或许在布帘后面。这个男人是谁？希望不是南水金，如果是南水金，他的猜疑差不多可以坐实了。林木平稍微弯了一下腰，大步窜进剃头店。那个背靠椅上面的后脑勺转过来，正是南水金，他看到林木平时并不诧异，只是用一种带着讥讽的语气说：“你、你、你不是前两天才来？”

“你在这做什么？”林木平几乎是吼了一声，拳头都快攥出汗了。

“醋劲很大啊，兄、兄弟。”南水金朝林木平吹了一口气，一股酒气像烟雾一样吹到他脸上。

林木平哼了一声，转身冲进布帘里，里面灯是亮的，但没有人，他又转身出来，厉声问南水金：“我老婆在哪里？”

南水金的脖子像被拉长一下，笑了几声，说：“哈，一个老婆你都管、管不住，要是像别人有三四个老婆怎、怎么办？”

林木平走到南水金面前，第一次走得这么近而且居高临下地看着他，只见他整个身子像是一只麻袋堆在背靠椅上一样，蒜头样的鼻子一下一下抽着气，有一根鼻毛往外伸了出来。很浓的酒气，呼到林木平的脸上。作为一个男人，林木平不喜欢喝酒，甚至对酒有一种厌恶。此时，面对满身酒气的南水金，他憋着气，一手揪起了他的衣领。但是他没抓紧，南水金整个人从背靠椅上滑了下来，像一堆泥，瘫在了他的脚下。他踢一脚，南水金嗯哼一声，又踢一脚，又嗯哼一声。

踢了几下，林木平觉得自己的脚趾有点痛，当务之急应该是找到老婆，店门开着，有个男人坐在店里，她不会走远的。林木平又转身走进布帘里，床上收拾得很整洁，铺的正是那张晾晒的旧床单，那天睡的带樟脑丸气味的新床单收起来了？他扑到了床单上，从上到下从左到右，睁大眼睛仔细地搜寻那块小“地图”，那天是一眼就看到的，可是现在遍寻不着。他从床单上直起身，走到外间，看见南水金正扶着背靠椅从地上爬起来。看样子他是喝多了，动作迟钝，身子摇摇晃晃，像一条大蛇在蠕动。林木平走到他后面，抬脚往他大腿后根踢了一脚。正在艰难爬起的南水金冷不丁受到重创，哐啷一声，连人带着背靠椅一起摔倒在地，椅子扶手在地上砸出了沉闷的一声。

“南水金，我问你，你是不是跟我老婆上过床？”林木平用审讯的语气问。

“上、想上、没上、上……”南水金抬起一只手，像是要招手，却僵僵地举在空中。

林木平走过来，拗住南水金举起的手，左右拗了一下，脚在他身上脸上四处乱踢，听着他嗷嗷痛叫，心里舒坦了一些。

“别、别踢……会出人命……”南水金抱着头缩成一团，叫声渐渐低了下去。

林木平立定呼了口气，担心有人路过看到，把卷闸门拉了下来。他想这个苏米花到底是跑哪里去了，店门洞开，任由男人在里面，难道她……他实在想不出她怎么了。突然想到自己太傻了，不会打个电话吗？平时他是很少打电话的，除了到这来之前问问老婆“发大水了吗”，除了一周打回老家一次，问问父母儿子怎么样了，他这个二手货的手机基本上没用，电话费太贵了。林木平从口袋里掏出手机，发现手机关机了，这个地摊上买来的二手货时常自动关机，他也从不在意，反正要打的时候开机就是了。

打开手机看到有几个未接电话的提示，林木平也顾不上查看，便拨通了苏米花的电话。

里面唱着一首欢快的歌，林木平却是越听越焦虑，怎么还不接电话呢？歌快唱完时，电话终于接起来了，他还没开口，苏米花就劈头盖脸先吼了一句：“林木平，你死哪儿去了？电话也关机，你爸打你关机，我打你也关机！”

“我……我爸找我？你现在在哪儿？”

“我在老家啊，昨天下午儿子掉到沟渠里，你爸先打你电话关机，打了我电话，我打你也是关机，我就急忙赶回家了……”

“那现在、儿子怎么样？要不要紧？有缝几针？有流血吗？现在怎么样，快告诉我！”

“现在，没事了，头上缝了五针。”

林木平头皮一阵发麻，好像是自己头上缝了几针，要是能替代儿子缝那五针就好了，他心里责怪父母照看不周，但想起自己长年在外，又何曾尽过多少力，便不敢往下多想了，只要不出大事就好。电话里苏米花的声音也平静下来了，说：“我过几天再回去，对了，我下午走得匆忙，门一拉上就走，晚上一直感觉那店门没拉上，你明天找个时间去看一下……”

“哦，哦……”林木平突然明白南水金是怎么进来的剃头店，他没敢跟老婆说现在就在剃头店，“好，我明天去一下……”

苏米花挂断了电话，这次林木平没有抢着摁电话，听着里面传出的嘟嘟声，整个人像傻住了一样，呆呆的许久才醒悟过来。我现在就在老婆店里，还把人打了一顿……他看了一眼地上烂醉如泥的南水金，不知怎么收拾，刚才一定是这家伙喝多了，路过剃头店，发现门关着，但是没关好，他有意无意踢了一脚，卷闸门居然弹开了，他就踱进了店里，东看看西望望，然后坐在背靠椅上睡了过去。现在怎么处理这个躺在地上的家伙，成为林木平面临的最头痛的问题。

地上的南水金发出了一阵阵悠长的鼾声，伴着林木平的叹息，合成了这间剃头店的一支夜曲。

林木平走进里间，坐在床上愣愣地想了一会儿，又开始在床单上查找那块“地图”，上下左右又找了几遍，还是找不到，或许那天是看错了？他打开老婆的塑料衣柜，发现那张新床单就挂在上面，其实这新床单也不新了，只是相对于那旧床单来说，比较新一点而已。林木平想起来了，其实他每次来看老婆，老婆都要换上新的床单，那天晚上睡不着，或许是因为老婆刚放了樟脑丸，有那么一股气味。他来，睡新床单，他一走，老婆自己就睡旧床单。他心里又开始变得湿润起来了。看来，对老婆的猜疑是没有道理的，他念起了老婆的种种好来。

想着想着，林木平也累了，身子放了下来，好像从旧床单上面闻到了老婆的气味，很快就睡着了。大约睡了一个小时，林木平冷不丁被冻醒过来，霍地坐起身，掏出手机看了看时间，已经是深夜一点半了。他想起还躺在外面地上的南水金，不能让他整夜躺在那里，天亮了怎么办？想来想去，除了扶起他把他送回去，还能怎么办？他应该是住在前面不远的那个工地的工棚里。

打定主意，林木平走到外间，弯下身子，用双手从地上搀扶起南水金。醉酒的人原来这么死沉，就像一堆水泥一样。南水金满嘴流着涎水，嘴里直哼哼。林木平把他一只手搭在自己的肩膀上，揽住他的腰，拖着他走了两步。还好，这南水金不胖，也就两包水泥的重量吧。在工地上，林木平扛起两包水泥还是健步如飞的。

夜色如水，街巷上空旷无人，林木平半扶半拖着南水金走到夜空下，感觉走进墓园一样，这岑寂的夜晚，肃静中飘荡着一种令人恐惧的气息。夜风吹到身上，有点冷意。南水金的身子哆嗦了一下，像导电一样也令他不由得抖了一抖。

“你住在哪里呀？南总，囊肿，你还没醒？”林木平说，心里想趁他神志不清，多损他几句，出出自己憋了好久的窝囊气。“你一定住的是豪华别墅吧，起码也得是楼中楼，不会是工棚，住工棚还敢叫作南总，叫囊肿还差不多吧？”

南水金勾着头，嘴里嗯嗯嗯应着，高一脚低一脚地走着，还不时被拖离了地面，腾空跃出几步才又踩到实地。

“囊肿，我以后就叫你囊肿了，囊肿，我今天晚上警告你，你来我老婆店剃头，当然可以，但你别没事也来，天天来，这样会影响她做生意，你懂不懂？你不能叫她米米，这是你能叫的吗？今天晚上我是正式警告你了，你给我放明白一点，大家都是出门人，别惹我对你动粗。”

南水金嘴里嘟哝着，突然摇了一下身子，探头往前哇哇地干呕了几声，想吐却什么也没吐出来。

“行了行了，别吐，污染了环境，回你家再吐。”林木平说。

前头有两个人急急走着，往这边看了一下，小步跑了过来。林木平看见他们的脸在月光下煞白煞白，满脸露出惊喜。

“哎，这不是水金吗？”

“靠，手机打不通，害我们找了半个晚上了。”

他们说着走到了面前，一个人问林木平：“你是谁？”林木平反问：“你们是谁？”原来这两个人都是南水金的表弟，都在他手下干活，晚上南水金说出去喝酒，十二点了还没回来，他们就打他手机，开头通了没人接，后来就打不通了，他们便出来在下沙这一带寻找，因为南水金时常醉酒之后，不省人事地卧倒在屋角路边，他们好几次都是大半夜的把他从外面架回去。

听他们这么一说，林木平暗暗松了口气，说："我也是在路边看到他、他醉了，想把他送回去……"他说话结巴了一下，正好一阵风吹来，"风好大，有点冷了……"

南水金的两个表弟从林木平手里接过人，连声道谢。

"人交给你们，没我的事，我回去了……"林木平扭头要走。

"哎，你是谁？哪天也好答谢你一下。"

"我是那剃头店苏米花的老公。"林木平话一出口就后悔了，怎么能暴露自己的身份，要是南水金清醒过来找上门算账怎么办？不过话一出口就收不回来，林木平心想，他真要来算账，就算吧，还怕他一个囊肿不成？林木平走了几步，拔腿跑了起来。

一路跑回剃头店，林木平微微喘着气，他走到里间，又出来查看一遍卷闸门有没有关好，在床上坐了一阵子，他躺了下来，怎么也睡不着，眼前不断浮现着南水金的形象，一会儿是倒在地上叫唤的样子，一会儿又是冲着他瞪眼的表情。他想，这会儿要是南水金醒了过来，叫他两个表弟还有手下一帮人上门打我怎么办？他心里咯噔了一下，感觉有一股寒气从脚底升上来。这个剃头店不能待了，随时可能有危险。他越想越睡不着，便翻身起床，出了剃头店，把卷闸门拉下来，检查了三遍，确认关好。这时正是黎明前的黑暗，月亮星星都躲在厚厚的云层后面，天空黑得像锅底一样，面前的街巷只有微弱的灯光。他深呼吸了一口，迈步开始走了，从这里到自己的工棚，最多三十几里路吧，天亮还走不到，至少可以搭一程公交车，以前连夜也走过几十里山路，这里还是平路呢。

林木平走到天亮时，正好走到一个站台，便坐下来休息。这时，第一趟的公交车来了。

回到工棚，大家刚刚起床不久，准备吃早饭，没人问起林木平。

这一整个上午，他心里都在牵挂老家受伤的儿子，收工时忍不住给苏米花打了一个电话。苏米花说，儿子的伤情不要紧，她准备明后天就回城里。林木平说，你难得回家一趟，多陪儿子几天吧。苏米花说，我也想啊，可是大女儿明年要读初中了，你妈身体不好，我爸也是老病号，处处需要用钱。林木平就不吱声了。傍晚收工时，林木平没想到老婆打电话来了，她在电话里说，老觉得剃头店的卷闸门没关好，让他晚上去看看。林木平心里愤愤的，真是没关好呢，混进了一个“囊肿”，哼！心里骂归骂，他嘴上却是支吾着说，好，好，好。

昨晚刚从剃头店连夜走回来，这晚上林木平当然不会再去了，他早早就上床睡觉了，睡得很沉。

时间不紧不慢又过去了几天。这天收工正在吃饭，林木平口袋里的手机响了，他拿出来一看是老婆打来的，有些意外。老婆说她回来两天了，让他晚上过来一趟。林木平愣了一下，今天晚上？老婆说，没发大水，还有别的事，吃好你就过来。

林木平当然算得出老婆还没“发大水”，但实在想不透还有别的什么事，或许是说老家的事吧。吃过晚饭，林木平就走路去搭公交车，转三趟车来到了老婆的剃头店。

刚刚走到剃头店门口，林木平不由倒吸一口冷气，停下脚步随时准备往后跑。那南水金在店里，站在镜子前用手拔着下巴的胡子，而老婆在水池边给一个顾客洗头。他的心跳骤然加快，进，还是不进？脑子里一闪念，他顿了下脚，还怕他不成？真要单挑对打，他还不是对手，再说老婆在这里，我岂能在女人面前丢脸？

林木平用手整了一下头发，故意晃着肩膀，像是大摇大摆似的走进了剃头店。

南水金扭头过来，脸上溢出的是笑，一种比较友好的笑，这大大出乎林木平的意料。

“来啦？”南水金说。

林木平嗯了一声。

南水金走上前，拍了一下林木平的肩膀，说：“感谢你啊，那天晚上我喝醉了，都忘记发生了什么事，听我表弟说是你把我扶回去的。”

林木平看着南水金的脸，头上还有一块瘀青，但看来他确是部分失忆了，这也好，他笑了一下，像一个做好事的孩子得到表扬一样，显得有些腼腆。

“我认你这个朋友了，老话说‘朋友妻不可欺’，我今天找你来还有个意思，就是想问你愿意不愿意来我这里干？我听说你在那里干得不大顺心，和工友关系不是很好，最主要的是，你到我这里干，你可以天天在店里陪老婆睡，我这里的活至少要干一年多呢。”

林木平觉得南水金说得挺诚恳，他回头看了一下正在给顾客洗头的老婆，老婆也正好抬头看他，两人眼光就在空中相遇，像盐巴撒进水里，溶化了。

“我以前跟南总说过，他不肯收留你，这回他总算是发了善心。”苏米花说。

南水金似乎有些尴尬地笑了两声，说：“那就这样吧，你后天正式来，明天你回去搬铺盖。”

林木平点了点头，心里还是很兴奋的，从今往后，不用给老婆打电话问“发大水”什么的了，可以天天在一起，这是以前想也不敢想的事情。

最后一个顾客走了，苏米花收拾好毛巾，还把地上的头发扫拢起来。林木平接热水洗了脚，就往里间走去。苏米花突然叫停了他，让他先别上床，她从床上抽起旧床单，然后铺上新床单。

“这干吗呢？”林木平说。

“你每次来，都要让你睡新床单啊。”苏米花说，“不过，后天就不用换新床单了，因为你可以天天在这里了。”

林木平心里顿时热乎乎的，一股暖流在身体里流动着。

弹弓

我眯了一下右眼，又眯了一下左眼，可是我手里没有弹弓，茅主席满脸绷得紧绷绷地站在院长面前，用左手在一张表格上签了名字，我看到他的签名软塌塌的，像老得不能再老的皮筋。

院长抬起手，还没往我肩膀拍下来，我的肩膀立即自动地往下斜了。院长说，回家好好听父亲的话。我说，是，向茅主席保证。

茅主席就是我父亲，他是我们马铺政协主席，自从他几年前当上这个主席，大家就全都热烈地称呼他茅主席。我们一家人除了我妈全都姓茅，他自然只能是茅主席了，我叫茅少峰，大家都叫我茅少，这个称呼很猥琐是不是？我极度不喜欢，谁叫一声我瞪他一眼。现在我出来了，你们若不想好好称呼我茅少峰老师，你们还是叫我茅峰或者茅师好了。

我挺直了肩膀，抱着我的行李包，这上面原来印着“马铺土楼旅行社”几个字，每个字都被我用指甲抠掉了一些笔画，变成谁也认不得的火星文，我很喜欢，但是院长抓起我的包，放到我的手里，他是希望我提着走，他就是这么令人讨厌，你有什么办法？好吧，现在我就要离开这里了，我提着包跟着茅主席走出了大门。院长送到门边，跟茅主席握手道别。茅主席说，辛苦你了，谢谢。院长说，茅主席客气了，都是我应该做的。我闻到了一股他们眉眼和话语之间飘出来的令人作呕的气味，这就是我拉稀的味道，我屏住了气，我看到大门口停着一部车，一部颜色像大便一样的车，开车的是个女的，我认出来了，是宋丽春，对了，很多年前，宋姨就跟着茅主席了，有一首歌是怎么唱来着？花儿向着太阳开……算了，我现在很讨厌唱歌了，在这里院长常常组织我们唱红歌，我都恨不得往他张开的嘴里射入一块石子。院长为茅主席打开了前门，茅主席为我打开了后门，我就钻进了车里，一屁股坐在软软的坐垫上，那坐垫一定有弹簧，弹起了我的身子，脑壳砰地撞到了车顶。

茅主席扭头对我说，好了，你能不能给我安静一下？我不明白这话的意思，我很安静地想了好久。宋姨把车开动了，我突然想我至少应该跟谁说一声再见吧，透过车窗玻璃，我看到院长转过细长的身躯往里面走了，只有他转身后显露出来的那块跟他一样细脚伶仃的木牌子注视着我，那由上而下的6个字：马铺精神病院，此时看起来是那么的亲切动人。

车子开了，我一个人坐在后面，我不知道这是往哪里开，我问茅主席，这是到哪里？茅主席回头瞪我一眼说，又能到哪里？带你回家，回家，懂吗？我哦了一声，懂了，我想起了我家，可是我妈已经死了，大家都说她是被我气死的，真的吗？我无法确认，我想即使我妈活过来，她自己也不愿意相信她是被我气死的，因为她还是爱我的，我相信这一点。到底我有多久没有回家了，我想起我妈出殡那一天，茅少红把一只草鞋丢在我脸上，然后很多花圈排成一行行，然后两个装扮成古代孝女的戏子号哭着叫嚷着“阿姆呀阿姆……”然后很多事情我都忘记了，现在我只记得我要回家了。车子经过兰水大桥，经过土楼广场，经过小康路，很多事情我又想起来了，然后车子就停在了我家门口。

告诉你，我家在马铺最好的馨兰园，我家是馨兰园最好的一幢别墅。这个时候，我家大门已经打开，茅少红就站在大门边，这让我觉得很奇怪，她不是出嫁了吗？茅少红拉开车子前门，又拉开后门，茅主席出来了，我也出来了，我对茅少红说，你怎么在这里？茅少红说，茅少，回家来好好听话，老实过日子吧。她说话的语气很像茅主席。我瞪了她一眼。茅主席走进客厅，就坐在沙发，对茅少红说，你带他到房间去。茅少红就从我手里拿过我的行李包，然后往楼梯走去，然后我就跟着她上了二楼，她把我带到了一个房间里，我一下想起我原来不住这房间的，茅少红说，你就住这间，这一年来，你应该变懂事了。我实在不明白她的意思，为什么说“这一年来”，我感觉在里面待了五年，没有五年至少也有三年。我在床道上坐了下来。茅少红说，这是遥控器，电视的，这是空调的，还有，卫生间在这，毛巾牙刷沐浴露洗发水，全都有，这是你的衣柜，你穿的衣服，冬天的夏天的，全都给你买了新的。我点点头说，好，然后眯了一下右眼，又眯了一下左眼，问茅少红，我那弹弓呢？茅少红霍地冲到我面前，紧紧盯住我说，你还找弹弓？你都多大了，你自己知不知道？你想玩一辈子弹弓不成？茅少，你真的还没改邪归正吗？难道到里面一年白待了？她的声音尖起来，尖得就像射出去的石子击穿玻璃发出的锐响，嘭，碎片碎了一地。我瞪她一眼之后，赶紧用双手堵住了耳朵。茅少红转身下楼，向茅主席汇报去了，我想起来她以前只要屁大一点事也要向茅主席汇报，对了，有一次她汇报说有一条短裤丢了，怀疑是我偷了，还有一次她汇报说我偷看她的手机短信，记得前面那一次我被茅主席打了一顿，哦，不，那时茅主席还不是茅主席，茅主席还只是土楼乡的茅乡长，而后面这一次，我和她大吵了一通，其实我并没有偷看，只是她的手机搁在茶几上，短信来时我正好不小心看到，如此而已。

有一个像我妈一样老但完全不是我妈的女人上来叫我吃饭，我问她是谁，她说她是我们家的保姆，做饭打扫卫生的。我看见外面的天阴沉沉的一片纠结，就像憋尿的男人的脸一样。我走到楼下的饭厅，茅主席、宋姨、茅少红和一桌子菜都在等着我了，那些菜冒着热气，那些人冒着傻气，茅主席说，做了几个你爱吃的菜，算是给你接风洗尘。我说，好，我最爱吃猪血大肠。茅主席说，今天没有这个菜，明天给你做。我说，好。茅主席说，少峰，今天你回到家里，我们全家人都非常欢喜，希望你忘掉过去，开始新的生活，现在我也正式退休了，你姐呢，和曾建明离了婚，也回到家里住，宋姨，你本不陌生，现在我们一家人住在一起，其乐融融，希望你呢，珍惜现在，锻炼好身体，保持好健康，这段时间我每天陪你爬爬山走走路，等春节过后再看看是否回教育局上班。我说，好，我向茅主席保证，我不玩弹弓了。茅少红说，茅少你别老要贫嘴，什么茅主席，好好的老爸不叫。我瞪她一眼（必需的），说你也好好的茅少峰不叫，叫什么茅少。茅主席用左手端起一只酒杯，天哪，他居然给自己准备了一只酒杯（旁边是一瓶打开的茅台酒），而我们全都没有，这真是享受在前的好风格，谁叫人家是茅主席呢？茅主席说，少峰，欢迎你回家，祝愿你一切顺利。他仰起头把杯里的酒一饮而尽了，我随着他的动作抬起下巴又低下头，咽喉里感觉到一股辣呛，说实在的，我不喜欢酒，有一度马铺传闻官二代茅少天天在酒吧酗酒烂醉，其实是瞎扯，我根本不喜欢酒，我只喜欢……茅少红夹了一碗的菜推到我面前，好吧，吃。

这回家的第一餐饭，吃得我的皮带都快要撑断了，然后我扶着楼梯走到二楼房间睡觉，这一觉睡得很深沉，和我在里面睡的觉都不一样，里面睡的觉充斥着乌七八糟的梦，而现在干净得像一张白纸。我躺在床上伸懒腰的时候，突然看见茅主席伫立在我床前，他的脸像悬挂在我头上的一块腊肉，从我嘴里徐徐呼出的气飘到他脸上，他俯下身子抓住我的一只手把我往上拉，他说，少峰，你这一年来胖了一些了，走，我带你到江滨公园走走。

从我家别墅出了馨兰园大门，有两条路通往江滨公园，一条是穿过马路沿着堤岸走，一条是顺着马路往右走。我们穿过马路走在堤岸上，我看到江里的水几乎都要枯干了，这里一坑，那里一洼，黄黄的水像母猪尿一样。我们下了堤岸，走进江边的一块草地。茅主席说，你每天下午在这走走，隔天爬爬水尖山，对你的健康状况一定很有好处。有人迎面走来，跟茅主席打了招呼，然后用很怪异的眼光看着我，我知道我是马铺人民眼里的怪物，一直都是，这没什么奇怪的，我看到人们的眼光里透出惊讶、疑惑、惋惜、鄙薄，还有其他多种多样，对我来说，这都是多么熟悉的神情。

江边一行柳树，又一行柳树，树枝上有麻雀的叫声，我眯了一下右眼，看到一只麻雀跳到一根枝丫上，我又眯了一下左眼，看到一只麻雀飞了起来。茅主席突然拽了我一把说，走快点！我说，我想起了……

我发现茅主席的脸立即绷紧了，眼里射出一道寒光，他说，你又来了，你！你想起了什么，你！我说，我想我想我想起了，断竹，续竹，飞土，逐肉……茅主席说，莫名其妙。我知道他听不懂我的话，正如我常常听不懂他的话一样。跟在茅主席屁股后面走了一阵，那像大磨盘一样的屁股晃得我黯然神伤，如果此时我有……我心里响起石子射在灯泡上的声音，噗，噗，噗，噗，噗，那几乎是世界上最美妙的音乐，可是我，英雄无宝剑，满怀伤感，我缓缓停下脚步，缓缓掉转头，缓缓走回家里。

按了门铃，来给我开门的是宋姨，她的眼光在我脸上停了一会儿，又移开了，她没有说话，我也不想和她说话，从我第一次看到她起，我就不喜欢和她说话了，我记得那时茅主席还是茅副县长，宋丽春也还没有叫作宋姨，茅主席打电话把我召到他的办公室，强烈谴责我不务正业，匪夷所思，堂堂一个中学老师居然口袋里揣着一把弹弓，把荆江路那一排路灯全打烂了。茅主席咆哮得整个脸都扭歪了，宋丽春一边给他端茶一边帮腔。好了，过去的事就不说了。我走进客厅，茅少红从她的房间冒出来，像审讯犯人一样问我，你怎么一个人回来了？不是老爸带你去走路吗？我说，他走他的正道，我走我的邪路。茅少红说，咦，你怎么这样用词？我说，我又不是作家。我说着昂头直往楼上走去。

走进我的房间，我忽然想起来，这不是我的房间，我的房间原来在隔壁靠阳台的那一间，我猛地冲进我原来的房间，里面空空荡荡的除了地板什么也没有，这时我想起来了，我原来那把弹弓就藏在我衣柜的下层。但是现在，衣柜没有了，什么都没有了。我失望地走出这个空房间，茅少红正从楼梯走上来，我就问她，你把我原来房间的东西都弄到哪里去了？茅少红说，都扔了，老爸找个大师来看过，你穿过用过的全都得扔了。我说，扔了，就行了吗？茅少红说，少峰，你要振作精神，忘掉过去，重新开始新生活。我扑哧笑了一声，说你真好玩。茅少红很严肃地说，我跟你说正经的，茅少峰，你知不知道老爸为你的事都操碎了心，现在他都退休了，你就不能好好听话好好过日子吗？我说，好，好。

茅主席背着手走了一段路，同时发表了一段重要讲话，感觉后面没反应，扭过头来这才发现我已经不见了，他走回家后并没有发火，必须承认，他现在不像以前那样火暴了。我看见他在餐桌前坐下来，满脸的倦色，厚厚的眼袋下有几个老人斑，眼光瞟了我一下，然后便低下头来，然后又抬起头来说，少峰，我以前一直忙于工作，和你沟通交流太少，现在我也退休了，我想我们应该多交流，吃饭吧，吃完饭我们好好谈一谈。我说，不用这么正式吧，我们随时可以谈。茅主席说，那当然，随时可以谈，希望我们父子俩经常交流交心，这样就不会出现以前的误会了。我说，好吧，我先说两句，不，一句，把我以前的笔记本和手机还给我。茅主席说，这个，不瞒你说，我把它们都销毁了，过一段我给你重新买过新的吧。我说，销毁？好好的能用为什么要销毁啊？这时茅少红走上来插话说，大师说的，把旧的东西全扔掉，这也是为你好。我说，是不是淋上鸡血，然后放火烧掉了？茅主席说，医生交代这一段先不要给你用电脑手机，你主要的任务还是调节好情绪和心态，加强锻炼身体。我说，奇怪了，医生凭什么剥夺我使用电脑手机的权利？茅主席说，不是剥夺，这是为你好。我说，说得很动听嘛，这就比如你们自称人民公仆一样。茅少红尖声喝了一声，少峰，不准这么跟老爸说话！茅主席摆了摆手，说没事，让少峰说，我相信他会理解我的苦心。说实在的，我真不能理解茅主席的苦心，所以那次我实名向纪委和市委举报了他，然后他亲自把我送到精神病院里，现在我出来了，他也退休了，其实我一点也不想为难他，只是希望他也不要为难我，可是这一切怎么就这么难呢？

这是一个很无趣的晚餐。茅主席饭后打开了电视，希望我和他一起看看电视，我拒绝了，我说我在小区饭后百步走一下，这样才有益于健康。应该说，这个小区绿化得很好。我走到花坛前，花花草草在夜色下很辛苦地妩媚着，茶花，茶花，我就认得一种茶花，突然我的眼睛一亮，大步走过去，就抓住一根茶花的树枝，咔嚓，把它折断下来，这段分杈的Y字形的树枝，做个弹弓多好啊！有两个人走了过来，其中一个问我，你为什么破坏绿化？我说，做个弹弓啊。另一个说，这是公共财物，不是你家花盆，你不懂吗？你怎么一点公德心都没有？我愣了一下，我真不懂他的话了，难道我做个弹弓也不行吗？茅主席和茅少红严禁我玩弹弓，现在连外面的人也不准我玩，这世道到底是怎么啦？一个戴红袖箍的人走过来，一把抓住我的手，我手上拿着的树枝就被高高举起来了，在空中摇晃着，这得多高的一个人才瞄得准啊。戴红袖箍的人说，你是哪的，罚款！你看见牌子没，破坏绿化，罚款三百！我从他手里挣脱出来，说我做个弹弓，关你什么事啊？红袖箍说，我是物业的，我当然要管啊。我说，你管我做弹弓啊？红袖箍说，我管你破坏绿化！我说，我做弹弓跟你绿化没关系。红袖箍说，你这明明就是破坏绿化，你知不知道这株茶花种了多久？你知不知道……围观的人层层叠叠多了几层，茅主席和茅少红突然从自动闪开的人缝中走进来，茅少红向红袖箍说着什么，茅主席抢过我手里的树枝扔在地上，拽起我的手，埋头往家里走去。我懵懵懂懂像一只迷茫的羊羔被牵回到家里，茅主席松开我的手时，我听到了他心碎的声音。茅主席说，你今天刚刚回来，就给我闹这么大动静，难道你在医院里的药都白吃了吗？你能不能给我省点心？我说，我又没怎么，我只是觉得那枝丫很合适做弹弓……茅主席挥起手大声咆哮说，你真是中了弹弓邪了，难道你是弹弓魔投胎转世的吗？你就知道一个弹弓，你都多大了？像你这把年纪，人家都当父亲，都提拔到副科级正科级了，你真是着魔了，你在医院待了一年白待了！茅少红说，你看你看，把老爸气成什么样？宋姨也来了，说少峰，你这样真不应该。我不大明白他们为什么对我这么痛心疾首，我只不过喜欢玩玩弹弓，法律又没规定成年人就不准玩弹弓，为什么他们一直以来对我玩弹弓横加指责和干涉呢？我想起来了，就我妈没对我说过重话，她说少峰，你这么大了还玩弹弓，会有人做你女朋友吗？她微笑里带着一种无奈。但是她死了，大家都说她是被我气死的，因为我说我不找女朋友，我不结婚，我要举报茅主席，然后她就被我气死了，我无法确定其中的逻辑关系，但是她的死，我真的很悲痛。好吧，你们所有人都来骂我，我就低头思念一会儿我妈。茅主席说，少峰你真是太不懂事了，当初你实名举报我，搞得我要多狼狈有多狼狈，全马铺谁不知道茅主席家出了个怪胎？本以为送你到医院，你会变好，你、你、你……茅主席的那只左手对准我抖动着，抖动着，然后就不抖了，他用两只手掩住脸，发出一声冗长的叹息。茅少红说，茅少峰，我们把你从精神病院接回家，你可别把我们逼成精神病。我眯了一下右眼，又眯了一下左眼，我看到茅少红变形的脸，像被石子击中一样绽开。宋姨给茅主席端了一杯水，他推开了，再端给茅少红，她也推开了，她怎么就不端给我呢？我咽了咽口水，说好吧，我以后不破坏公物不做弹弓了。茅少红走到我面前，说问题的要害是弹弓，为什么你就迷这个弹弓？让你的弹弓见鬼去吧。我说，好吧，见鬼去吧。

这回家的第一个晚上原来这般乏味，它就是过去许多日子的翻版，我躺在床上，不知多久便睡去了，然后我在睡梦里听到有人吱吱咕咕叽叽喳喳地说话，好像两个人在密谋什么一样，那声音像破布一样缠绕着我，然后我就醒了，天也亮了，我听到房间外面一阵窸窸窣窣的响动，像是老鼠大宴宾客，众鼠满座，推杯换盏，我悄悄拉开门的一缝，看见茅主席和茅少红陪同一个穿道士服持桃木剑的家伙在廊道上做法，莫非这就是传说中的大师？只见那大师嘴里念念叨叨，叨叨唠唠，手里的桃木剑高高举起来，像是蛋痛地叉开腿跳着，往上跳两下，又跨着步往左跳一下，往右跳一下，这些姿势就像电影上的僵尸一样，好玩有趣得很。我猛地拉开门，伸出左手比起一个V字，右手做着一个拉紧皮筋的动作，眯起左眼，嘴里喊了一声“叭啦”，右手一拉一放，那想象中的弹弓就把石子射出去了。叭啦，我真实地听到一个声音。我本来只想开个玩笑，但是令人不明白的事情发生了，那穿道士服的大师应声倒地，整个人直挺挺地倒在了地上。

老陈醋

1

还是和往常一样，三个老男人背对背坐着。这只石桌原来有四条石凳的，不知何时一条石凳不翼而飞，在地面上留下一块比较深的凹槽，也不知被谁有意地踩成一只脚掌的模样，越踩越深，也就越像一只阔大的脚印，大家调侃它叫作“仙脚迹”。这是溪边新村越来越逼仄的绿地上的最后一只石桌。三个老男人各坐一条石凳，各朝一个方向，陈大惠打坐式的闭目养神，姚天成驼着身子，用两只手撑着下巴发呆，郑海根则时常变换姿势，东张西望，一会儿掏出手机按几下，一会儿用手揉起脖子，轻轻甩着脑袋。

这是一个寻常的傍晚时分，水尖山上的日头还未落下，从溪面上吹过来的风似乎有点黏糊糊的。谁家的狗从大家面前走过，这时，三个老男人的坐姿慢慢调整成同一方向，三双混浊的眼睛一起看着那条从街上拐弯进来的甬道。

甬道上走来一个老女人，一身肥肉姹紫嫣红地颤动着。三个老男人的眼光不敢在她摇摇欲坠的胸前逗留太久，便转到了她的手上，她的手上握着一瓶什么东西，待她走近过来，大家发现那是一瓶老陈醋。

卢爱兰提起手上的老陈醋对三个老男人说：“醋又涨价了一角，连一只薄膜袋也不肯给，说要收五分钱，还说是政府规定的。”

陈大惠用一种很政府的语气缓缓地说：“政府是有限塑令的。”陈大惠早年当过马铺县副县长，在政协副主席任上享受正处级待遇退休，所以他的语调虽然平缓，但拖着有力的尾巴，还带着领导讲话的遗风。

姚天成皱着眉头说："你怎么爱吃醋？我闻到这醋味就想起以前我们厂子里的橡胶味。"姚天成一边说着一边起身走到卢爱兰面前，弯下腰看了看那老陈醋的商标，当然还顺便看了一下卢爱兰手腕上那支据说价值不菲的玉镯。

"以前都不用钱的。"卢爱兰说，"吃醋好，电视上都说有益健康。"

郑海根左手拿着手机，右手的一根手指头在屏幕上按一下又按一下，说："爱兰，刚收到一条短信，我念给你听听：有个患者到医院看病，医生问：你哪里不舒服？患者答：我昨晚做了个梦，梦见有一头牛在吃草。医生说：这很正常，每个人都会做梦，梦境和现实是不一样的。但是这个患者突然很紧张地说：可是，可是我起床时发现我床上的草席被啃掉了一半。"

卢爱兰愣愣的没反应。

"你不觉得很幽默吗？"郑海根说着，手指头又在屏幕上按了几下，"我再念一条给你听听。一间女浴室突然起火，很多女人赤身裸体就往外跑，一个老人说，'快捂住'，众裸女醒悟过来，便一手捂着胸，一手捂着下面，老人说，'捂脸就行了，下面都一样！'"

卢爱兰咯咯笑了两声，说："黄段子。"

郑海根说："这一点不黄，这可是很有哲理的。"

陈大惠别过脸去，说："无聊，空虚，低级趣味。"

姚天成打着哈欠，用手拍着张大的嘴巴，显得瓮声瓮气地说："我回家做饭了，不陪你们了。"但是说完了还在原地杵着，并没有走的意思。

"爱兰，我再念一条给你听，"郑海根低头看一眼手机，便背诵一样地说，"人生如赛场，上半场按学历、权力、职位、业绩、薪金，比上升；下半场按血压、血脂、血糖、尿酸、胆固醇，比下降。什么是成功的男人？ 3岁，不尿裤子，5岁，自己吃饭，20岁，有性生活，30岁，有钱，40岁，有钱，50岁，有钱，60岁，能有性生活，70岁，能自己吃饭，80岁，能不尿裤子……"

“我没空听了，”卢爱兰说，“郑海根，你的段子怎么这么多？我手机上最多只有推销短信，我从来都不看。”

陈大惠扭头瞪了郑海根一眼，偏起脖子说:“无聊，空虚，低级趣味。”

卢爱兰冲着陈大惠说：“陈副县长，你不喜欢呀？我觉得有的说得很好。”卢爱兰在陈大惠当副县长时便认识了他，所以一直这么称呼他，改不了口，陈大惠有时会不悦，纠正她说，退休了就不要叫官职，我是正处级退休的，不是副县长。这时卢爱兰身上突然响起高亢的歌声：我在仰望，月亮之上，有多少梦想，在自由地飞翔……原来是从她绑在手腕上的小布袋里发出的手机铃声，她赶忙把手上的那瓶老陈醋搁在石桌上，伸手解开小布袋的扣子，掏出手机捂到耳朵上喂了一声，发现没摁键，拿到眼前摁了一下，又喂了一声，可是对方已经挂了。

“人生就像打电话，不是你先挂就是我先挂。”郑海根说。

卢爱兰心想可能就是儿子的电话，她也不会查看号码，就把手机放回小布袋里，这时，只听到砰的一声，那瓶搁在石桌上的老陈醋倒下来破碎了，玻璃碎片和黑醋摊了半个桌面，空气中立即散发出一股酸酸的醋味。

姚天成吸了一下鼻子，说：“不是我弄倒的。”

陈大惠法官似的铁面无私，突起的喉结艰难地上下蠕动着，说:“谁弄倒谁赔。”

郑海根把手机收回裤子口袋里，说:“算我弄倒的吧，我赔。”

“哎呀，一瓶老陈醋，又不值多少钱，算了算了，都是老厝边，赔什么赔？”卢爱兰说，“最近又涨价了，什么都涨，就退休金没涨，咦，这好好的怎么倒了？”她俯下身子去看老陈醋的倒碎现场，桌面上醋水横溢，瓶子碎片闪闪发亮，她的鼻子不停地抖动着，哈——啾，一个大喷嚏猛地打出来，像台风一样吹动了石桌上的瓶子碎片。

“我赔，我赔，多少钱？十块够不够？”郑海根从口袋里摸出一张十元币，抓起卢爱兰的手，就往她的手里塞。

“哎呀，不要啦，”卢爱兰用劲地想把手抽回来，但是郑海根紧紧抓住不放，那张十元币已塞到了她的手里，他还是不放。

陈大惠突然走到两人中间，拉开两个人的手，说："话要说好，是你弄倒就是你弄倒，不能说'算是'，谁弄倒就谁赔。"

"谁知道谁弄倒的，就算是我弄倒的吧。"郑海根说。

"反正不是我啊，我是要回家做饭了。"姚天成说。

"不能'算是'，是你就是你，不能让其他人背黑锅。"陈大惠说。

"好吧，就是我，不就一瓶老陈醋吗？至于说得这么严重吗？"郑海根说。

"虽说一瓶老陈醋不值多少钱，但原则问题还是不能不说的。"陈大惠说。

卢爱兰把十元币丢在石桌上，说："好了，好了，我明天再买一瓶就是了。"说着转过沉重的身躯，往4号楼走去。她和小儿子一家住在那里。

郑海根把眼光从卢爱兰身上收回来，从石桌上捡起那张十元币，故意在陈大惠面前弹了一下，然后放进口袋里。

"谁弄倒谁要赔，不敢承认，这算什么？"陈大惠说。

姚天成抬起头说："我要回去做饭了。"他背着手朝2号楼走去，他也是和小儿子一家住在那里。

"谁弄倒的？你看到了吗？"郑海根眯着眼盯着陈大惠，眼缝里射出一道冷光。

"你、你刚才不是自己承认了吗？"陈大惠也提高了声音说。

郑海根哈哈笑了起来，说："我那是为了安慰爱兰的，我说'算是'，你不也反对吗？"

陈大惠看着郑海根的嘴像是一个黑洞，从那黑洞冒出的笑声听起来那么刺耳，他还是没有发作，又说了一句："无聊，空虚，低级趣味。"然后转身走了。他向1号楼走去，他和老婆两个人住在那里。

这时，日头落山了，空气中飘荡着一层若有若无的暮色。大家都走了，剩下郑海根一个人待在石桌边，就显得形单影只，石桌上散发的醋味越发浓烈。

2

溪边新村是20世纪80年代末马铺县建造的第一座干部宿舍楼，一共有4幢楼，像火柴盒一样方方正正，都是三层高，开间从40平米到90平方米不等。这里没围墙，没大门，四通八达，所有人像风一样可以自由穿行。当时住在这里的都是马铺县副处级以上的干部，正科级干部只有个别几个。那时，陈大惠刚刚当上副县长，所以他在这里分到了最大的一套90平方米的房子。二十几年过去了，除了陈大惠，第一批住户全都离开这里，乔迁了新居，空下的房子要么转卖，要么出租。现在的住户里，陈大惠是唯一一个根正苗红的原始业主，其他都是后来陆陆续续买的二手房甚至三手房搬来的，有的是向二房东租来的，比如姚天成、卢爱兰就是十年前随儿子买了二手房搬来的，而郑海根则是近几年独自来这里租住的，他前两年租的是一间50平方米的房，后来改租另一间40平米的。这里更多的租户是乡下进城的农民夫妻，大多四十几岁，带一两个孩子，做泥水工，卖菜、卖卤料，踩三轮车等，原来马铺最风光的高官大院早已沦为民工小区。陈大惠早些年也曾想在马铺新城区再买一套房子。他以正处级待遇退休之后，退休金从三千涨到现在的六千多，可是马铺县里较好的商品房也涨到一平方米六千多，他就此断了买房的念头，新房又能住几年呢，这里住了二十多年也住出了感情，他想起原来一起住在这里的36个处级干部和3个正科级干部，对了，最辉煌时这里住着掌控马铺大权的40个干部，但是那些陆续迁出的39人，似乎都不大顺利，有的是本人坐牢，有的是子女出事了，还有的猝死，有的则病倒床上几年下不了床，只有他一家平平常常也平平安安的，他想，这里的风水不错。这么一想，他内心也就平静了。

这里的老人不多，腿脚方便的经常出来走动的也就那么五六个，这里原来有块绿地，摆了几只石桌石凳，这几年不断被侵占和蚕食，也就剩下了一只石桌，当然要走远点，可以走到桥那边的江滨公园去，那里基本上是个老人公园，但是陈大惠就习惯在楼下走一走，然后在石凳上坐会儿，这几年渐渐就形成了一个松散形的四人帮，陈大惠、卢爱兰、姚天成、郑海根，都是1943年出生的人。卢爱兰是马铺粮食局普通科员退休，姚天成是国营糖厂改制后干过一段民企，然后退休的，他们都是丧偶之后跟儿子一起过的，只有郑海根来路野一点，据他自己说他早年是某公社干部，后来调到马铺县农机局，20世纪90年代初他辞掉公职下海经商，生意做到了成都、重庆一带，他有一阵子还曾经夸过海口说，他有三个老婆，第三个老婆比他还小二十岁，但他不要她了，把她丢在重庆，独自跑回马铺养老。要不是因为退休了，又住在这里，陈大惠断然不会跟他们同坐一只石桌的，大家彼此之间似乎没什么可以交流的，就说一些闲话，或自言自语说一些废话，郑海根时常要掏出手机念短信给大家听，他很不喜欢，但有一次郑海根念了一条短信，他听了之后还是有所触动的，那条短信大意是："20岁家乡他乡一个样，30岁白天晚上一个样，40岁学历有无一个样，50岁老婆多少一个样，60岁官大官小一个样，70岁房大房小一个样，80岁钱多钱少一个样，90岁男人女人一个样，100岁醒着睡着一个样。"正是这"一个样"，他宽容地想通了很多。

但是昨天傍晚，郑海根弄倒卢爱兰的一瓶老陈醋，说要赔又不赔的，这事让陈大惠很不悦，半夜里他醒来后竟然又想起此事，想了好久没入睡，他决定一早到卢爱兰家里和她说一说，让她对郑海根留个心眼，别上了他的当，因为他看得出来，郑海根对卢爱兰有那么一种意思，赔个十块钱就把人家的手紧握着不放，那会儿他看得心里都有些生气，联想起郑海根平常喜欢在卢爱兰面前念一些黄段子，他想他不能不站出来说话了。

陈大惠出了门下楼，他家就在二楼，走到通道上，住一楼的那个大个子正踩着三轮车要上街，陈大惠不知道他的名字，他倒是热情地招呼："阿伯，你到哪儿？我载你。"陈大惠摆了一下手，径直往4号楼走去。

卢爱兰家在一楼右手第一间，陈大惠虽然没到过，但他是知道的，他还知道她小儿子夫妻俩在荆西市场那边开一间早点店，卖稀饭馒头包子什么的，据说每天凌晨4点就去开店了。

陈大惠抬头看了看天，日头已经升起来了，有背书包的中学生从楼道推出自行车，骑上车去上学了。走到卢爱兰家门前，他回头看了看，还好，没任何人向这里来，他正抬起手要敲门，铁门里面的木门却突然打开了，露出卢爱兰的半张脸，显得有些意外。

“是你啊，早……”卢爱兰说着打开木门，又往外推开铁门。

“是我，呵呵……”陈大惠表情似乎有些不自在，往后退了一步。

卢爱兰往外推开铁门，只听到砰的一声，玻璃瓶打碎的声音，随之飘起一股醋味，原来是搁在地上的一瓶老陈醋被碰翻了。顿时，四目相对，不胜惊讶。

谁在地上放了一瓶老陈醋？一定是昨天傍晚弄倒的那个人悄悄拿来赔偿的，那一定是郑海根了……

“哎呀，这是谁？真是的。”卢爱兰转身从门后拿出扫把和粪斗，把玻璃碎片扫到粪斗里，空气里的醋味却是扫不掉的。

“爱兰，这不是我碰倒的吧？”陈大惠说。

“可能不是吧？哎呀，没事没事，进来坐。”卢爱兰一边把扫把粪斗靠墙放好，一边开门迎客。

陈大惠一脚跨进了门，另一脚还在门外，他停住了，对卢爱兰说：“话要说清楚，如果是我碰倒的，我就要赔你。”

“就一瓶老陈醋，别认真了，再说我还不知道是谁放在门口的……”卢爱兰说。

“放在你门口，你说除了郑海根能有谁？昨天不是他弄倒的吗？他开头承认，后面又不承认了，也许他是夜里觉得心内不安，一大早买来一瓶赔你的。”陈大惠说。

“就一瓶老陈醋嘛……”

“哎，表面上是一瓶老陈醋，实质上它不仅仅是一瓶老陈醋。”陈大惠说着双脚跨进门里，等卢爱兰把两重门关上，接着说，“爱兰，我一早来是想告诉你说，郑海根这个人你要留心点，你看他昨天不承认，一大早又偷偷这么干……”

“陈副县长，这个，我知道了，我觉得他这人还不错，比较风趣，不死板……”

“爱兰，你不了解他的过去吧，你可别被他的表面现象所迷惑了啊。”

“陈副县长，你这话什么、什么意思呀……”

“我是为你好。”

“我真是不明白了，我真是糊涂了。”

陈大惠轻轻叹了一声，表情凝重地说：“好了，我也不多说。这样吧，刚才那瓶老陈醋算是我碰倒的，我等会去买一瓶来赔你。”

“别别别，赔什么赔，说起来见笑。”卢爱兰说。

“我说要赔就要赔，我不能占人便宜，你可能不知道吧，我以前当副县长、副主席，也从来不占人便宜，我现在退休享受待遇好，一个月退休金六千多，看病医疗全报销，这我是一定要赔你的。”陈大惠说。

“哎呀，见笑啦，陈副县长，别说这事好不好？我从明天起戒醋了。”卢爱兰说。

3

陈大惠到街上杂货店买了一瓶老陈醋，敲开卢爱兰的门，就把老陈醋递给她，卢爱兰坚决不收，甚至把门关上了。陈大惠只好把老陈醋装到夹克衫口袋里，悻悻地走回家吃早饭。

这天下午，石桌边只有陈大惠和姚天成两个人，卢爱兰没有来，郑海根也没有来，一般说来，大家午睡起床，三点左右就陆续走出家门，到石桌边会合，在“仙脚迹”旁边神仙般闲扯，或者各自发呆。但是今天，直到五点了，天色由蓝转灰，郑海根和卢爱兰连影子都没有出现。平常谁偶尔缺席也是正常的，可能身体不适，或家里有事，但今天他们两个都没来，陈大惠觉得似乎有些不正常，不过他也没和姚天成提起，姚天成是个不爱说话的人，有问才有答，他可以一下午坐得像瓮子一样一言不发。

陈大惠想，他们今天是不会来了。他似乎有些无聊，不知第几次又问姚天成一个月退休金有多少。姚天成愣了一下，缓缓开口说："谁知道国营厂也会倒呢？我现在一个月从社保领到手才一千多元，住院医药费可以报销百分六三十。"

"一千多元，吃饭也是够了。"陈大惠说。

"是呀，饿不死。"姚天成说。

"我是享受的待遇比较好，一个月六千多元，医药费全报销，卢爱兰是二千五左右，医药费报销一半。"陈大惠淡淡地说，语气里分明带着一种优越感。

"差别太大了啊，"姚天成叹了一声，立即转口说，"不过，相比有的人一分钱也没有，我也知足了。听郑海根说，他就一分退休金也没有。"

"他辞职下海，自己捞世界去了，当然没有退休金了。"不知为什么，说到郑海根，陈大惠的声音突然显得有些尖厉起来，"他不安心好好上班，还想有什么退休金啊？"

"不过，我听说他存折上有不少钱，也不愁有没有退休金。"姚天成说。

"你听他乱说，他能有多少存款？他要是有很多钱，他还用得着来我们这里租房子住吗？"陈大惠说，"他早就自己买房子了。"

姚天成愣愣的不再吱声了。

第二天下午，石桌边还是只有陈大惠和姚天成两个人，陈大惠忍不住说了一句，他们怎么了？姚天成说，听说卢爱兰生病了，郑海根则不知去向。陈大惠心里咚地响了一声，心想卢爱兰生什么病？要不要去看望她一下？算了，大家虽然在这里一起住了十来年，这几年常常聚在石桌边，但在人情世事方面基本上没有往来，年节不拜访，生病也不看望，没有先例嘛。其实，陈大惠在内心里还是觉得，他们不配，你想他们原来不过是普通干部、普通工人，甚至无公职人员，自己的地位比较高，每个月退休金六千多元，医药费全部报销，大家说到底不在一个层面，不在一个阶层。

陈大惠和姚天成没什么话说，两人各自发呆了一会儿，前后脚起身走回了家。晚上吃饭时，陈大惠突然想，郑海根是独自居住，会不会猝死在房间里没人发觉？这种事情报纸上、电视上都报道过几次，马铺本地也曾发生过的，一个独居的老太太死了半个月才被楼下的邻居发现。他一下变得心事重重，吃不下饭，心里有个声音说去郑海根那里敲门看一看，另一个声音随即反对说算了算了，别去。他到底还是没去，电视遥控器摁了十几下，觉得没什么好看的，准备早点睡觉，先脱下长裤，再脱下夹克衫，一把搁在凳子上，那夹克衫没放好，滑落到地上，只听到沉闷地砰地响了一声，他猜不出什么摔破了，但是随即闻到一股醋味，这才想起，那天早上从卢爱兰家回来，他就一直把那瓶老陈醋揣在夹克衫口袋里，他居然忘记了，就这么揣了整整两天。

在外面闻声走进来的老婆吸了几下鼻子，疑惑地说："怎么了？哪来的醋瓶子？"

陈大惠从地上捡起那件夹克衫，醋水直往下滴落。

"你口袋里怎么有一瓶醋？怪了。"

"我买的，忘记了。"

老婆嘀咕着，提着滴醋的夹克衫出去了。陈大惠坐在床头愣了好一会儿，这天夜里，他做了一个梦，郑海根真的死在了家里，无人知晓。他醒来后，心跳加速跳了几下，他想，无论如何，要去看一下。

陈大惠知道郑海根住在 3 号楼的一楼，具体哪一间就不清楚了，他穿过甬道走到 3 号楼前，这一层只有五户人家，要找出郑海根家并不难。有早出的人从家里出来，砰地关上门，手上提着饭盒，低着头从陈大惠身边匆匆走过。这时，陈大惠看到又有一户人家的门打开了，探出半个身子，又返身掩上门。他一看不由得惊呆了，那人正是卢爱兰，心里一慌，连忙就往旁边有人乱搭盖的铁皮屋躲避。卢爱兰走出来之后，低着头从另一个方向走回 4 号楼的家。陈大惠认定那是郑海根的家，卢爱兰一大早从那里面出来，这说明了什么啊？不知为什么，心里突然一阵绞痛，陈大惠抚着胸口后退了两步，干脆就掉头往回走了。

回到家里坐在餐桌前，老婆打来了一碗稀饭，陈大惠愣愣的像丢了魂一样，老婆问他怎么了，他说没事，过会儿才说，胸口有点闷。老婆说是不是血压高了？赶紧拿来血压计，量了一下，挺正常的。吃过早饭，老婆拿来一粒救心丹，陈大惠不吃，他说没事，有事没事我自己明白。

其实陈大惠自己也不大明白怎么会这样，整天病恹恹似的无精打采，胸口好像堵着一团什么东西，气喘不顺。这天下午，他就没有出门了，坐在电视机前看了一会儿，又戴上老花镜翻了翻报纸，随即丢到了一边。

这个晚上，陈大惠整夜做梦，梦里先是闪过无数张怪异的、熟悉的、陌生的脸，各种莫明其妙的声音混杂在一起，后面渐渐清晰的是卢爱兰、郑海根的脸，不是他们现在的模样，而是他们年轻二十岁的面庞和身材，卢爱兰居然一脚踩着“仙脚迹”，伴随着郑海根吹出的口哨，一下一下地扭着屁股。醒来之后，陈大惠还是胸闷，决定到马铺医院干部门诊去看一下医生。

这天早上，陈大惠只吃了半碗稀饭，胸口似乎堵得更厉害了。出门下楼，走在新村的甬道上，他发现今天天阴阴的，好像一块肮脏的抹布。从石桌边走过，他还是停下来在石凳上坐了下来。这时，前面街道上跑来一辆三轮车，慢慢地靠边停住，郑海根从车上走了下来，他手上提着一只老式的旅行袋子，勾着头，一直往陈大惠这边走过来。陈大惠心想，他这么早从哪里回来？郑海根越走越近了，他抬起头看到了陈大惠，嘴咧了一下，算是招呼吧，表情显得很僵硬。他整个人看起来灰头土脸，神情疲惫，

“你从哪里回来？”陈大惠忍不住问道。

郑海根站住，似乎想了想才说：“我从外地坐火车到漳州，又换中巴回来。前几天一大早出的门，不瞒你说，是我和前妻的女儿出嫁，我

去看她一下。”

陈大惠哦了一声。

“这几天都没睡好，我要回去补补觉。”郑海根说着，就向前走去。

“哎，你住 3 号楼啊？”陈大惠又忍不住问道。

“我住 203，怎么了？”郑海根回过头说。

“哦，没事，随便问问。”陈大惠说，他心里可以确定了，昨天早上卢爱兰出来的那个门不是郑海根家，这几天他压根就不在家，那瓶老陈醋恐怕也不是他搁在卢家兰家门前的。这么一想，他呼吸一下变得顺畅了，胸口一点也不感觉堵了。他坐了一会儿，起身往江滨公园走去。他没有上干部门诊，因为没有必要了，胸口真的一点也不堵了。

葬礼上遇到的人

1

三轮车嘎吱嘎吱地叫着，这瘪气的橡皮轮下的巷道越拉越长，像老电影的胶片一样拉出一段幽暗阴晦的慢镜头。我的目光从路面上抬起来，巷子两边的老房子高低起伏，青墙红瓦，墙头有若干丛野草摇摆着，散发出一股久远的隐秘的气息，间或一两幢墙面新贴了瓷砖的，反而像贴了一块狗皮膏药一样显眼和恶俗。

三轮车嘎地停住，前面巷道里突然涌出一阵响器的声音，像溃堤的水一样稀里哗啦地漫过来。

到了，就在前面，不好掉头。三轮车夫说。

我下了车，给了车夫 5 块钱，这是事先说好的价格，车夫似乎还很有教养地说了一声谢谢。我什么也没说，就迎着响器的声音往小巷深处走去。

那锣鼓、唢呐、铙钹混响的声音猛烈、急促，暴风骤雨似的奏出一个高潮，便缓缓地回落，化作春雨滴滴答答的绵绵不尽。在这些响器的声音里，我听不到任何的悲伤，我的心却是迅速地滑落到悲伤的泥潭里，越陷越深，那些往日的旧时光像一个个气泡从心底里冒出来。

前面就是响器班，还有一些看不出身份的人，他们有的坐在长凳上，有的坐在塑料椅上，更多的人走动着，在人群中一边穿行一边大声说着什么，那是小巷里较为空旷的一块空地，但是办丧事的人们和物件把巷道挤占得满满当当。没有人注意到我的出现，至少我感觉有几道目光投射过来都是冷漠的。我看到墙上贴着一张白纸，拙劣的毛笔字写着“曲府治丧”，下面还有几行小字看不清，墙角靠着三把花圈，软塌塌地直往下坠。响器淅淅沥沥地打住了，突然一个尖锐的哭声拉长着往高音飙去，两个穿着戏服的女子踮着碎步，从两侧亮相而出，抖着水袖向面前架在两张板凳上的铁棺材扑去，单膝跪地，一边抚着铁棺材做捶打状，一边咿咿呀呀地唱着哭调。我知道这就是哭丧，那两个浓妆艳抹的女子呼天喊地，声泪俱下，我一点也听不懂她们所唱的词，她们的哭丧带有很明显的表演成分，说到底，这是给人看的，而且要赚人的钱，不过她们还是很敬业的，哭得脸都变形了，泪水把脸上的脂粉冲刷得五彩斑斓乱七八糟。我看到那铁棺材前有一张八仙桌，桌上立着一个带黑布的相框，相框里的彩照正是我久违二十多年的曲洪康，但他分明又不是过去的那个曲洪康，此时，在哭丧女子的哭腔里，我耳边响起二十几年前曲洪康咆哮般的哭号，在那个人心惶惶的时节，我们站在文科楼的屋顶上，夜幕像一张网笼罩着我们，他冲着苍穹发出那声长号之后，整个校区、整座城市乃至整个世界，越发安静地沉寂下来了，只是我们各自的心里仍旧兵荒马乱，不可收拾。

那两个哭丧的女子余音袅袅地结束了，从袖口里抽出毛巾，小心翼翼地擦着脸。终于有个中年人走到我面前，细眼睛、厚嘴唇，从神形上看，和曲洪康有几点相似，他用本地话问我，我听不懂但猜得出意思，我说，我是洪康的大学同学，来送送他。他哦了一声，立即伸出双手握住我的一只手，用普通话说，你从福州来的吧？辛苦了，我是洪康他堂兄，叫江康，来，这边坐，歇会儿。

江康把我拉到一张方桌前的板凳上坐下，桌上摊着记账的本子，看得出他是主事的人，我屁股在板凳上沾一下又抬起来，就拉开手提包掏出一个信封，放到桌上说，这是我的奠金，略表一点心意。江康坐了下来，也不多言语，当他抽出信封里的一沓红色百元钞票时，似乎怔了一下，接着便很专注地很熟练地点起钞票。我看着他的两根手指快速地点着钞票，看了一会儿，把眼光转向左侧的角落，那里垒了土灶，有人用大勺子从大锅里一下一下地舀出汤汤水水，高声地招呼着什么，几个人围拢了过去。

江康点数完毕，一共 89 张，他的手指像是僵在了空中。我隐约听说马铺习俗，奠金不论多少，所送的钞票张数一定要奇数。这 8900 元的奠金数额令江康很意外，也很感动似的，他连忙站起身，又握住我的手，说你真是太、太……洪康有你这样的同学，也真是难得，哎呀，你真是太、太……他边说边把我的手攥得紧紧的。

我抽出手来，用手势示意他不要客气，然后向他询问洪康这些年来的基本概况，江康笼统而简要地解答了几句。有人端着大碗，一边呼呼地吃着面，一边走过来请我们。江康说，我给你弄一碗卤面。我说，等会，我想先看一看曲洪康，顺便再看一下她母亲。江康望了一眼那铁棺材，说还在屋里呢，择时是两点半出殡，到时殡仪馆的车会来。他似乎是犹豫了一下，接着点点头，带着我往老厝里走去。

这是一座两进两厢房的老厝，两进中间有一个小小的天井，江康走到天井时回头看了我一眼，那眼神十分复杂，我跟着他走上后进的石阶，那后进的中心应该是个主厅或主房，此时门板已经拆开了，对外敞开着一切，那里面有一张简易的木板床，床上躺着一个人——很难说是个成年人，几乎就是个少年儿童，穿着超大的裤子和西服，看起来就像是一个偶人，他的脸上蒙着一块白布。这就是曲洪康？我心里哆嗦了一下。

江康走到了床前，揭开曲洪康脸上的白布，我的眼睛只是一瞥，不敢直视，立即转移开了。那脸几乎就是一个骷髅。我的心怦怦地跳个不停。江康放下白布说，这肝癌晚期，把他折磨得不成个人样了。

我无法相信自己所看到的遗体就是曲洪康，我恍然觉得这像是一个梦，是的，一个噩梦。我先于江康退了出来，站在天井里，抬起头往天空看了看，我感觉有一颗泪悬挂在眼眶边要落下来了，我低下头，眼泪应声落下，在我心里溅起一个巨大的响声。

江康也走了出来，指着厢房说，他母亲在这，生病好多年，这大半年都起不了床。

还没走进洪康母亲的屋子里，就有一股难闻的气味扑鼻而来。屋子里光线不大好，我看到床上模糊一团，和刚刚看到的曲洪康差不多，也像是一个骨瘦如柴的偶人，唯一不同的是，她的鼻孔微微在出气，喉咙里响着想要咳痰却咳不出的浊音。江康走近到她的床前，稍微低着头，用本地话大声地说着什么，大意应该是有个洪康的同学来看你了。她全然没有任何反应，我看到她两只眼睛糊满黄色分泌液，压根无法睁开。

江康扭头对我说，她就这样了。

我没说什么，从手提包里掏出事先准备好的另一个信封，递给江康说，我的一点心意，给老人家补贴一点家用。

江康伸出手来，又立即僵住了，两只手在胸前搓了几下，说这个这个，你太多礼了……你不知道，洪康原来是有个亲妹妹的，就在洪康毕业那年，莫名其妙地失踪了，至今生不见人死不见尸，洪康他母亲这几年生病，洪康也是照料不了的，都是我们几个堂兄妹在帮他照料，你看现在洪康也过世了，她一个孤老婆子，我只能替他担起养老送终这个担子。

我说，你辛苦了，说着把信封递到了他的手里。

江康接过了信封，连声地说，多谢多谢，你真是太、太有情义了。

我不知道说什么，微微咧了一下嘴。

江康说，来，到外面我弄碗卤面给你吃，中午就将就一下吧。

我便随他往外走。江康说，你是怎么知道洪康去世的消息呢？我们都没通知他外地的同学，其实也没联系方式，通知不了，我听洪康说过你，他说你们同班还同宿舍，一直走得比较近，你是怎么知道他去世的呢？

哦，他还说过什么吗？我问。

没说什么，你也知道，他不爱说话。江康说。

我们走出老厝，江康带着我往大灶那边走去，此时，不论坐着还是站着，所有人手里都端着一只碗，窸窸窣窣地吃着热气腾腾的面，吃声此起彼伏，形成一个多声部的交响。我看到那两个穿戏服的女子也手捧大碗，吃得欢快，还抬起眼睛和我对视了一下。江康弯腰从地上的箩筐里取了一只碗，走到一张圆桌前，用筷子夹了一团面到碗里，然后拿起勺子浇上卤汤。这就是闽南的卤面，我在厦门时吃过，我看到江康把满满一大碗卤面端过来时，只好拉出手提包的长带子，斜肩背起来，然后从江康手里接过一碗卤面和一双筷子。

我也是有些饿了，但我不敢像其他人那样放肆地吃得山响，卤汤比较烫嘴，我感觉舌头被烫了一下。此时，有个女人拿着一张塑料凳子走到我跟前，问道，你还认得我吗？

我舌头又被烫了一下，定睛看了看面前的女人，脑子里瞬间闪过许多面影和名字，闪过去之后便是一阵空白。

女人把塑料凳子放到地上，示意我坐下，看着我说，林桂娟，想起来没有？

我愣了一下，随即想了起来，原来是林桂娟，曲洪康的高中同学，也是我们师大同一年级但不同系的校友，当年她常常到我们宿舍找曲洪康，我们三个人一起到军区俱乐部看过内部电影，曲洪康也带我到过一次她们的女生宿舍。自从1989年大学毕业之后，我就再也没有看见过她，我只能说，时间真是很残酷，如果是在街上偶然相遇，她要是不说自己的姓名，我是怎么也认不出来的。

你坐吧，坐着吃。林桂娟指着塑料凳子说。

我没坐，但加快速度把碗里的卤面吃完了。江康走过来说，再吃一碗吧。他看见我和林桂娟面对面站着，疑惑地问我说，你们认识？

我说，嗯，老朋友，二十多年了。

江康哦了一声，拿过我手里的碗就往圆桌走去，我说，我不吃了，真的，我吃不下了。

你别客气啊，一碗哪会饱？江康说。

我现在吃不下。我说。

他不吃就算了，我等会带他到外面店里吃。林桂娟对江康说。

江康没再坚持，有人来找他，他就一边忙去了。吃饱了肚子的响器班各就各位，锣鼓唢呐又响起来了，那两个穿戏服的女子对着手上的小镜子，开始给自己补妆。所有人都忙碌起来，只有我，此时，突然感觉自己成了一个多余人。我在问自己，为什么一大早从福州赶到马铺这个小城来送别曲洪康？只是为了弥补自己二十多年来的愧疚吗？只是为了自己的内心今后免于不安吗？

响器班停歇下来，那两个哭丧的女子又粉墨登场了，她们扑在铁棺材（现在我知道那是个空棺材）上，做着各种仰天长啸、捶胸顿足的动作，哭喊声尖利而凄惨。

我转身走到了角落里，不知为什么，胃里一阵翻涌，我用手在肚子上揉搓几下，还是禁不住恶心，蹲在墙角往水沟里呕吐起来。那两个女子的哭丧声盖住了我的呕吐声。刚刚吃下的那碗卤面全部被我吐出来了。

你怎么啦？背后传来林桂娟的声音。

我连忙站起身，用手抹了一把嘴说，没事。

你不要紧吧？中暑还是中毒？林桂娟关切地问。

我摆摆手说，没事，没事，不要紧。

林桂娟走上前，伸出一只手准备搀扶我，但还没有具体实施，又把手收了回去，她说，我带你去休息会儿吧，你晚上总要住的，我带你去一个同事开的家庭旅馆，就在外面大街上。

我想了想说，好吧。

2

这是一间刚开业不久的家庭旅馆，装修得虽然有些俗气，但条件设施不错，我要了一个单间，比我想象的要大许多，临街的窗前还有一对沙发，方几上有整套的茶具。

林桂娟向老板要了两包铁观音上来，实际上我是不大喝茶的，一般喝白开水，林桂娟说，我来泡，便开始忙着取水、烧水、洗茶具。我把自己整个人安放在沙发里，徐徐呼了一口气。

你变化也不小，要是在街上见到，我也不敢认。在卫生间洗茶具的林桂娟说。

头都有点秃了，也是，奔五了。我说。

我毕业后就没回去过学校，我们有开同学会，我没去，你们有开吗？林桂娟说。

我们也有开，2004年开了一次，2009年又开了一次，我都没去。我说。

林桂娟端着洗好的茶具走出来，烧水壶里的水也烧开了，她把茶具冲烫一遍，开了一袋茶叶倒在茶壶里，冲入开水，倒出两杯茶，我伸手就要端起一杯，她说这是第一冲，洗茶的，不能喝。我等她第二冲泡出了两杯茶，才端起一杯喝到嘴里，也没喝出什么妙处，只觉得口渴了。

我差不多连喝了三杯，林桂娟才端起一杯，放到嘴唇边轻轻嘬了一口，发出轻微的吱的一声，然后又嘬一口。我知道闽南人喝茶都这样，他们嘲笑我这样喝茶是牛饮。

毕业这么多年，你都做了些什么？能不能介绍一下你的情况？林桂娟说，她抬起眼睛看着我，就像在课堂上老师提问学生一样。

好吧，我说。我说着把身子坐挺了一些，我听到自己的音调里拖着一声长长的叹息，我的叙述是寡淡无味的，我好像是在说一个与我毫不相干的人的经历，我眼前像是有一组黑白电影的镜头慢慢摇过去，墙上没有撕干净的标语，宿舍楼通道上贴满了各种紧急通知，有人在走廊上喝啤酒，然后把酒瓶子砸碎在地上……这些画面近年来时常出现在我的梦里。当然我不用跟林桂娟讲述这些，她也是同一时代的过来人，应该感同身受。我说，我毕业后，本想留校，未遂，分到了福州的一所中专学校，其实也算是相当好的分配，我当了6年的教师，这期间结婚生子，1996年我停薪留职下海了，到泉州做生意，开头与人合伙，后来自己单干，亏得一塌糊涂，2000年我就又回到了学校，上课上不了，就承包了学校的食堂，这回赚了，赚得挺好，但学校换了新校长之后，我的好日子就到头了，先是被举报，接着不久被移送司法处理，贪污罪，然后被判刑4年半，这期间离了婚，最后坐了3年半的牢，2009年9月出来的，现在做点小生意，聊以为生，就这样。

你的经历比较曲折，还真是一个有故事的人啊。林桂娟说。

说说你吧。我说。

我毕业后，分配回来马铺，先是在一个乡镇中学教了3年书，然后调到马铺一中，就一直教到现在，这前后都二十几年了，去年我儿子都考上大学了，老公现在在一个乡下当副乡长，就这样。林桂娟说。

我发现林桂娟最后模仿了我的用词和语气，我认真看了她一眼，然后非常认真地说，林桂娟，你当年和曲洪康是不是在谈恋爱？你能不能告诉我一些关于你们的情况？虽然事情过去了二十几年，但我这些年来不知为什么，总是想起读大学的那些往事。希望你能告诉我。

林桂娟低下头，低了好一会儿，她抬起头时泪花闪闪的，说曲洪康都死了，还说这些做什么？

正是因为他死了，有些话才可以敞开来说，不是因为他死了，我也不会来到马铺，也不会在葬礼上遇到你。我说。

其实、其实……那都是20世纪的事了，说起来非常遥远。林桂娟说。

时间是过去了许久，可是我总感觉就在眼前一样，历历在目。我说。

林桂娟又低下了头，起身往卫生间走去，砰地把门关上，我听到里面传出一阵轻微的啜泣声，那是用手堵住嘴巴从指缝间流出来的内心的恸哭。

我一时惶然，不知所措了。林桂娟从卫生间走出来，对我笑了一下，这笑有些刻意，也有些酸涩，可是我又能说些什么呢？

时间差不多了，我们过去送洪康最后一程。林桂娟说。

我默默地站起身。

3

旅馆出来不远的巷道口停着殡仪馆的车，我们赶紧往小巷里大步走去。那锣鼓、唢呐和铙钹奏出一个个高潮，持续不断地轰鸣着，所有人已经起立，列成了几个纵队。那铁棺材套上了棺罩和两根圆木担，我知道曲洪康已经在里面，这个惨遭病魔摧残的老同学，此时，我们的距离只有几步，却是阴阳两隔。我的眼泪失控地夺眶而出。

走在最前头的是一个怀抱遗像的二十出头的小伙子，曲洪康无妻无子，他只能是曲江康或其他堂兄弟的儿子，接着是一中年人执一纸旗幡，下来便是四个男子抓着圆木担，抬起了铁棺材，那两个哭丧的女子紧随其后，踮着碎步，载歌载舞似的，响器班继续着高潮迭起的吹吹打打，最后便是我们这些七零八落的送葬的人。林桂娟从斜刺里跑来，往我肩膀上搭了一块毛巾，这是马铺的习俗吧，我看见周围送葬的人肩上都搭着一块毛巾。

送葬的队伍缓缓走在小巷里，有人从后面跑上来，手里抓着两把被遗忘的花圈，嘴里嚷嚷着什么，跑到那缓缓移动的铁棺材边，把花圈压在铁棺材的棺罩上，抬铁棺材的几个男子不满地骂了几声，花圈上的纸花落了一地。

我和林桂娟几乎并排走着，我们都低着头，我无法揣测她此时的心情，实际上我也说不清自己此时心里在想什么，很多往事涌上心头，有曲洪康留在宿舍里的音容笑貌，还有他站在文科楼顶上的那一声长啸，现在，这一切，随着曲洪康即将化为一把灰，也能化为一股青烟飘散该多好。在我的前后有人边走边搭话，还有人停下来接手机。这个约莫二三十人的送葬队列越发零乱，倒是前面那两个哭丧的女子和响器班步调一致，有板有眼，维护着这个葬礼应有的仪式感和严肃感。

走出小巷，送葬队伍折成了几段，抬铁棺材的那四个男子大步走到殡仪馆专车的屁股后面，车后门已经洞开，他们从肩上卸下圆木担，铁棺材砰地被撂到地上，我不知道里面的曲洪康是否摔痛了，或许这是他人生中最后的一次痛了。有人拿下棺罩上面的花圈掼在地上，然后取下棺罩，两个男子用手抬起铁棺材，一头搁在车厢上，猛力往前一推，整个铁棺材就全部滑进了车厢。我看到曲江康等人上了车，然后车的两扇门合上了，车轰隆隆地开走。

我和林桂娟目送着，那车拐个弯就消失了。我和林桂娟收回眼光，相视一眼，无言以对。送葬队伍就地解散，那两个哭丧的女子眉开眼笑地说起什么，响器班也各自收起家伙，分头散开了。耳边失去了那些热闹的响声，整个场面就像墓地一样荒凉。

有人在我肩膀拍了一下，我扭头一看，是一个戴墨镜的男子，穿着很整齐，他摘下墨镜对我咧嘴笑了一下，但我还是想不起这个人。他年纪似乎比我小一点，保养良好，脸色红润。

记不得我啦？我可认得出你。那人说着又把墨镜戴上。

我差点就要叫出这个人的名字，但最后还是叫不出，摇了一下头。

我是方新斌。

当他吐出最后一个音节，我已经想起这个人了，他是曲洪康的高中同学，也是同年考上福州的大学，只不过他在另外一所学校，经常到我们宿舍来找曲洪康，有一次曲洪康不知去哪儿了，我还招待他在食堂吃过饭。他应该也是来送别曲洪康的，只是我一直没有注意到他，对了，他也是林桂娟的高中同学，有一次曲洪康请吃拌面，他和林桂娟都在场，我听着他们三个马铺老乡叽里呱啦说着鸟语，还当众表示了不满。

想起来了吧？方新斌一只手向我握过来，另一只手从口袋里掏出一张名片同时递到我手上。

是你。我没握他的手，只是接过他的名片。

有空联系我，名片上都有手机，老朋友了，有空好好聊，我现在还有事，我先走了。方新斌说着向我挥了一下手，也未等我的反应，便向街道对面停着的一辆红色轿车走去。

我看了一下名片，置顶的是“马铺县烟草专卖局局长”，下面还有一堆排得很拥挤的头衔：马铺县政协常委、马铺县商会常务副会长、马铺县书法家协会副主席、马铺县收藏家学会顾问、马铺县见义勇为基金会副理事长、马铺县游泳协会名誉会长、马铺县兰花学会副秘书长。再抬头看他，他已经钻进那辆红色车里，车向前开走了。

林桂娟不知从哪儿冒出来，突然出现在我面前。我说，这个方新斌你没看到吗？

别说他。林桂娟说。地上飘着花圈上散落下来的纸花和纸条，她看见一张纸条便踩了一脚上去，然后挪开了鞋子，我发现那印着鞋痕的纸条上有“新斌”两个字，这应该是方新斌所送的花圈上的纸条。我不明白她的意思，不由得怔怔地看着她。

走，我们去吃饭，你该饿坏了。林桂娟说。

4

这肯定不能算是午餐，也不能说是晚餐，尴尬的时间注定了这餐饭的特别。在旅馆楼下的这家小饭店里，我和林桂娟开了一间包厢，隔着一张大圆桌，各怀心思，等待着上菜。此时，我们都感觉到饿了，必须吃饱肚子，才有力气说话，才有力气回首那些不堪的往事。

因为没有其他客人，我们的主食——炒粉条和菜接二连三地上来了。没有客套和谦让，抄起筷子、汤匙和勺子，埋头不语，风卷残云。等最后一道菜上来时，我们已经吃得差不多了。我有点不好意思地打了个饱嗝，林桂娟说，你真是饿坏了。我说，你也吃不少。林桂娟说，是呀，其实中午在那边，我都没吃卤面。

就这样，我们吃饱了肚子，隔着一张圆桌相视了一眼，我相信她能明白我眼神里的期待。

记忆中的林桂娟快人快语，像一只百灵鸟，但那是20世纪的事情了，岁月流逝，把她变成了一个稍显木讷、语速滞缓的中老年妇女。如果不是因为曲洪康，我不可能认识她，也正是因为曲洪康的葬礼，我们阔别二十几年后再度相逢。曲洪康是我们之间绕不过去的一块石头，牢牢地嵌入我们这大半生的时光里。

说说吧，你刚才为什么一脚踩住地上那写有方新斌名字的纸条？我说。

这个，我从曲洪康说起吧，我和曲洪康的关系，应该说是彼此的初恋，但那个年代很单纯，我们只是牵牵手，什么也没做过，你也知道，曲洪康很上进，功课也很好，他想毕业留校，他跟我说过，不想一辈子待在马铺这个的地方，可是我想回来，实际上我们大四下学期基本上没情况了。毕业前，我们学校只对老师开放的资料室有一本影印本丢失了，据说是我们学校最早创办者的一本日记，那还是清末民初呢，虽然只是影印本，也是宝贝得不得了，当时全校都发了追查通告，这时，有人写信向学校告密，举报曲洪康偷盗了那个影印本，当时学校派出所的警察立即来到他的宿舍，从他席子底下一大堆书里找到了那个影印本，你应该知道，他这人在席子底下铺满了一床的书，他号称与书同眠。这事一出，曲洪康留校的事就黄了，虽然他成绩很好，他还被记过处分，分回马铺后，因为毕业前夕受了处分，他无法留在城里，被分配到当时马铺最偏远的一个乡村学校，蹊跷的是，曲洪康的妹妹也在那年突然失踪了，至今二十多年下落不明，你没见过，他妹妹长得很漂亮的，正是从那时开始，曲洪康彻底变成了另外一个人，抽烟、酗酒、打架，还有赌博，他在乡下一直无法调动，跟学校领导和同事的关系也搞得非常差，我给他写过信，希望他振作一点，却被他回信骂得狗血喷头。不久我结婚了，我也不便和他再有什么联系，后来他从学校辞职，跑到了厦门，我不大清楚他做的什么，反正混得不大好，但这期间他在厦门和一个安徽还是河北的女人结婚了，有一年春节我在马铺街头遇见过他和那个女人，怎么说呢，长得很丑，后来就听说他离婚了，离开厦门去了广东，然后就是 2006 年吧，他回来了，孤身一人，回到老街上和他母亲一起住在老厝里，看样子他离发财很远，甚至可以说穷困潦倒，度日维艰，他深居简出，没有电话，没有手机，也不上网，从不与人联系，我见过他一次，你无法想象，他穿得非常脏，头发乱，胡子长，非常邋遢，全身散发一股异味，看起来几乎就是一个拾破烂的流浪者，你要是回想起他 80 年代的样子，意气风发的，踌躇满志的，你真的会有一种崩溃的感觉，听说他是 2010 年得了重症的，也没去治，就偶尔喝一些中草药，终于挺到了前天……

我静静地听林桂娟说着，我好像在眼前看到了相应的画面，那个曲洪康，一举一动一颦一笑，那个貌似很遥远的年代，又回到了我的面前。

就这样。林桂娟说，她咽了口水，接着说出一句石破天惊的话：那个告密的人是方新斌。

不，是我！我几乎叫了起来。那时我也是为了留校，而我最强的对手就是曲洪康，实际上我不仅是那个告密者，还是一个栽赃者，是我用了一个老师的卡进了资料室，偷出那个影印本的，那时没电脑没监控……二十多年来我一直为此备受良心的折磨。

林桂娟静静地听我说完，然后说，曲洪康只认定告密者和栽赃者是方新斌，那时他找辅导员辩解，认为他是被冤枉的，辅导员拿出一封信在他面前抖了一下，说人家外校的都写信来检举你了，当然不可能给他看信，但他一眼瞥到信封上几个字，觉得是方新斌的字。他想起前不久方新斌经常来学校，想追一个老乡，有时几天都没回去，和他挤在一张床上睡觉，有一天方新斌向他借钱，他那时刚在报纸上发表一篇散文，领了48元稿费，但他没有借给方新斌，他想这应该是方新斌恼羞成怒报复他。毕业分配前，曲洪康跑到方新斌学校找他，当场质问他，方新斌坚决否认，他说他没栽赃，不过他确实向曲洪康辅导员写信说过他其他的坏话，因为他确实记恨，曲洪康唾了他一口，扭头就走。

我好像看到曲洪康那毅然决然转身离去的背影，可是，多么好的一个人，怎么就自暴自弃，破罐破摔呢？

不瞒你说吧，方新斌也追过我，但我选择了曲洪康，所以他对曲洪康是忌恨的，这种恨深深地埋在心底，就像一株毒苗，有了肥料它就疯长起来。人家分配回到马铺后，一直混得非常风光，要权有权，要钱有钱，八面玲珑，平步青云，这个社会越来越变得适宜他们这种人，让他们都变成了成功人士，而曲洪康那样一根筋的人，却是越来越不合时宜，幸好，曲洪康走了。林桂娟说完，徐徐呼出一口大气。我感觉她也是一个内心封闭了许久的人，今天这么坦诚相告，对她来说，也是把郁积在心里的所有苦闷全部排遣而出了。

我真不知道有方新斌这回事，这显然是曲洪康的误会。因为我才是那个卑鄙的栽赃者和告密者。是我害了他，我一直感觉到良心不安，特别是最近几年，常常从噩梦中醒来，我很后悔当年，我一直在忏悔……我说。

好了，你有忏悔就好，现在也不用说太多了，反正都过去了。林桂娟说。

是的，事情过去了，曲洪康也走了，说实在的，今天说出来，我心里宽慰了一些，但不管怎么样，我还是亏欠曲洪康的。我说。

曲洪康脾气太犟了，他本来可以不用落得这么悲惨，这就是性格的悲剧吧，你看方新斌，现在混得那么风生水起。林桂娟说。

他也来参加了曲洪康的葬礼，莫非他内心里也有什么愧疚？我说。

或许吧，谁知道？看他那天的样子，好像出席官方酒会，满脸的虚伪，我是感觉不到他的愧疚，他目前应该还没有这个境界。林桂娟说。

我一时不知该说什么了。

突然，林桂娟问，你是怎么知道曲洪康的死讯呢？

我说，是呀，很奇怪，我 QQ 上有一个从没聊过天的好友，没头像，没资料，也不知男女，ID 叫作六月雪，我也不知道什么时候加的他，其实我是常常挂着 QQ 上线，一般听些歌看些新闻，极少聊天的，今天凌晨五点多，我从噩梦中醒来，再也没睡着，就打开了手机，突然看到这个六月雪昨天晚上给我的留言，他说，曲洪康死了，你要是有空就来送他一下吧，他家在马铺县建设路文川巷。其实毕业后我就没和曲洪康联系过，我也不知道打电话找哪个同学证实，但我丝毫没怀疑过这可能是开玩笑，我觉得这肯定就是真的，便马上爬起床，往车站跑，总算搭上了开往马铺的早班车……

林桂娟说，你想知道这个通知你的六月雪是谁吗？就是我。

我猛地吃了一惊。

5

马铺的这个晚上是我这几年来睡得最踏实、最安稳的一天。林桂娟五点半赶回家给老人做饭，她说这两天太累，晚上要早点睡，不过来陪我了，明天上午还有课，如果我没走的话，明天中午再请我吃饭。我感谢了她的好意和好心，表示我自己安排就行了。临别时我们非常郑重其事地握了一下手。我独自在马铺江滨公园走了走，坐在江岸的木椅上发呆，天完全黑了才缓缓走回旅馆，在街上一家小吃店我吃了一碗鱼粥，就回到了旅馆房间。洗了个澡，我无意中翻到方新斌风光无限的名片，突然想给他打个电话，但想想还是作罢。这时大概九点半，我就上床睡觉了，神奇般一觉睡到天亮。

旅馆没有提供早餐，我到街上小店吃了一碗豆花粉条，发现钱包里除了零票，连一张百元红钞也没有，等会还要结算住宿费，还要买车票，便到自动柜员机去取现金。插入一张建行卡，显示余额还有 64.19 元，我又换了一张工行卡，我就这么两张卡，我记得其中一张卡至少应该还有几百元的。嘀的一声，那卡的余额数字出来了，我心里咚地一跳。89 元，居然只有 89 元！这可怎么办？住宿费、车票……这个小城，除了林桂娟、方新斌，我不认识第三个人，想了想我还是拨通了林桂娟的手机。

我在电话里简要地讲述了一下目前的情况，很艰难地向林桂娟开口借钱，只要 500 元，付住宿费买车票，只要我能回到福州就行。林桂娟连声道歉说她现在走不开，如若我早上要回福州，她马上给旅馆老板打电话，让旅馆老板先预借给我。

想起来，这应该是我人生中第一次向人借钱，而且是向一个女人借钱。我知道这几年来我的财务一直陷在危机中，给曲洪康的奠金和给他母亲的红包已经倾尽了我的所有，那时我只有一个很世俗的念头，就是用钱来赎回良心上的不安。

刚刚走回到旅馆，老板便从总台后面站起身，递给我一个信封，说这是林老师交代我给你的。我接过信封道了谢，回到房间打开信封，里面有 900 元。我只借 500 元，林桂娟有点客气了。收拾好行李，我到总台结账，老板说林老师交代了，由她来结账。我再次向老板道了谢，出旅馆叫了一辆三轮车前往汽车站。

在三轮车嘎吱嘎吱的响声里，我微微闭上眼睛，什么也不想了，这时我听到口袋里手机嘀的一声，是短信的声音，拿出来一看，正是林桂娟发来的短信：

实在不好意思，上午无法送你，我听曲洪康堂兄说，你包了很多奠金，也给了他母亲很大的红包，其实我知道你这几年经济并不宽裕。好了，希望你从此放下思想包袱，好好生活。活着应该还是一件美好的事情。

我收回手机，心想回福州再回复她。这时，三轮车边有一辆汽车嘀嘀嘀地鸣着喇叭，我扭头一看，减速的汽车摇下了车窗，正是方新斌，他伸出一只手向我招呼了一下，说你到哪儿啊，老朋友？我到福州开会，顺道可以坐我的车，就是拐道送你回家也行，呵呵，你到哪儿啊？

我心想，这么好，可以搭顺风车。要不要搭？转念一想，我向他摇摇头，说我不到福州，我还要待在这里。

方新斌说，那好，我先走，福州开会呢，你有空记得给我打电话，我们这么多年老朋友了，到时好好聚一聚。

我说，你走吧，再见。

方新斌的汽车超过我的三轮车，向前跑了。车屁股上几块光斑闪晃着，倏地消失。他的车越来越快，而我的三轮车依旧是慢悠悠的，我想，我们到底不是同一个道上的人。

同案

事情要从半个月前的一个电话说起。那天晚上，我在家陪妻子看电视——这是我公务之外最重要的工作，没办法，看的是本地的法制新闻，讲述不久前马铺发生的一起重大案件，我公安警察如何神勇地破获案件并抓住一个主犯，可惜这个主犯在拒捕时跳楼死了，再可惜的是有个同案犯漏网了，新闻最后就播出了对该同案犯的通缉令，“警方呼吁知情者提供线索，对提供有价值线索者，公安机关将奖励10000元至50000元”，记得妻子听到这个数字时，小小地惊呼了一下，然后扭头对我说，要是你是那同案犯，我来举报你，一下就赚到了五万，这多好赚啊。我鼻子里哼了一声，说你大义灭亲啊。妻子说，反正你也跑不掉，总是要被抓，这五万不如自己赚，也算是你对家里的一点补偿。她说得跟真的似的，我觉得挺可笑，说你别指望五万,一般是从少的给起，也就一万。这时我听到我手机的声音，我刚才把手机放在儿子的房间里充电，便走了过去，拿起手机一看是个陌生的本地号码，拔掉充电器刚要接听，它却停了，重新插进充电器，它又响了，只好再次拔掉充电器。电话里有个低低的男声叫我庄科长，我实在听不出是谁，便问他哪位，他说他是邓余华，邓余华是谁我一下也想不出，他说你忘记啦，前不久你们翁局嫁女儿宴席上，我们坐在一起嘛，我在土楼管委会啊。他这么一说，我马上就想起来了，心想那次之后再也没有见过面，他找我到底有什么事？我哦哦两声，表示了一种客套的欣喜，其实满心是疑惑，彼此以前不相识，过后也无联系，只是偶然坐在一起吃了一场喜宴，闲聊中发现有不少共同的熟人，毕竟马铺是一个小地方嘛，他突然来电不知有何贵干？我清着嗓口正想说话，他好像有点紧急地抢先说，庄科长拜托了，如果我老婆明天打电话给你，你就说你今天和我在市里培训住在一起，如果问你的话，如果，拜托了。我愣了一下，感觉莫名其妙的，但似乎又一下明白他的处境。电话断了，我自个儿摇头笑了笑，这时老婆走到门边，用一种貌似漫不经心实际上很关切的口气问，谁的电话？我说，一个朋友。老婆又问，说什么了？我说，也没什么，就打听我们钟副局长什么时候搬新房子。

这个晚上睡觉，我不由得想了一会儿邓余华的拜托，其实我们根本就不熟，他居然把如此应对查岗的重任压到我身上。我的辗转反侧似乎引起了妻子的怀疑，她说，你咋了？有心事？我说，肩部，不是心，有点酸痛。

然而第二天邓余华的老婆并没有打来查岗电话，从早上起床到晚上睡觉，我生怕错过了任何电话，不仅把来电声音调到最大，还不时把手机拿起来看一下屏幕，奇怪的是这天一个上午，手机一声也没哼过，虽说我只是马铺县档案局一个非常清闲且毫无权力的小科长，但平时怎么着也会接到几个电话，某个外地的同学来电问另一个同学的电话，乡下老家的什么人来电请教个什么事，或者在上海读大一的儿子让我给他打钱，或者推销百科全书之类的广告电话，总之，一个上午连一个电话都没有，这还是很少有过的事情。下午上班后不久，一个陌生电话来了，我好像盼到了等待已久的戈多，连忙正襟危坐，清好嗓子，很规范地接起电话："你好——"谁知电话里却是一个拿腔拿调的电脑女声，通知我中了什么特等奖，奖品是一部新款的宝马车，我随即掐断了这个诈骗电话。这一整天，邓余华的老婆没来电话，我也就渐渐把这件事情忘记了。

但是，今天临近下班时，我接到一个电话，开门见山便自我介绍她是邓余华的老婆，我立即就想起邓余华曾经的拜托，这都过了半个月了，才来核查？我心理上随即做好准备，这大概是一种男人的本性使然吧，虽然我和邓余华只有过一面之缘，但面对的是男人共同的窘境。

"你3月15日那天晚上确定是和邓余华住同一间双标房，你们一起在市里参加培训？”

“嗯，是的，3月15日没错，培训，住在一起……”

电话里静默了一会儿，然后一个声音淡淡地说：“你就继续做假吧，邓余华3月15日那天晚上独自开车，在永定初溪那里出了车祸，当场撞死了。”

我猛吃一惊，手机差点从手里掉到地上，这时电话里已是一片盲音。我呆住了，邓余华居然死于车祸，那个电话是不是他临死前最后一个电话？让我为他圆谎，他老婆怎么没有及时来向我查证？现在他死了半个月，他老婆才来查证，这会不会把我卷入说不清道不明的麻烦之中？我的身子不由得哆嗦了一下。不过，我突然想起今天是4月1日，愚人节，会不会是什么人跟我开玩笑？虽说这种恶搞的事情从未在我身上发生过……我本想把电话回拨过去，但转念一想，还是给土楼管委会的一个老同学打了个电话。

“你们管委会半个月前，是不是有个干部出了车祸？”

“是啊，深夜里在永定那边，和一辆大货车相撞了。”

“当场死了？”

“嗯，当场，怎么了？你认识他？”

“他是不是叫邓余华？”

“是啊，交警判他超速行车，负百分六七十的责任，你和他很熟？”

“也不熟，刚刚听说，顺便问问。”

“都过了半个月，后事也处理差不多了。”

“哦，哦，没什么、什么内幕吧？”

“内幕？没听说过，就一起偶然的交通事故吧……”

我暗暗松了口气，收起手机，发现手心里都沁出了一把汗水。邓余华的后事既然处理得差不多了，他老婆怎么还想起向我查证？其实，那在男人间是很稀松平常的事，就是在他需要的时候帮他圆个谎，不费多大劲，大多不必记在心间，顺口一说，过了也就过了。可是，这个邓余华却是用他的生命拆穿了我的谎言。我心里暗自责怪自己，怎么事先都不知道邓余华的车祸消息，马铺这么一点的地方，多到其他办公室串门，什么消息不能了然于胸？我居然是在当事人出事后还为他圆谎。调出邓余华老婆的电话号码，我想是不是打个电话向她表示一下道歉？

电话一直没拨出去，反倒是妻子的电话进来了，她问我怎么回事，要不要回家吃饭？我这才想起下班都快一个小时了，我平时下班十分钟内就能回到家的，我连忙说单位有点事，马上回家吃饭。

回到家里，坐在客厅看电视的妻子扭头看我，眼光像一条蛇冷冷地爬过我的全身，说："什么事？"

凡事爱打破砂锅问到底，这是妻子的特性。我似乎有点心虚，说："赶个材料，市里要的，最迟晚上就要交了。"

"饭菜都凉了。"妻子嘀咕着。

下午上班，我一直在想，要不要给邓余华的老婆打个电话。要，还是不要？这个问题像锯子一样在我脑子里拉来拉去，拉得我脑汁流失，大脑里一大片空白。

又是快要下班时，手机突然响了，我没来由地吓了一跳，接起来又是邓余华老婆的电话。但是，她的声音还是很好听的："不好意思，又打扰你了……"

"哦，没、没事，你有事吗？"

"今天晚上，你能不能到妙香茶店来一下，我想和你谈谈。"

"今天晚上？"

"嗯，可以吗？七点半左右，妙香茶店，你知道在哪里吗？"

"我知道……"

"那我等你。"

吃过晚饭，陪妻子看了一会电视，就跟妻子说，我到江滨快走一下，再不走，肚子越来越大了。妻子上下打量了我一遍，说锻炼要坚持，三天打鱼两天晒网，也没什么效果，我说是是是，从今天开始，每天晚上坚持快步锻炼一小时。妻子走到窗前往外面看了看天空，还有楼下的街道，说好像要下雨了，晚上就别去了。我心里咚的一声，也走到窗前看了看，说不会下雨的，要是下雨就狂奔，锻炼效果更好啊。

好在妻子没有阻止我，我走出家门，走到了楼下，抬起头再看看天，确实像是要下雨的样子，赶紧迈起大步往新中山街方向走去。

走到新中山宾馆斜对面的妙香茶店门口，我感觉有点不对劲，里面只有三个男人在泡茶。我不敢进去，走到一边，拨通了那个电话。

“你没在店里吗？妙香不是在新中山宾馆对面吗？”

“你走错了，那个是叫‘妙香铁观音’，我这才是‘妙香茶店’，在小康路这边，靠农商银行这头。”

收起手机，我抬头看了看店招，果然“妙香”两个大字后是三个小一点的“铁观音”。我转了身往小康路走去，这段路不远不近，大概走了十分钟。刚走到农商银行门口，就看到前面沿街铺面有一个“妙香茶店”的店招，灯光明亮。我走到店门口，茶桌后面有个女人站了起来，问：“是庄先生吧？”

我点了一下头，发现这个女人三十来岁——邓余华是我的同龄人，这么说，她要比邓余华小十来岁，脸上化着淡妆，衣着光鲜，似乎看不出丧家的任何痕迹。

“我这家妙香比那家早开了好几年，它只卖铁观音，我还卖武夷岩茶、白芽奇兰、普洱等。”

“哦……”

“你请坐。”

我在茶桌前的一个仿古方凳上坐了下来，转头看了看两边展示柜上的各种产品。她应该提前洗过了茶盘茶杯，很快就泡出了两杯茶，用蹑子夹了一杯到我面前，说：“这是铁观音春茶，你喝得习惯吗？还是换一种？”

“我什么都能喝。”我端起茶，鼻子下嗅了一下，有一股清香很诱人。

她也端起茶，在唇间轻轻嘬着，动作显得很优雅，用一种平静而又好听的声音说：“不好意思，找你来问一些事，希望你不要见怪。”

“不会的，其实……”我看了她一眼，心里突然想，她怎么会嫁给邓余华？这么娴静的小女人，而邓余华五大三粗，牙齿发黄，还长着一只酒糟鼻子。这无疑也是一个疑案。

“邓余华的同学、同事、朋友，其实我大多见过，他们很多人都到这茶店喝过茶，你的名字还真是第一次听说。”

“其实，我和他也不太熟，我们只见过一次面，是在我们局长嫁女儿的婚宴上，他留了我的电话，我都没留他的电话……”

“哦。我到今天还没弄明白，他那天晚上为什么独自开车到永定的初溪？找人，办事，还是约会？我打了两次电话都没接，那天我感冒，很早就睡下了，他发来一条短信，我当时并没有看到，是天亮时获知他出事后才看到的——短信中午被我误删了，但我记得很清楚，短信是这样写的：我还在市里培训，和马铺统计局科长庄志涛同住一间，不信你可以打电话问他，后面就是你的手机号码。以前，我有时打电话给他，算是查岗吧，他总是要扯上一个人来为他做证，有时我会打电话给这个人去查证，后来，我才发现，其实你们男人之间会结成了一种像联盟似的，专门来应付各家妻子的‘检查’……”

“我、我……”我有了些微微的不安。

“我不怪你，可以理解。”她淡淡地说。

“没想到后来、发生了那样的事……不知车祸处理情况如何？”

“交警那边都认定了，责任分明了，理赔手续也差不多了，其实，只是一起偶然的交通事故，但是，他为什么晚上独自到那边去？去做什么？从他的通话记录、短信甚至 QQ 聊天，都找不到任何蛛丝马迹。从法律或者民事方面来说，这起交通事故结案了，不过，对我来说，这或许是永远没有真相的疑案。”

“这，真是有些奇怪，他在永定初溪那边有朋友吗？”

“没听说过，不过初溪也是有很多土楼的地方，和我们马铺的土楼乡接壤，他又在土楼管委会工作，对那边的情况应该不陌生的。”

“嗯，他或许是到那边找朋友了。”

“那条路都没探头，也查不到他是何时去的，只知道他是返回的时候，夜里1点39分左右和大货车相撞的。”

“他应该有朋友在那里。”

“不瞒你说，我请了我两个表兄拿着他还有汽车的照片到那里摸查过几天，没人认识他，甚至没人见过他，包括他的车。”

“这，就奇怪了……”

“是呀，其实，我也知道，你和他不熟悉，他只是随便扯上你来为他做证，所以，那些天我也没空联系你，这几天突然闲下来，才想到找你谈一谈，不好意思……”

“不，不好意思的应该是我，我替他说假话了。”

“你没什么恶意，我不怪你。”

“我、真抱歉……”

我感觉自己像个同案犯一样，心里满是一种愧疚。在这样善解人意、丰姿绰约的女人面前，这种愧疚越发深重。我抬起眼睛看着她略微低着头，一只手握着茶壶，轻轻往茶杯里斟茶，她的手指修长而白嫩，像是弹钢琴的手，指甲上还涂着青红色。她抬起头，眼睛看过来了，我们的眼光差点相撞，还是我紧急地移开了，我好像在心里听到了一声紧急的尖锐的刹车声——哦，那个深夜，到底发生了什么？这是个疑案，还有，她为什么嫁给邓余华，这也是个疑案，生活中其实处处充满了疑案，每个人不是作案，便是同案。

这时我听到手机嘀的一声，是短信提醒，我掏出手机一看是妻子的短信：散步这么长时间？还不回来吗？我不假思索回复道：走得好累，顺路到唐立新茶店喝喝茶，过会儿就回。

唐立新是我一个高中同学，也开了一间茶店，到过我家几次，妻子是认识的。我曾经帮他在他老婆面前圆过谎，这等小事他肯定也是会帮我的。其实我还想在妙香茶店多坐一会儿，她轻柔的声音带着一份淡淡的小忧伤，不知为什么，竟让我有点着迷。为了安全起见，我还是立即给唐立新发了条短信：若我老婆问你，你就说今晚在你茶店喝茶。

时间过得太快，我还是得走了，临走前我请问了她的名字。她说：

“妙香。”哦，妙香。我心里念了几遍“妙香”，然后满身带着茶香走出茶店，穿过荆江路走回了家。

回到家里，妻子刚刚关掉电视，走到我面前，用一种审问的语气问：“在唐立新茶店喝茶？”

“嗯。”我淡定地回答。

妻子冷冷一笑，说：“庄志涛，这回你终于露馅了！”

“咋了？你可以问他嘛。”

“不用问了，我告诉你，那个悬赏5万元的同案犯今天清晨被抓住了，马铺新闻刚刚播出来，你想不到吧，他就是你那个老同学唐立新。”

我脑子里嗡的一声，什么也说不出来了。

你叫翁中贵吗

1

事情来得过于突然了。幽暗的楼道口，一个沙哑的声音像是从坟墓里冒出来的：“你叫翁中贵吗？”翁中贵愣了一下，眼前是个面目模糊的男子，他下意识地“嗯”了一声，只感觉一团黑影向他脸上扑来，他根本看不清那是什么东西，没有躲闪，甚至还把脸迎了上去，脸上像是击打沙包似的发出沉闷的声响，一阵火辣辣的疼痛像热锅里的油一样蹿了起来。就这样，翁中贵猝不及防地挨了一拳，正中眉眼之间，眼前溅出一片火星，他跳脚喊了一声：“你——”黑乎乎的拳头像导弹一样又砸了下来，他踉跄着往后退，嘴里的声音刚刚吐出就被砸得七零八落，“你——你——”他后退的屁股抵到了墙上，整个人就顺着墙壁一屁股坐了下来，那黑乎乎的拳头一下子找不到他，一只皮鞋抬了起来，像一只正在搜索目标的黑洞洞的眼睛，紧紧盯住了他，便狠狠地踩下来。翁中贵身子惊悸地一颤，那巨大的鞋底像一堵墙向他倾倒下来，眼前一黑，一片浓浓的黑暗淹没了他。

事后翁中贵回想起来，事情来得过于突然了，有个看不清面孔的男子问他，“你叫翁中贵吗？”翁中贵叫这名字都叫了四十多年了，可他怎么也想不到，他嗯了一声之后，一阵拳脚相加就像暴风骤雨一样打得他落花流水。当那个面目不清的袭击者哼了一声，有些意犹未尽地转身离去时，翁中贵死死地盯住他的背影，像一摊烂泥糊在墙角里，怎么也扶不起来，只能眼睁睁地看着那陌生的背影肆无惧惮地、大摇大摆地消失在前面的小街拐弯里。那时，他急促地呼吸，恨得牙痒痒的，真想猛追上前，把那人的肩膀扳过来，看看到底是什么人，竟然对他大打出手，可是他饱受拳打脚踢的身子疼痛难忍，除了嘴里咝咝咝地抽着气，再也动弹不得。

那天晚上，翁中贵是晚饭后散步到堂兄翁中和家的。两个人是同年生的，中和年头他年尾，性格差异很大。中和高中毕业后进了马铺供销社，二十多年间跳了七八个单位，从事过五六个行业，而中贵大专毕业后分配到马铺保密局，就一直在那不声不响地待着，二十几年如一日，连办公桌的朝向都没动过。那天晚上，中贵刚刚在堂兄家的沙发上把坐姿调整好，中和就兴奋地说起他最近跟一个朋友合伙开办小铁厂的事迹，描绘出一幅财源滚滚的美妙前景，中贵想从环保角度提一点建议时，中和话头一转，说小铁厂虽然利润惊人，但所需流动资金很大，他准备到农行贷一笔款，希望中贵能做他的担保人。中贵随即愣了一下，说:“我？”中和说:“是呀，你。”中贵的眼睛像飞进了沙子，眨了好几下，支支吾吾地站起身，说:“这、这个……再说吧……”

翁中贵在走回家的路上，心情蓦地变得很沉重。堂兄直截了当提出来的要求，让他很不开心。他随即起身告辞，其实已经明白无误地表示了他的态度，“再说吧”便是推托。替人贷款做担保这种事，近年来在马铺被公推为最傻的傻事。同一幢办公楼的马铺文明办，有个副主任为朋友担保贷款 40 万元，结果朋友生意做败了，连夜跑路，结果银行只能找副主任讨钱，每个月从他的工资里狠狠地扣，只给他留 120 元当作生活费，其他全扣到银行里，至今已经五年了还在不折不扣地扣款。中贵还有一个同学，也是为人担保，结果贷款人跑路了，自己也只好变卖家产跑路，至今下落不明。身边活生生的事例教育着中贵，千万不能做这种傻事。管他是亲哥表弟还是什么人，就像高压线一样不能碰就不能碰。他一路走着，一路想着堂兄当时那僵住的表情，心里说，别说你是我堂兄，你就是我亲爷爷我也不敢为你担保。就这么一路想着，走到了江滨新村的楼下，这里有两幢四面敞开的机关宿舍楼，建于 20 世纪

80年代中期，没有物业管理，没有保安，没有路灯，混得好的人全都离开了这里，中贵自然算是混得差的，所以至今住在这里。他走进黑乎乎的楼道，对他来说，早已习惯了这种黑暗中的行走，只是意想不到的事情突然发生了：有人把他痛打一顿，然后扬长而去。

2

翁中贵在马铺医院骨伤科的病床上躺了一天，伤势不算重，也不算太轻。最重的其实是他的心事，到底是谁袭击了他？他脑子里一下闪过堂兄翁中和那天晚上难堪的表情，但立即否决了这一念头，堂兄有可能因为他不愿意担保就叫人打他吗？不可能。那到底有可能是谁呢？翁中贵回顾了自己四十几年特别是近十年来的人生历程，本分做事，老实做人，在单位里不争名不争利，在社会上几乎与人没有交往，在邻里之间也是与人为善，也就是说他既没得罪过谁，也没欠过谁的钱，更没睡过谁的老婆，到底是谁为了什么对他下此毒手呢？他实在想不出来。

“你一定得罪谁了，不然人家平白无故打你做什么？”老婆来送饭时，带着一种不容置疑的语气说。

“谁？你说。”翁中贵说。

“我要是知道谁，我就到公安局报案了，让警察把他抓起来，赔我们的医药费。”老婆愤愤地说。

要是知道谁——这不是正确的废话吗？要是知道谁，可是谁知道是谁呢？翁中贵躺在病床上，这个问题比伤痛更折磨他。

住院那天刚好是星期天，第二天是星期一，翁中贵照样去上班，保密局的办公室在办公楼最僻静的角落里，他一路上没遇到任何熟人，局长一整天没露面，两个副局长也不见踪影，他们都是在保密局挂名享受级别的，实际上工作岗位在别的部门，保密局真正的人员就只有翁中贵一个人。他把门一关起来，保密局就真正是一个人的保密局了。所以几天过去了，居然没有人对他脸上的伤痕、创可贴提出质疑，这说明他的保密工作确实做得很到位。

随着伤口的结痂、脱落，时间像流水一样，哗啦啦地流了过去。那天晚上挨打的经历，翁中贵也渐渐淡忘了，他的生活依旧像从前一样刻板单调，犹如橱柜里叠得整整齐齐的卷宗，散发出一股发霉的气息。偶尔老婆会嘀咕起无处报销的住院医药费，让他觉得那是很遥远的陈年往事了。

这是一个平常的星期六下午，翁中贵准备去爬山。他走到了楼下，看见对面 2 号楼前两个男人推推搡搡的，随着言辞的激烈升级，肢体接触的动作也越来越大。这两个男人他都不认识，许多年来他都不爱管闲事，何况是这种带有火药味的冲突。他决定装作视而不见，大步走过去。但是就在他经过冲突双方的身边时，他听到了一个人说："翁中贵，你给我小心点。"翁中贵？叫我吗？他猛地吃了一惊，不由刹住脚步，扭头一看，只见那一胖一瘦的两个男人像顶牛似的，根本就没注意到他，看来并没有人叫他，可是他分明听到了，翁中贵，这三个音节他是不会听错的。那两个男人各自松开了手，一个人说："我怕你威胁呀？这年头谁怕谁呀？"那个身材发胖的男子很洪亮地哼了一声，说："翁中贵，你还是小心点。"然后气呼呼地转身走去，像一部重型车从翁中贵身边轰隆隆地开过。那个干瘦的男子也做了个冷笑的表情，转身向楼梯走去，翁中贵看着他的背影在楼道口一晃，不见了，突然想起什么，连忙追了上去。

翁中贵紧急的脚步声让那人感到不解，他一边上楼梯一边回头看了一眼，眼光不够友好。

"你叫翁中贵吗？"翁中贵问道。

那人在楼梯中间站住了，手按在扶梯上，扭头看着翁中贵说："你叫我？"

"你叫翁中贵吗？"

那人嗯了一声，这就是确认了。翁中贵兴奋地向前走了一步，像是找到组织一样，呼吸都急促起来了，他说："我也叫翁中贵。"

“哦。”那个翁中贵显然吃了一惊，但他似乎太善于掩饰了，脸上的神情还是显得淡漠和克制。

“你怎么也叫翁中贵？”翁中贵说。

“我怎么不能叫翁中贵？”那个翁中贵说。

翁中贵明白这个翁中贵误解他的意思了，名字又不是注册商标，你可以叫，别人自然也可以叫，他连忙说：“我是说，是说这好难得呀，我们同名还同姓，在马铺姓翁的本来就不多。”

“缘分吧。”那个翁中贵说。

“那是，那是，有缘。”翁中贵说。他发现他们不仅姓名相同，身材、年纪也非常接近。那个翁中贵抬起脚步往上走，他也跟着往上走，好像一个准备到家里泡茶的朋友，接着说，“你家住在这里吗？”

“我原来住在兰陵花园，上个月才租到这里来。”

兰陵花园是马铺最高档的住宅小区，这个翁中贵怎么不在那边住了，跑来这边租房子？翁中贵说：“这边都是这么破烂的房子，你怎么要来这边？”

“唉，看破啦，”那个翁中贵叹了一声，“有个落脚的地方就行了，还能挑什么？”

听他的语气，很消极的样子，翁中贵心里猜测，这个同名的，一定是经历了大起大落，可不是吗？从兰陵花园到江滨新村，这是多大的落差呀。

“你——你是怎么啦？”翁中贵关切地问。

那个翁中贵走到了二楼自家的门边，手抬了起来，停在门上没有动，回头说：“我真傻，真的，给人贷款担保，结果人家跑了，拉了一堆屎，还要我擦屁股。”

翁中贵笑了，呵呵笑了几声，他也不知道自己怎么会笑，这样很不好，似乎是幸灾乐祸的样子，但他实在是忍不住，这真是有些奇怪，这其实也没什么好笑的。

那个翁中贵推开了门，径直进去了，一点也没有邀请他进来坐坐的意思。通过敞开的门，翁中贵看到里面几乎没有什么像样的家具，显得非常简陋和寒酸。他看了一会儿，那个翁中贵进了卫生间，弄出了一些响声，他觉得没什么好看的，转身走了。

走到楼下，翁中贵忘记了自己是出来干什么的，就回到了家里。老婆正在按着手中的电视遥控器，说："怎么这么快回来了？"

"我们对面楼里有个人，跟我同名同姓，也叫翁中贵。"翁中贵说。

"这有什么奇怪？以前我们味精厂，叫张志强的就有四个，还有三个女的叫王秀花。"老婆说。

"同名同姓是没什么奇怪，"翁中贵说，"我奇怪的是这个翁中贵，他说他原来住在兰陵花园，不久前才租到我们这里来的。"

"做生意失败了吧，赌六合彩输光了吧，起起落落，这种事电视上演得多了。"老婆很有见识地说。

"不是，他说他给人贷款担保，那人跑了，他只得替人还钱。"翁中贵陷入了沉思，他觉得这里面有一些问题，这个翁中贵怎么会这么傻呢？他怎么敢替人担保？他是替谁担保？那人贷了多少万？做什么生意失败了？其实这些问题和翁中贵毫无关系，但他就是喜欢琢磨，他的思绪就在这些问题之间穿梭往来，突然间，脑袋里像是嗡的一声，他一下想到了，那天晚上在黑乎乎的楼道里，有人问"你叫翁中贵吗？"然后就是一阵拳打脚踢，那人要打的翁中贵肯定不是自己，而是对面楼的那个翁中贵，也就是说，自己替那个翁中贵挨打了，那个翁中贵债务危机四伏，刚才不是还有人警告他小心点吗？他一拍大腿，大声地说："我明白啦！"

"你一直是个明白人，你还有什么不明白？"老婆带着讥诮说。

"我明白了，那天晚上怎么会挨打？"翁中贵说，"那人要打的翁中贵，是彼翁中贵，非本翁中贵。"

"这么说，你是代人受皮肉之苦了？"老婆说。

"正是。"翁中贵说。

3

吃过晚饭，翁中贵也没和老婆打招呼就溜了出来，来到了对面楼上那个翁中贵的家门前。

他敲了三下门，门没开，把耳朵贴近木门听了一下，听到里面有电视的声音，便加大力度，又敲了三下门。有人趿拉着鞋走过来了。

门打开时，那个翁中贵看到这个翁中贵，很有些意外，显然是犹豫了一下，才让对方进来。

翁中贵进了门，眼睛在地上找了一下，说："要不要脱鞋子？"

"不用。"那个翁中贵说。

这房子和自家的格局相似，不同的是这里没几样家具电器（翁中贵家可是旧家具老电器挤得满满当当的），房子就有些空旷了。客厅里只有一对木沙发，还有一台 17 寸彩电。

翁中贵像老朋友一样，在沙发上坐了下来，说："你喜欢看电视？"

"闭路电视太贵了，一年要一百八十多，我没入户，就只能收中央一套。"那个翁中贵说着，也坐了下来。方几上没有茶具，只有一只塑料杯和一只玻璃杯。在马铺人家里，客来必定要泡茶的，没有茶具极为少见，至少翁中贵还从没见过。

还是翁中贵开了腔，自己毕竟是贸然来访的客人，他说："你在哪里工作？"

"我早没工作了，以前在公交公司待过，十多年前就出来自己做了。"那个翁中贵说，"你呢？"

"保密——保密局。"翁中贵说。

那个翁中贵哦了一声，说："你在这 1 号楼住多久了？"

"我一直就住在这，二十年了。"翁中贵说。

那个翁中贵又哦了一声，说："我原来是住在兰陵花园的。"

"那地方很高档呀，里面花园很大，有几个县领导也住那里。"翁中贵说。

那个翁中贵把头靠在沙发背上，很沉重地叹了一声，说：“别提了，现在那房子已经不属于我了。”

“这、这是怎么回事呢？”翁中贵小心翼翼地问。

那个翁中贵把手一挥，说：“被法院查封了。”

“这、这又是怎么回事呢？”翁中贵仍是小心翼翼地问。

那个翁中贵突然咧嘴笑了一下，无声无息，脸上带着一种凄凉，说：“欠钱呀，我给人担保贷款。几年前，我给一个姓谢的同学担保了 20 万，前年我小舅子贷款 50 万，把我兰陵花园的房产证拿去抵押，结果姓谢的跑路了，我小舅子也跑路了，债主全都找我来了，我这不就惨了？姓谢的是向私人借的钱，结果我只能向另外的人借了 10 万元先顶上，现在这个借我 10 万元的人天天来找我讨债。”

翁中贵满怀同情地点着头，说：“前几天，我堂兄也要我做他的贷款担保人。”

那个翁中贵哼哼笑了两声，说：“你担保吧，要是你堂兄赔钱跑路了，你连这里的旧房子也没得住了。”

“我没那么傻，我当场就拒绝了。”翁中贵说。

那个翁中贵说：“还是你狠，自己的堂兄也敢拒绝。”

“生活中的教训太多了，”翁中贵说，“你也算是一个教训吧。”

那个翁中贵说：“做人难呀，有的人怎么也拉不下面子拒绝。”

“是呀，难。”翁中贵说，“那天晚上，我拒绝了我堂兄，其实我也没说不担保，我说再看看吧，起身就走了，他的脸色一下变得很难看。我走回家，走到楼道里，那里没电灯，或者有，早就坏了，反正那里是黑乎乎的，突然有个人问我，‘你叫翁中贵吗？’然后就对我一顿拳打脚踢。这种突然袭击，我根本无法还手，白白挨了一顿打，在医院里躺了一天。”

那个翁中贵说：“你堂兄叫人打你了？”

“你认为是我堂兄？呵呵，不可能呀，不可能。”翁中贵收起了笑容，正色地说，“其实那人是要打你的，他不知是受谁指派，搞错了方向，本来要在 2 号楼楼道里等你，没想到跑到我们 1 号楼去了。”

那个翁中贵哦了一声，说：“有可能，有可能。”他脑子里转出了一两个人的名字，但是他没说，他眼睛看着电视发呆。

“我是替你挨打了。”翁中贵说。

那个翁中贵说：“有可能，这也是我们同名的缘分。”

这时翁中贵觉得他的拜访也到了尾声，便起了身，说：“我走了。”那个翁中贵嗯了一声，起身送客。两个翁中贵一前一后走到门边，翁中贵一脚跨出了门，回头说：“我替你挨了打，那医药费是不是该由你出？”

那个翁中贵愣了一下，说：“你这什么意思？”

“没什么意思，你考虑一下。”翁中贵说。

那个翁中贵突然变了脸色，脖子似乎都膨胀起来了，说：“你这是——敲诈呀。”

“敲诈？没这么严重吧。”翁中贵淡淡地说。

那个翁中贵猛地拔高声音，反应显得很激烈，说：“凭什么我给你出医药费？现在兰陵花园被封了，这里下季度的租金都还没着落，我身上的钱加起来不到 50 元……”

“这要怪你自己了，干吗给人担保？”翁中贵说，“我也不是一定要你出多少钱，我只是来告诉你这件事，你先好好想一想再说吧。”

那个翁中贵说：“没门，你走吧。”

4

后来翁中贵发现那个翁中贵在躲着自己，这让他心里有一种说不出的愉悦。那天他下班路上，看到那个翁中贵从楼道里走出两步，猛一见他，连忙就退了回去，像乌龟头受到刺激一下往里缩。翁中贵在心里哈哈大笑，说这又何必呢，你又没欠我钱，怕我干什么呢？回想起四十多年的人生，还从没有一个人这样怕过自己，这让翁中贵觉得很快乐，很有成就感。

但是接连好多天，翁中贵再也没碰到过那个翁中贵，突然觉得有点想念，晚饭后就来到了他家门前。敲了三下，门没开，又敲三下，里面没好声气地问道：“谁呀？”

“我。”翁中贵说。

门开了，那个翁中贵一见是翁中贵，没有了上次的好心情，粗声粗气地说：“你来干什么？”

“跟你说说话。”翁中贵说。

那个翁中贵说：“没什么好说的。我又没欠你什么。”砰地把门关上。

翁中贵笑了，他觉得这事情挺好笑的，这个翁中贵的强硬其实正是他虚弱的表现。翁中贵高高兴兴地转身回家，感觉不虚此行，收获多多。

其实翁中贵的生活并没有什么变化，还是按部就班地继续着，但是他的内心感受不同了，现在有一个人怕着他，躲着他，这让他感觉在马铺地面上、在这个世界上，他并不是最差劲的，至少还有另一个翁中贵在垫底，这种感觉很奇怪，也很美妙。

这天中午翁中贵在睡午觉，隐约听到两个男人在吵嘴，他从床上一跃而起，跑出门往对面 2 号楼张望。他的感觉没有错，吵架声正是从那个翁中贵家里传出来的。他连忙穿戴整齐，像消防员一样急匆匆赶往火灾现场。

刚进了 2 号楼楼道，翁中贵就听到了楼上那个翁中贵的声音，“我没钱，你天天来我也变不出钱来给你。”翁中贵轻手轻脚走到了那个翁中贵家门前，门是敞开的，一个陌生的男人对着那个翁中贵指手画脚，口沫横溅地说着，明显带着鄙视和呵斥：“你没钱，没钱很光荣呀？”

翁中贵走了进去，向两个男人微笑地打了个招呼。那个陌生的男人不知翁中贵的身份和来意，脸上充满了敌意，而那个翁中贵自然明白翁中贵的意图，也绷着脸，冷冷地说：“你来干什么？”

“我来看看。”翁中贵温和地说。

那个翁中贵突然涨红了脸，气势汹汹地说：“我再说一遍，我没钱，要钱没有，就是人肉咸咸的，你们想要，我这一百二十多斤你们拿去好了！”他嘭嘭嘭地拍了几下胸脯，眼睛也瞪大了。

那个男人哼了一声，扭头走了。

翁中贵对着那个翁中贵笑了一笑，显得很慈祥，什么也没说，也转身走了。他走到门边，那个翁中贵吼了一声，说：“来呀，我这一百二十斤人肉给你好了！”

“我不要，你的人肉咸咸的不能吃。”翁中贵微笑着说。

那个翁中贵跑了上来，抓住翁中贵的胳膊，说：“求求你别再来了，你说，你是替我挨打的，那我现在让你打一顿好了。”

翁中贵上下打量着面前这个和他同名同姓的男人，脸上露出一种神秘的微笑，突然握起拳头，问道：“你叫翁中贵吗？”高高地挥起拳头，却轻轻地落了下来，像柳条从那个翁中贵脸上一拂而过，他发现在他挥起拳头时，那个翁中贵义无反顾地闭上眼睛，心静如水地准备挨打。他心花怒放，尽管他没有动手，但他感觉他已经把他彻底打败了。

回家的路上，翁中贵突然萌生一个重大的决定，他决定替堂兄翁中和担保，要是他到时真的还不起钱，他就天天上门堵住他，骂他吵他，要是心情不爽，还可以揍他一顿。

不要叫醒他

贵顺改名叫作“恨水”都改好几年了，可我还是改不过口来。

“我说，贵顺……”

“我叫恨水，请叫我恨水！”

“好吧，恨水，我说——你好好的贵顺不叫，偏偏叫什么恨水啊？你可以恨苍天不公，恨贫富不均，干吗恨水呢？哎，贵——恨、恨水……”

我抬眼看去，盘腿坐在沙发上的卢贵顺就在前一秒钟闭上眼睛，然后直挺挺地坐着入睡了，他那顶在细瘦脖子上的硕大的脑袋，像一个从上面垂挂下来的大冬瓜，轻轻地摇晃着，左一下，右一下，然后左两下，右两下，我顿时有点目瞪口呆，尽管我早已明确卢贵顺的身份和职业特征，但他这般神速地起乩，还是让我感到后背升起一丝丝的凉意，房间里像是飘过一片白雾似的，迅速弥漫出一种诡异的气氛。

没错，卢贵顺是一个乩童，大约在十几年前，他发了一场高烧，昏迷几天后醒来，开始用普通话、闽南话和客家话轮番说了一些非常深奥的话，中间还穿插了个别英语单词，不久他就无师自通，成了一个乩童，这几年来更是在马铺县以及周边地界声名大噪，妇孺皆知。据说，他成为很多领导的座上宾，一般平头百姓都不大容易见到他，当然，我不是一般人，因为我和他从小就是同学。

我站起身，发现卢贵顺面无表情，完全是沉睡的样子，并非是起乩的架势。虽然我没有目睹过卢贵顺同学或其他乩童起乩的过程，但是从人们的描述中，我大约也知道那是在一个烟雾缭绕的密室里，乩童更衣、焚香、做法，念念有词，唇舌间不断地吐出一个接一个的含糊的音节，像是一只手搀扶着问乩者来到一个阴阳交接的地带，乩童的吐字越来越快，越来越模糊，在问乩者恍惚不安之际，他的声音突然切换成问乩者所问的那个死人的声音，真真确确，在密室里响起，因为从遥远的阴间地府穿越千山万水而来，往往显得疲惫无力，但是，那声音确凿就是死人生前的声音，腔调、语气，包括沉吟、停顿，无一例外。这在民间里叫作“观落阴”。我几次从市里回到马铺，想要请卢贵顺起乩问问父母亲在那边的情况，每次贵顺都谢绝了我，他说，你堂堂一个大学讲师……说着就对我直摆手。我的职业成为他拒绝的理由，其实他有所不知，我在市里一所大专学校教政治课，不少学生也半公开地嘲讽我上课像是鬼上身似的满口呓语……此事不提也罢，我看到贵顺熟睡的时候还能直挺挺坐着，大冬瓜似的脑袋岌岌可危地要掉下来，却是妥妥地长在脖子上，这不能不说是一大奇观。

“贵顺，哎，恨水，你怎么就睡着了？贵顺，恨水……”我用手推了两下他的肩膀。

“不要叫醒他。”这是洪炳辉的声音，他庞大的身躯出现在门框里，几乎把整个门框塞满了，他的声音像他的身材一样雄厚，带着一种严禁的威权。

我向他走去，走到他面前，准备拍拍他的肩膀，却被他的肚子挡住了，反而是他被拍了一下肩膀。

“不要叫醒他。他昨天累了一天了。”洪炳辉说着，把眼光从贵顺的身上转到我的脸上，“你什么时候到的？”

“早上上完三节课，就打车回来，刚到半小时吧，昨天贵顺来了五六个电话，催我一大早就回来，说什么要紧事，没说几句，他却睡着了。”

洪炳辉又把眼光移到贵顺身上，满眼含着一种怜悯和敬重，说：“他现在是恨水大师了，事情是这样的，我跟你说吧，我说你这回可以买一部好点的车了。”

“电动车，那还是买得起的。”

“小汽车啦，余教授，你就要发财了。”

洪炳辉朗声笑着，他身体里像是藏着一个音箱，把他的笑声扩放得满屋子响。他把一只手搭在我肩膀上，像推土机一样推着我往里屋走去。

顺便说一下，这是洪炳辉多年前还在马铺县财政局当副局长时建的两层楼房，前几年他搬进了马铺最好地段的江滨别墅，这楼房就借给卢贵顺居住。卢贵顺虽说已贵为恨水大师，但他没有成家，老家只有梅坑土楼群那座破旧圆土楼的几间房，老父亲孤苦伶仃地住着，他一个人独享了这楼上楼下二百多平方米，去年暑假我回马铺小住也住在这里。我们仨是同学，应该说关系一直不错。

“是这样的，天宝街要拆迁，准备建成仿古步行街。”洪炳辉说。

我的肩膀在他的手下自动似地往下斜了一下，我扭过身子，抬起眼睛，像是仰视一般看了看洪炳辉，说：“天宝街本身就是一条百把年历史的古街，干吗要拆了建成仿古街？”

“这你就不懂啦，文人，书生意气。”洪炳辉笑了几声，他的下巴像一块肥厚的肉悬在我眼睛上面，肥腻腻的要滴下油来了。

我怎就不懂了呢？其实我懂的。我父母在天宝街给我们兄弟妹留下一幢祖传的老厝，三间临街店面，后进是楼上楼下的起居用房，因为我在市里教书，弟弟在上海的一个大公司工作，妹妹嫁到了香港，自从父母过世后，这老厝的店面就租给人做裱褙书画店，租金由我们兄妹三人平分（妹妹那份她私下给了我）。现在，担任马铺县主城区一把手的洪炳辉想要拆迁天宝街建成仿古街，因为我是业主之一，所以找上我了。

“我们是老同学，我就直白一点告诉你吧，这拆迁建设方案，县里已经批准立项，尽管有很多阻力，也是要上的，不管困难多大，我都要做好。不瞒你说，我要上个台阶，这是个重要的大工程，城关镇一把手一般一届后都要升副县长，我从土楼乡调出来三年，这两年再拼一下，我的目标是直接进常委，老同学，你一定要多支持啊。”

“我、我怎么支持？你不知道我在学校混得有多差……”

“你是拆迁户嘛，起个表率作用，带头把协议书签了。我们制定了一个奖励措施，第一个签订协议书的，奖励十万元。昨天恨水说到了你，肥水不流外人田啊，我想这第一个的名额就内定给你。”

“这……”不知是受宠若惊还是别的什么，我的声音哆嗦了一下，“这，好是好，可我得征求我弟我妹的意见，这老厝不仅仅是我一个人的。”

“你是老大啊，连这个也做不了主吗？他们都在外地，还会回来住不成？告诉你，想要这十万元的人不少，之所以要内定给你，完全是想照顾你这个老同学。”洪炳辉的语气里多少有一些不识抬举的训斥了。没办法，想当初，在马铺一中他就是班长，就是老大，他是官二代，父亲当时是马铺县革委会副主任，而我是城镇落魄小商贩的儿子，卢贵顺就更差一点了，祖上几代都是土楼乡村的穷困农民，我们跟在他的屁股后面混，可以说，是从小被他训斥着长大的，这种训斥反而是我们之间日渐增长的同学情谊的一种黏合剂。

“洪书记，这个，我还是得和他们说一下……”

洪炳辉瞟了我一眼，嘴唇往上呶着，我想他准备骂我了，但这时，他口袋里的手机唱起了一首很温柔的歌。他掏出手机看了一下，手在屏幕上一划，说：“嗯，嗯，知道，我马上过去。”他收起手机，对我说：“县委徐副书记找我，我过去一下，中午不能陪你吃饭了，本来想到溪边饭店我们仨好好吃个饭，这样吧，等会根水带你去吃，他请客我买单。”

“他……”我眼睛往外面沙发上望了一眼，卢贵顺还直挺挺坐在那沉睡着。

洪炳辉不再言语，庞大的身躯霍地转出了一阵风，竟也有了一些干练的朝气，大步往外走。走出房门，他头也不回地下了三级台阶，走到停在门口的汽车门边，拉开驾驶室的门，缩着身子，憋着一股气，把自己整个人塞进了驾驶座。汽车哼哧着开走了。我站在门边看着汽车消失在前方树丛后面，洪炳辉从这个空间的撤离，让我感觉到疏朗了许多。回头走进屋里，我发现卢贵顺已经睡醒过来，正用一只手揉着眼睛。

“炳辉来了，又走了？”他用一只眼看着我。

我暗吃一惊，说：“你不是睡着了吗？”

卢贵顺笑了两声，从沙发上站起身，两只腿似乎因为盘坐太久，有些僵硬了，他抬脚踢了一下，又一下，说:“我是睡了，可我的睡梦里，你们走来走去，说话嘀咕，我都听得清楚。”

“果真大师啊，恨水大师。”我略带讥诮地说。

卢贵顺摆了一下手，说:“那个事炳辉跟你说了啊？炳辉这个人就是重感情。”他踢着脚走到我面前，抬起手放在我的肩膀上，“你就签了啊。”

我近距离地认真地看了卢贵顺几眼，眼前的身材体量和规模约为洪炳辉的四分之一，跟二十年前的高中阶段毫无二致，还是细瘦瘦的没有见肉，不过头上花白开衩的发梢，脸上层层叠叠的皱纹，还有松弛的眼袋，表明这个岁月还是狠狠地把他摧残了几下。

“说实在的，这几年要不是炳辉拉我一把，我还在土楼乡下混，混不出头呢。”

“你不是成了恨水大师吗？”

“大师也要有人欣赏，有人提携啊，要是没有炳辉，我就什么也不是。”

我哦了一声，我当然知道洪炳辉对卢贵顺很关照，可是卢贵顺变成了远近闻名的恨水大师，据说他对洪炳辉的帮助也挺大的，恨水主业是起乩，但他也兼职看风水地理，大师嘛，必须一专多能。几年前洪炳辉还是土楼乡的书记，几个村被上头试点搞新村建设，可是那些旧房子、包括一些废弃失修的小土楼，村民死活不愿意拆，那时卢贵顺刚刚改名恨水，名气还不算大，适逢有人来找他起乩，他就借助死者的语气说，家里风水不好，出不了丁发不了财，就是因为那间破房子，整个村子的地理都给那些破落不堪的旧房子败了。这起乩的人回去把话传开，村子里的拆迁工作突然就变得出奇的顺利。洪炳辉也正是这时候认识到恨水大师的价值，他亲自开车来到卢贵顺家所在的破烂土楼里，把他请到乡政府招待所促膝谈心……

“中午想吃什么？就我们俩人，还是多叫上几个朋友？炳辉的笔能出水，随便我们吃。”

“我有午休习惯，中午简单一点吃吧。”

说是简单一点吃，卢贵顺还是点了满满一桌菜。够了，根本吃不完，我几次对服务员说，把菜端下去，没做的就不用做了。卢贵顺很不高兴地直盯着我说："你傻啊，这又不用花你的钱，记炳辉的账，要不要来瓶葡萄酒？"

"可是，喝不完，太浪费了。"

"反正不用花我们一分钱啊，吃啊，使劲吃。"卢贵顺突然叹了一声说，"可惜这大鱼大肉我都吃了好几年，天天吃，身上都不长肉啊。"

"酒肉穿肠过了。"

我很快就吃撑了，摸着肚皮看着卢贵顺胃口很好地张开着血盆大口，下巴快速地转动着，嘴里发出的咀嚼声洪亮、张扬，大有席卷残云的气势。我突然想起一个重要的事情，觉得应该当面向卢贵顺问清楚。

"我说贵顺……"

"恨水，恨水，你又忘记了。"

"嗯，恨水——恨水大师，我有个问题心里搁了好久了，今天一定要问个明白。"

"你问吧，什么问题呢？"

"就是说，以前那好几个拆迁的村子村民来找你起乩，你跟他们说风水不好在于那些旧房子，你这是根据死人的意思来说的，还是自己有意说的？或者有人授意你这么说的？"

"你这什么意思？怀疑我吗？"卢贵顺正在啃一根牛排，当即愣了一下，牛排就叼在他的嘴里，似乎连牛排也愣住了，然后从他嘴里滑落到桌面上。

"不是啦，老同学嘛，随便问问。"

"我告诉你，我一起乩，我就不是我了，我就是所有的死人，那些死人就附到了我身上，你知不知道？"卢贵顺满脸正色地瞪着我说，这阵势、这语气确实不像卢贵顺，而是威严的恨水大师，连眼光也透出一股匕首般的寒意。

"我是乩童，又不是官员，乩童可以随便说假话吗？"卢贵顺从桌面上捡起那根牛排，又放到嘴里啃了起来。

“哦，不好意思，当我没说吧……”

没想到，我的问话却惹起卢贵顺的严重不悦，这个午餐的尾声便有了点尴尬。回到房子里——准确一点说，是洪炳辉借给卢贵顺住的楼房里，他指着一间卧室对我说：“你去睡吧，你们当老师的，睡觉都有时间表。”

我略带歉意地笑了一下，就进了卧室把门掩上。这间卧室我去年住过，床上飘着一股复杂的味道，我翻来覆去怎么也睡不着。这味道只是其中很小的一个原因，我知道，最大的原因是洪炳辉说到了天宝街拆迁，我在想我要不要做第一个签下协议的人？这一想，很多往事就涌到眼前来了，包括父母亲的音容笑貌，像是黏在眼睛上，揭也揭不掉。

过了会儿，我还是爬起床，开门走出卧室。卢贵顺独自在茶桌前泡茶，正握着茶杯在唇间轻轻啜吸，一副很陶醉的样子。

“没睡着？”他看都没看我一眼，但语气里分明把什么都看透了。

我没说什么，在茶桌前坐了下来，卢贵顺顺手端过来一杯茶，放在我面前。我端起茶杯，一口饮尽。卢贵顺这时才稍稍把眼光转到我的脸上，说：“没睡着也好，我们说说话。”

“也算躺了会儿，老习惯了。”

“炳辉提议元旦开个同学会，你也来干个副会长吧，我算出来了，炳辉年底前就能升，马铺县委届中提拔，非他莫属啊，常委没问题，比较理想的是兼常务副县长，不然，常委兼纪委书记或者政法委书记也行，他最怕兼宣传部长，他说自己是大老粗，其实他也很细心的，大家都说我是他的人，就是幕僚吧，不瞒你说，我感觉很幸运，当然我们是同学，这缘分二十年前就注定了，但为什么越走越近呢？就是我发现炳辉是个大气的人，有大格局，能成大事，跟他一起做事我不会吃亏。”

听着卢贵顺的话，我眼前浮起的是洪炳辉的身材，他怎么越吃越胖了呢？二十年前，他还挺瘦的，因为个子高，更显得瘦。这二十年过去，卢贵顺一点没胖，我是稍胖了一点，他则几乎是胖翻了两番。不过，另一个问题更引起了我的兴趣，卢贵顺或者说恨水，不过是一个乩童，他怎么跟着洪炳辉做事？我想了想，还是忍不住问了出来：“你怎么跟他一起做事呢？”

“哦，就是看看风水地理啊，项目开工、出差什么的，择个吉时，另外，他经常介绍一些领导、老板来起乩，就这些。”

卢贵顺虽然说得轻描淡写，但还是基本上满足了我的想象。我说：“恨水，现在我来找你起个乩吧，问问我父母亲，同不同意天宝街拆迁。”

“他们不同意，又能怎么样？县里都决定了，仿古街工程年内就要上马！”

“问问嘛，也算尊重一下死者的意见，他们要是同意，我立即就签协议。”

恨水大师还是拗不过我。

他带我走到一间紧闭的房间门前，这就是他的“工作室”。

“你在外面等 5 分钟，喊你你再进来。”他回头看了我一眼，眼里是一种慵懒的光，似乎有些不情愿。

我连忙说：“红包我懂的。”

恨水笑了一下，说：“不是这个，你要信，信才会灵。”

“我信。”

恨水走进房间，回头把门掩上。我知道他要做一些准备，比如更衣、焚香。这种起乩在马铺民间叫作“观落阴”，我以前曾经听母亲说过，她到乩童家起过乩，在乩童言语的牵引下恍惚来到阴间，见到了六十年未曾谋面的死于台湾的大姐，母亲坚称她是“看见”了大姐，她就坐在一只老藤椅里，有气无力地有一搭没一搭地和她说着家长里短。而现在，我将要见到逝去多年的父母亲，他们将会跟我说什么呢？我心里开始怦怦直跳，这不是兴奋，也不是紧张，而是一种奇异的、复杂的忐忑不安。

密室里响起敲击法器的声音，我突然听到恨水喊了我一声，手哆嗦着推开门，一股浓烈的香烛气味像厚实的巴掌捂住我的鼻子，面前是一团漆黑，我只隐约看到一条人影散发着幽暗的光，念咒的声音在黑暗中嘤嘤嗡嗡的，像一群黑苍蝇飞舞着。我睁大眼睛，可是雾茫茫的，什么也看不清，那香雾熏得我要流泪了。

“阿闻，是你吗……”黑暗中传来母亲的声音。

我猛地一惊，这真真确确是母亲的声音。恨水还是卢贵顺在马铺一中的时候，虽说跟我有来往，但他是寄宿生，从未到过我家，也就是说他从未见过我母亲，母亲的声音他怎么模仿出来的呢？这……应该是母亲从阴间发回的声音了。我全身在颤抖，两只手想要在黑暗中抓住一点什么，我好像在面前看到了母亲，她模糊的身影在面前晃着，似乎触手可及，却又杳然悠远。

“妈？是你啊，你好吧，好吧？”

“好呀，很好，这边很好啦，你放心……”

“我们家这天宝街要拆迁了，你知道吗？”

“好好的拆什么迁啊，哪个政府又调皮了……”

母亲的声音让我笑了，这就是母亲的风趣，母亲生前当过小学民办教师，因为性格原因无法转正，便回家当了家庭主妇，她平常说话总是绵里藏针，又讽刺又幽默。

“这么说，你是不同意了？”

“我不同意，你爸肯定也不同意。”

我确定这就是母亲，恨水模仿不了的，以前在我们家，所有事情都是母亲拿主意，说了算，但在外面说话都是归功于父亲，给足了父亲面子，这一点没几个人知道，当时还是卢贵顺的恨水就更不懂了。我心头热乎乎的，想要往前走一步拉住母亲的手，但是我无法移动脚步，整个人好像被施了定身术，只能摆动一下手臂。

“我很好，你回去吧，我该去给你老爸做饭了……”

“妈！”

我叫了一声，好像突然开了天眼一样，看见面前一条灰白的身影闪过，阴森森的香案下，恨水坐在一张板凳上，兀自摇着头，嘴里念念有词。这个密室里，不知从哪透进来一些光线，我看到窗帘布是极厚的黑布，严丝合缝，但密室里烟雾正在徐徐飘散，分明泛起了鱼肚白。不知为什么，我肚子里一阵翻滚，似乎要呕吐了，连忙跑出密室，大口地呼吸了几口新鲜空气。

恨水也从密室里走出来，脚步疲沓无力，满脸倦色，他从我身边经过，像是不认识一样，看都不看我一眼。

我缓了过来，对恨水大师心里满是崇敬，你想，他帮洪炳辉做事，现实中劝我早点签下拆迁协议，而在起乩中又代表我父母亲发出了反对的声音。这说明他没有造假，他果真是一个好乩童。

“贵顺、恨水……”我向他走过去。

恨水坐在茶桌前喝了一杯茶，脸色发暗，眼光呆滞，显然消耗了很大的功力，他摆了一下手势，示意我不要跟他说话，然后闭上眼睛，直挺挺地又坐着睡过去了。

我在房间里踱来踱去，几个来回也觉得无聊，突然想，何不利用这时间到我的老家天宝街走走呢？走一走，等会儿就回市里，反正父母亲不同意拆迁，我就不做那第一个签协议的人了，恨水应该会帮我在洪炳辉面前说话吧，父母亲在阴间都不同意了，还有比这更了不起的理由吗？

这时，门口紧急驶来一部小车，跳下一个人就往屋子里跑。我认出是洪炳辉的司机，他神色慌张，一边跑一边喊：“恨水大师，恨水大师，恨水、大师……”

“不要叫醒他。”我拦住洪炳辉的司机说。

司机愣了一下，说：“出大事了，洪书记刚刚被纪委‘双规’了。”